# 神明、傻子和狗

倉士——著

# 目次

目次

# 楔子

傻子臨終前，擰巴了一輩子的身體終於鬆弛下來，躺在自個兒挖好的墓坑裡，對著虛空呼呼喘著大氣，虛空懸著一團棉絮般的雲。

墓坑旁一棵老槐樹，一枝槐花正探到頭頂，花瓣嫩白，一簇一簇，隨風微蕩，將陽光蕩得斑駁稀碎。

在這稀碎的光影裡，除了他這個墓坑，還有幾處新舊不一的墳塋，依次數去，總共四座，三座挨在一起，一座孤零零遠離。每座墳前都有墓碑，但除了他爹娘的，其餘都是空白的，旁人不知道裡面所埋之人的生平來歷。

傻子卻知道得門清——人是他埋的，碑也是他立的。緊挨爹娘的，一座是他大哥，一座是他二哥，孤零零的那座，裡面埋著一個女人，可以說是他妻子，也可以說不是。

都是前塵往事了，回想起來，如同作了一場夢。如今他在這世上已經了無牽掛了。若說還有，那就是槐樹下趴著的那條奄奄一息的老狗，牠叫唐唐，是他的好兄弟。

這個兄弟，是桃園結義的兄弟，是生死與共的兄弟，而他和牠，的的確確在一起喝過結義酒。

這會牠正趴在樹根下朝他嗚咽流淚，眼神中滿是哀傷和不捨。牠已經垂垂老矣，二十多歲，對狗來說，已經很老了。傻子在自己墳旁已經替牠挖好安息之地了。

傻子眼皮沉重，喉嚨發麻，已經發不出聲音，只好微微抬起手指朝牠顫動一下，算是最後的告別。

他清晰地感覺到身體裡殘存的生機加快流逝，身體也慢慢僵硬，唐唐的嗚咽聲也漸漸遠去。他稀里糊塗半輩子，不甘心就這麼離去，努力睜開眼睛，想看看他另一個夥伴，或者說對頭，到底存不存在。虛空中天藍雲淡，空空如也，在他要澈底失望時，懸在頭頂的那塊雲朵，突然幻化成一個毛茸茸的臉，細長的嘴角深深下撇，似乎是在嘲笑。

嘲笑也罷，無所謂了，見到就好，說明他的抗爭是有意義的，他滿意地閉上眼睛。

往事一幕幕浮現腦海，最後湧上深深的嘆息：自己這一生，並非自己的一生，虛空中彷彿有個神明，借他的身軀在人間行走。

但他明明記得，很小的時候，身上並沒有神明，從哪一天開始的？他也記不清了，但他記得自己發現祂存在的時候，是民國二十六年，也是這麼一個槐花盛開的春天。

那一年，他多大？十二歲？

不對，虛歲應該是十三歲，對，十三歲，在他第一次夢遺的那一年。

他印象裡，十三歲之前，他們村莊一直風調雨順，既沒旱災，也沒蝗災，沒什麼大的變故，連老人去世都很少。大家都把這歸功於他的功勞。

每個村莊都會有一個傻子，老輩人說，那不是傻子，是村莊的守護人，是神仙特地託生來保佑村莊的，為了免得凡人窺破，封了一竅，所以成了傻子。

傻子出生時電閃雷鳴，永定河的水都漫過了堤壩，更佐證了這一說法。他排行老三，一般都是頭胎難產，他都是三胎了，還折騰了他娘三天三夜，差點一屍兩命，最後求了仙家，竟然順利出生。

他從小傻里傻氣，大家都叫他傻子。

作為村莊守護人，他其實不用做什麼，不過就是每年春天開耕時被請去抓個鬮定下播種的日子，每當大旱時被抬到龍王廟上香求雨，跟別村莊的傻子沒有分別。

但他慢慢展現出了自己的與眾不同：有一年秋收，太陽炙烤大地，剛碾掉皮的麥粒在打穀場上晒著，眾人在樹蔭下乘涼，他走過去，沒頭沒腦說「要來雨了」。沒人在意一個傻子的話，但一炷香時間，電閃雷鳴，大雨傾盆而下，搶收慢了的人，一年收成就打了水漂。

還有一次，元宵節，眾人在屯子戲台下聽戲，他走過去，沒頭沒腦一句「要起火了」，當天晚上，屯子裡真就起火了。

於是，在屯子裡人眼裡，是神明託在他身上，給人指點迷津。很多人遇到事就請他指點，有時牛走丟了，有時老婆跟人跑了，他都能一一指明方向。換來的，幾枚雞蛋，一瓶醋，或者一隻野兔。

後來，他名氣傳開了，宛平城裡的大人物也請他看，甚至北平城裡都有人請，直到民國二十六年。

那一年，永定河沿岸的屯子裡的小娃們到處傳唱一首歌：

打雷了
下雨了
河水氾濫了
金鑾殿上換人了
太陽掛在城頭不落了
婆娘打死了漢子
兒子打死了老子
人吃人了……
狗也吃人了
你死了
我活了
狐狸滿街跑了……

那一年，屯子裡人心裡都沉甸甸的，因為這首歌，是傻子最先開始唱的。

# 第一章　傻子進城

民國二十六年彷彿上了發條，什麼都緊趕著，冬月還沒走，永定河裡的冰已經擔不住人了。剛過了元宵，開始打雷，還是炸雷，在屋簷上、院子裡，一聲聲炸開。

傻子老爹擰著眉頭，說不是好兆頭，冬月打雷，墳成堆！

打完雷，麥子剛返青，布穀鳥也叫了，竟然又下了一場大雪，凍死了不少麥苗。傻子娘說，怕是荒年。傻子娘說完，憂慮地看向傻子，問道：「三兒，你說是吧？」

傻子搖搖頭，反問道：「我怎麼知道？」

傻子只是偶爾聰明，大部分時間，他還是個傻子。

那段時間，他不願意出門，一出門就有人皺著眉頭問：「傻子，今年是荒年還是豐年？」

傻子搖頭不說話。他爹很高興，說他聰明了，還說神明尊貴，怎能空口求神？至少得恭恭敬敬送一籃雞蛋來。

自從他名聲在外後，他爹就定了請神的價碼，還規定了一套繁瑣的流程，必須沐浴焚香，然後唸叨一番聽不懂的咒語後，才讓他開口。

傻子自己對神明這事保持懷疑，他從沒見過神明，別人所求時，很多話他只是隨口說的，奇怪的是，最後竟然一一應驗了。他開始以為是巧合，後來次次應驗，他自己都有些懷疑，自己身上是否真附著一個可以預知一切的神明。

雖然冬月裡天氣反常，但這年夏天的麥收卻出奇地好，麥粒顆顆飽滿渾圓，麥穗深深彎向大地，麥稈承受不住成片地倒伏，每畝地多出了一、兩擔麥子，家家糧甕裡都盛滿了。

老爹臉上掛著笑容，卻用遺憾的語氣說：「傻子，天象不準，今年你要清閒了。」

「為啥？」傻子不知道豐收和自己清閒之間有啥聯繫。

「荒年時心裡沒著沒落，有今朝沒明日，人們自然求著神明指點。太平年節，誰會去求神？」

秋收後，屯子裡請了戲班子，在戲台子上唱起了大戲。傻子不願意去人多的地方，就騎著馬到處遛達。他家本沒有馬，後來為了去京城給大人物看事方便，特意買了兩匹。

傻子最喜歡的地方是離屯子不遠的拱極城，城牆高大巍峨，上面有城樓，側面有甕城，遠看就像一座戒備森嚴的城堡，東面是座古老的石橋。傻子聽老爹說，他爺爺的爺爺那會，這城就在那裡，這橋也在那裡。

前兩年，石橋對面來了一群東洋人，時常在那裡跑來跑去操練，他們跑起來有些滑稽。傻子喜歡看他們跑操的樣子，覺得挺滑稽。屯子裡都喊東洋人叫鬼子，傻子也跟著喊鬼子，據說他們鬼精鬼精的。

這一天，他們又在那裡操練，吹哨子，一窩蜂往前衝，然後兩幫人廝殺，都是假把式。傻子下了馬，蹲在石墩子上，看得津津有味。他一看就是一下午，等天色暗了，收隊了，他才戀戀不捨回去。

他騎著馬，頂著月色走在鄉間小路上。附近雖然時常有土匪出沒，但傻子他老爹從來不擔心他安危，用老爹的話說，沒人會為難一個傻子，就連山裡的野狼也不會吃傻子。

傻子對後一個說法表示十分懷疑，他擔心野狼看不出他是個傻子，所以，他有些提心吊膽。路過一草灘子時，荊棘叢裡一陣晃動，他嚇了一跳，以為是野狼，戰戰兢兢唸叨：我是傻子，我是傻子。

荊棘晃動了一陣，又消停了，傻子大著膽子，撿起一塊土坷垃[1]扔過去。只聽一聲哎喲，荊棘叢裡竟然鑽出了一個人，傻子嚇了一跳，對方也嚇了一跳，一手拎著褲子，一手去拿槍。

傻子忙說道：「我是個傻子，我是個傻子！」

對方腦門頂著土坷垃，剛剛驚嚇之下腳又踩在了自己的大糞上，很是惱火，拿著槍過來，指著他嘰哩呱啦罵著八嘎之類，左臉上一道疤隨著臉頰不停浮沉。

傻子不說話，努力表現得更像一個傻子。對方盯著他面目看了一下，似乎明白了什麼，消氣了，放下槍，比比劃劃問著什麼。

---

1　編按：河北方言，即土塊。

傻子也就明白了，對方迷路了。這裡蘆葦叢多，不易分辨路徑，就給他指了指石橋對面方向。鬼子果然鬼精鬼精，並不甚信，特意踩著他的馬鐙抻直脖子瞧了瞧，這才下來拍拍他的肩膀，豎個大拇指，然後離去。

傻子也就回家了。

回屯子時，已是深夜，戲台子上正在唱《貴妃醉酒》，正唱到末尾「人生在世如春夢，且自開懷飲幾盅」，聲音哀婉淒惻，台下的人高聲叫好，這時遠處拱極城方向隱隱約約傳來了炮聲。屯子裡人都見慣了大風浪，都不在意，有人打趣說，是不是和鬼子擦槍走火了。

這天晚上，從不作夢的傻子作了一個奇怪的夢，他夢到了永定河，圓月當空，倒映在水中，照得河面波光粼粼，面前有個不著一縷的女子背對著他，秀髮披肩，皮膚白皙，與月光和睡眠互相映襯，晃得他眼睛睜不開……

他從未有過這感覺，心怦怦跳，邁著酥軟的雙腿顫巍巍上前，剛踏進河水，身體就止不住地顫抖。

他意猶未盡醒來了，老爹正在外面砰砰敲門，說抓緊起床，有人上門問事了。

傻子不知道是何人，但一定是緊急的事，屯子裡的人，看事一般是晚上悄悄來，沒人會大清早把人從被窩裡拽出來。傻子也就起床，先慢悠悠擦乾淨身體，然後慢悠悠穿好衣服。此時他代表的不是他這個傻子，而是神明，而神明是有資格傲慢的。

傻子出了門，到了廂房，發現是兩個穿中山裝的政府官員。有一個人他認識，曾經去他府上看過事，姓唐，是國府的外交專員，專門負責跟洋人打交道，而這樣的人，有個專有外號：二鬼子。

看到傻子進來，兩人忙站起身，傻子知道，政府官員只有迎接上級時才會起身，此時他們起身，是迎接他身上的神明。他有些發慌，若是身上果真沒有神明，那當真是犯了大罪。也就對他們的招呼視而不見，坐到自己的蒲團上。他越是這樣，兩人態度越恭謹了。

傻子老爹已經插上三炷香，然後讓傻子坐下，閉目凝神，然後唸叨道：「天有靈，地有靈，胡黃蟒長快顯靈，施妙手，救眾生，攢了功德修正果……」

傻子老爹唸叨完，然後對兩人說道：「二位請問吧！」

唐專員說道：「事態緊急，昨日日軍說走丟了一個士兵，非說是被我軍抓起來了，要進城搜捕，被拒絕，竟然開炮了。我們來是想問一下，他們是藉故生事，還是果有士兵丟失？」

傻子也就明白了，找的八成是自己遇到的那士兵，點頭道：「有。」

唐專員和另一人對視一眼，眼神中都露出驚訝。

唐專員又賠著小心問：「那如今哪裡可以找到這名士兵？」

傻子脫口而出：「往東南找。」

他平時也這麼回答，不用思考，順口而出，從沒覺得不妥。此時突然覺察出哪裡不對，自己為何說要往東南找？那士兵不是回兵營嗎？於是他想開口糾正，但話到嘴邊，張了張嘴，卻竟然吐不出半字，彷彿這舌頭不是自己的一般。

他這時終於明白了，也許真有神明存在，而這神明此時徵用了他的身體。他雖然傻，但卻不想扯謊，努力了幾次，仍無法發聲後，額頭都急出了一層細汗。

老爹似乎察出端倪，說道：「就這樣吧。」

唐專員也就放了一個信封在桌上，兩人也就起身告辭。傻子急了，他騙誰都不能騙唐專員，情急之下，乾脆牙關一閉，咬破了舌尖，噴出一口血，這時似乎重新奪回了身體，舌頭也突然靈活了，開口道：「那士兵昨晚就回營了。」

老爹的臉色很難看，但那唐專員臉色卻是欣喜，和另一人對視一眼，專門走過來，問道：「此話當真？」

傻子看看老爹，又看看唐專員，點點頭：「當真，他左臉有道疤。」

唐專員對另一人說道：「抓緊交涉，不要給對方藉口。」

兩人走後，老爹很不高興，道：「傻子，你怎麼回事？神明說話怎麼能出爾反爾？」

「前面的話，神明說的，後來的話，是我自己說的。」傻子這是第一次清晰意識到，身上可能有神明。他不知道是因為問的事恰好自己知情，還是說自己夢遺後，神明對自己的控制減弱了。

但傻子老爹看著他，並沒有想通他話裡的彎彎繞繞，彷彿他就是一個傻子一般，喃喃道：「我都不知道你是真傻還是裝傻了，這麼大的事，不要惹出亂子來，鬼子豈是好惹的？」

「你不是就盼著鬼子打進來嗎？」傻子冷不丁道。

傻子老爹嚇了一跳，左右看看，壓低聲音道：「不許胡說！」

傻子雖然是傻子，比不上他兩個哥哥聰明，卻知道他兩個哥哥不知道的祕密，比如，他爹是大清亡了時怕滅族改姓過繼到陳家的，他家祖上其實是滿人。

這是他爹親口說的，當時他聽屯子裡人嚼舌根，說他家祖上是皇宮裡的太監，他學給老爹，老爹惱怒之下才透露的。他不知道是真的，還是說老爹為了面子信口編造的。

有時他想，當個傻子也挺好，至少可以知道聰明人不知道的。比如，他家祖上是太監的事，屯子裡人可以當著他面講，但絕不會當著老爹和他兩位哥哥這樣的聰明人講。再比如，他家祖上是滿人這事，他老爹可以給他個傻子講，但卻不給他聰明的兩個哥哥講。

他知道，他爹的心還在小皇帝宣統帝那裡，聽說宣統帝被趕出紫禁城後，氣得一晚上沒睡著覺，牙幫子腫了半個月，後來聽說小皇帝在新京即位後，興奮地破例喝了酒。

而宣統帝就是在鬼子的幫助下即位的，所以，老爹一直希望他能在鬼子幫助下打回關內。

傻子一直想知道，到底找到那鬼子沒有，他認為這次他終於聰明一次，壓了神明一頭，所以迫切希望證明自己是正確的。

他每天站在屯子口，想從來來往往的人嘴裡聽到些什麼，但是除了時斷時續的槍炮聲，城裡沒傳來什麼消息，而且，槍炮聲越來越密了。

三天後，他老爹得到消息，要去趟京城，去唐專員家。

傻子和老爹一人一匹馬去了，去京城走路得五個時辰，騎馬只要一個時辰。老爹每次去京城必然要穿那件長衫，其實皺皺巴巴，看上去不倫不類。傻子覺得有些丟臉，跟他夢遺一樣丟臉。平時也就罷了，這次是去唐專員家，可以遇到唐專員的女兒——唐瑩。

唐專員雖然會洋文，平時跟西洋人打交道，但對命理算卦這一套很迷信，大事小事都要算一算，傻子聲名鵲起後，就被請來算過幾次。

傻子就在這裡認識了他女兒唐瑩，唐瑩跟他年齡一般大，拖著兩條好看的麻花辮，笑起來兩個小酒窩。不知為何，傻子看到她總會莫名緊張，心怦怦亂跳，恨不得轉身就走，但不見時，又期待地遇到。

想起唐瑩，忽而就想起夢裡的場景，臉頓時紅彤彤的。

這是麥穗泛黃後，他第一次進城。滿城的槐花已經開了，胡同裡、牌樓下、四合院裡，東一簇西一簇，花瓣粉白，花蕊嫩黃，粉白如雪，嫩黃如柳牙，密密麻麻綴滿了枝頭，沉甸甸向下墜著，幾隻蜜蜂在花蕊間出沒，忽東忽西，香氣隨風在胡同旮旯裡遊走。

胡同裡兩邊的城牆斑斑駁駁，透著歲月的滄桑，又透著些沉沉暮氣。唐瑩的家在江米巷旁邊，他們騎著馬穿過一個一個胡同。傻子印象中的北平城，就是那錯綜複雜的胡同，長的、短的、寬的、窄的，一條接著一條，似乎永遠沒有盡頭。

傻子老爹在城外時，基本是沉默的，彷彿一墩乾枯的樹枝踞在馬背上，隨著馬背顛簸，但等到了城裡，到了這些胡同裡，整個人頓時就活泛了，尤其是路過那些深宅大院時。

「三兒，你可知道這胡同以前是誰的府邸？院裡有老槐樹這家，可是當年的醇王府，醇王你可知道是誰？那可是響噹噹的鐵帽子王，咱大清總共有多少鐵帽子王？西頭那家，安郡王府，安郡王是誰？那可是太祖皇帝嫡系子孫……」

「世道變了，王爺們都被趕走了。你看如今這王府裡頭，出入的都是些鷹鉤鼻子藍眼睛身上還冒怪味的洋人。洋人忒不像話，男洋人褲子勒著腚，女洋人更不像話，裙子下面露著大白腿上面還露著白奶子，打扮得跟青樓賣唱似的，也不怕羞了先人……義和拳那會，殺的就是這些人……」

一說奶子，傻子又想起昨晚的春夢，低下頭去，以前他覺得洋人的大奶子噁心，昨夜之後，他覺得不怎麼噁心了。

「爹，洋人為什麼叫洋人？他們都摟著羊睡覺嗎？身上有股羊膻味。」

「可能吧，爹也說不準。」傻子老爹對他的傻兒子打斷自己話頭有些不滿，「若大清不亡，你爹我如今拎個鳥籠子遛個鳥，鬥個蛐蛐，多自在……」

「好好的，鬧什麼革命！」每次絮叨最後，老爹都會來這麼一句。

當他說這句時，證明已經到了地方。

# 第二章 傻子收留唐唐

唐專員的房子，在江米巷東邊胡同最裡面，院中有棵老槐樹，幾支粗大的槐樹枝探出了城牆，遮住了半個胡同。

老爹拴好馬，捧著請神的傢伙什，動作小心，神情恭敬，傻子認為，爹並不很信他能召來神明，他只是在外人面前表現得深信不疑。

傻子跟在老爹後面，徒步走進胡同。遠遠就聽到院子裡的吆喝聲、嬉鬧聲，還有此起彼伏的狗吠聲，傻子心又怦怦直跳。

如果說以前他不知道這忐忑和激動為何而來，有了那夜的夢遺，他朦朦朧朧依稀摸著一點邊際。

他跟著老爹進了院子，刻意躲在老爹身影裡，迅速瞄了一眼那群跟他一般大的嬉戲的娃子。他來這附近多次了，對那幾個身影很熟悉，有唐瑩、有藤村惠子、有幾個黃頭髮的西洋人。

傻子也知道，洋人也分兩派，一派是西洋人，一派是東洋人。藍眼睛黃頭髮的，是西洋人；東洋人乍一看跟馬路上的中國老百姓差不多，黃皮膚、黑頭髮、黑眼睛，細看一下又有區別，他們鼻子更扁一些，額頭更寬一些。

東洋女人更好分辨了，她們喜歡穿那種奇怪的衣服：綢緞整個往身上一裹，只裁剪出兩隻孤零零的袖筒，下身不分褲腿，用腰帶在腰身上一束。每當看到她們，就讓傻子不由想起端午節的粽子，她們走路只能踮著腳走小碎步，傻子每次來北平城，都在胡同口看半天，心裡揪得生緊，生怕一不小心絆倒了栽個大跟頭。藤村惠子就穿著這樣的衣服。傻子突然覺得，這衣服其實挺好看。

唐瑩等人在馴狗，看到了兩人，她蹦蹦跳跳跑過來，說你們就是拱極城來的客人吧，先等一會兒，藤村先生臨時造訪，在裡面談話。

老爹恭敬彎彎腰，連說不著急，不著急。傻子則低著頭，羞澀地躲在老爹後面，並沒有照面。等唐瑩蹦蹦跳跳回去繼續比賽了，他才悄悄偷眼打量。

這些娃子們人手一條狗，幾個西洋娃子的狗很奇怪，傻子從沒有見過，一隻牛犢般大，背上一溜濃漆的黑毛，叫什麼黑背；一隻體型跟羊羔一般，臉就像村裡老絕戶似的，滿滿的褶子，似乎藏著一大盆的愁苦。

藤村惠子的狗是長鼻子，尖嘴巴，五官緊湊，有點呆萌，乍一看有點像田野裡的狐狸。惠子給牠起了個好聽的名字，叫雪奈。

唐瑩的狗卻是條本土的笨土狗，嘴巴短短，額頭平平，耳朵塌塌，身上大部是黃毛，四隻爪子、脖子和臉上卻帶著斑點白，一副笨頭笨腦憨憨的模樣，唐瑩喊他唐唐。

他們馴狗的方式很簡單，遠遠扔出飛盤，讓各自的狗叼回來。

黑背最機靈，演練兩次就懂了小主人的意思，剛一擲出就飛奔出去叼回來；那「老絕戶」，雖然速度慢一些，但也能按部就班叼回來。雪奈也學得有模有樣，回來後還會主動搖頭晃腦賣萌討好。

只有唐唐就差遠了，根本聽不懂指令，要麼沒事人似地趴在原地不動，要麼就憨憨地跑去，叼起來一溜煙跑到犄角旮旯藏起來，幾次三番，把唐瑩氣得直跺腳。

傻子看唐瑩如此，也就跟著生氣。旁邊老爹搖搖頭，說道：「洋人的狗都是名犬，不串種，血統純正；二鬼子姑娘的狗是咱本地的土狗，看家護院成，學東西不成。」

老爹一直背後喊唐專員二鬼子，連累著唐瑩也有這麼個不好聽的外號。傻子很不喜歡這外號，覺得跟自己同病相憐。

傻子雖然是個傻子，但是個二傻子，這也是聽屯子裡人說的。二傻子要比純粹的傻子聰明，純粹的傻子，只知道下雨往家裡跑，餓了吃飯，睏了睡覺，肚子脹了拉屎撒尿。而二傻子，除了這些，還知道幫家裡幹農活，掌握基本的生活技能，只是跟人打交道時，有點缺心眼。

他原來很在乎這個稱呼，每次小夥伴們稱呼他傻子時，他總是一本正經地糾正，說他不是純傻子，而是二傻子，之後，大家就喊他二傻子，但他又覺得二傻子才像是罵人，還不如傻子，又糾正別人喊他傻子。

所以，當別人背後喊唐瑩是二鬼子姑娘後，他就有些憤怒，又有些同病相憐！

他又不能駁斥自己老爹，就氣鼓鼓岔開話題：「洋狗真比咱土狗聰明嗎？」

「事情明擺著，同樣的事情，洋狗學得會，咱土狗就學不會。」老爹淡淡說道。

這下傻子也覺得老爹說得有道理了，就鼓起勇氣上前，在唐瑩身邊蹲下。一股淡淡的香氣鑽入鼻孔，唐瑩脖子上雪白的皮膚閃耀著餘光，又勾起了他昨晚的那個夢，臉不禁又紅了，忙低聲結結巴巴道：「唐唐是土狗……有點傻……學不會，換條洋狗。」

唐瑩生氣道：「你才傻呢！」

幾個西洋小娃兒哈哈大笑，聲音很刺耳，傻子愣在那裡，臉羞得通紅，很是窘迫，恨不得找個地縫鑽進去。

唐瑩可能意識到自己的話有些過分了，緩和下語氣，道：「小哥哥，你別生氣，我父親說了，這狗學名叫中華田園犬，看著笨，其實不笨，得找到溝通的方法！」

傻子對唐瑩的話有些將信將疑，他經常見滿屯子亂竄的土狗，互相爭食撕咬，實在沒啥聰明可言，但還是木然點點頭。

唐瑩又問：「小哥哥，你叫什麼名字？」

傻子說道：「我叫陳家旺，但大家都叫我傻子。」

「那我也叫你傻子吧，好記！」唐瑩天真地笑笑。

傻子想解釋一下，其實自己是二傻子，但話到嘴邊，覺得二傻子的確不如傻子好聽。而且，他發現一個規律：叫傻子的人不一定是傻子，而叫二傻子的人，一定是二傻子，也就默認點點頭。

傻子看唐瑩不再跟自己說話，正準備退回去，這時惠子適時走過來，提出讓傻子幫大家摘槐花。她會說中國話，雖然說不溜，但不影響意思。

眾人經她一提，這才反應過來，圍著槐樹哇哇直叫，但槐花太高，他們誰也不會爬樹。傻子也就不顧老爹眼色阻止，三下五除二爬到樹上幫大家摘槐花。

傻子腳踩著枝杈，一手拽著樹幹，探身用另一隻手去勾那些槐花，勾到後就靈巧地折斷扔下去。

小夥伴們興奮得哇哇叫，七手八腳地搶。狗狗們也亂撲亂咬，你爭我奪，躲在花叢中的唐，這會也偷偷跑來參與進來，咬住一枝就雙爪按住搖頭晃腦地撕扯。

唐瑩臉蛋紅撲撲的，蹦蹦跳跳地指著吆喝：「傻子，我要那一支……不是那一支……你旁邊那支……」

那一枝槐花很盛，但離樹幹挺遠，很危險，但傻子還是努力探身給勾了下來。唐瑩笑得手舞足蹈。傻子心感覺酥酥的，醉了一般。

後來，他留意到藤村惠子一直矜持地站在外圍，兩手空空，她穿著和服，行動拘謹，並沒搶到。

傻子也就專門折了一枝瞄準她的位置遠遠拋過去，恰好扔在惠子懷裡，惠子拿起，朝他揮一下，開心地笑了。

傻子站在高高的樹杈上，陽光透過身邊的枝葉縫隙，一點點灑向樹下，恍然間，他有種錯覺，自己就是那高高在上的神靈，看著凡俗的一切。

不知為何，他忽然生出不好的感覺，覺得這人間即將失控，有一種力量，即將把這人間攪碎。他的感覺很朦朧，沒有來由，也沒有具體的證據，直到房子裡爭吵聲越來越大。

樹下，唐唐率先安靜下來，支楞著耳朵朝向樓內方向，接著幾隻洋狗也安靜下來，也朝向同一個方向。小夥伴們也都安靜下來，幾人互相看一眼，都有些不知所措。

片刻後，吵聲停止了，藤野率先走了出來，唐專員板著臉跟著出來。兩人在門口告別。

唐專員說：「藤野先生，駐屯軍可能在撒謊，人沒有丟，對於你們的過分要求，冀察當局和秦市長斷然不會同意，南京政府更不會答應。」

藤野鞠一躬，說道：「很遺憾，我們已經搜查軍營一邊，你們的人也陪著，並沒有找到，我傳達的是最後通牒。」

藤野說完，轉身朝惠子招招手，惠子也就帶著雪奈，跟著他一起朝院外走去。惠子出門前，還專門給眾人擺擺手再見。

小洋人們也紛紛散去，傻子灰溜溜爬下樹，院子裡只剩唐瑩自己了。

唐專員看傻子如此，憂心忡忡的臉上露出一絲疑惑。老爹解釋說：「神明不降臨時，就是一個普通傻子。」

唐專員也就露出了然的神情，把兩人讓進書房。

唐專員的書房古樸古香，書架上有很多的書，中國的有，外國的也有。傻子不是第一次來，最近一次是去年冬天，委員長被綁架時，唐專員就曾專門請他來看過。當時唐專員寫了兩個字，一個蔣，一個張，讓傻子幫他選，傻子選了蔣，其實他並不認識兩個字，也不知道意味著什麼，只是隨手選的，事後應該是賭對了，唐專員成了唐部長，不過人們還是習慣稱呼他為專員。

老爹讓他先落座，然後拿出香爐，放在面前的几案上，點燃三炷香，然後攀談：「唐部長，上次的鬼子，找到了嗎？」

唐專員搖搖頭，道：「奇怪，沒有找到。」

老爹臉上浮出一絲難堪，說道：「也許該按神明第一次說的，往東南找。」

唐專員卻並沒有責怪的意思，搖搖頭：「不一定是神明錯了，也有可能把人藏起來了，或者送到了別的軍營。往東南找，一是塘沽回本土，二是去上海，更是難找。這也只是壓死駱駝的最後一根稻草，先不管他了，先看當下吧。」

老爹也就不再問，開始唸叨那番咒語。

傻子坐在那裡，覺得自己真像個傻子，尤其是書房門悄悄推開一道縫，唐瑩趴在門縫往裡瞧時，自己更像個傻子，而那條傻狗在她腿邊乜斜著眼睛疑惑地看著他。

老爹和唐專員各忙各的，並未注意到唐瑩。請神時，唐專員寫了兩個字，這會遞給他，讓他選。

傻子以往順手就可以選定，這次他卻猶豫了，不知道該選哪個，伸著手半天沒落下。他心裡著急，想亂選一個，卻又怕選錯了，也就明白了，這會兒也許神明出於某種原因沒有附身。

傻子老爹看出他的異樣，提醒道：「神明啊，你幫你人間的凡軀掌掌眼，一個是走，一個是留，到底該怎麼選。」

傻子似乎沒有聽明白，他的確不知道怎麼選，看唐瑩盯著他看，更是窘迫，額頭滲出汗珠。老爹順著他的眼光往門後一瞅，似乎了然，說道：「唐部長，狗是陽物，在這裡叨擾，神明不敢現身。」

唐部長慌忙起身，讓唐瑩帶著唐唐去後院玩。說也奇怪，唐瑩帶著唐唐剛走出去，傻子似乎找到了某種自信，果斷地把手指落在「走」上。

唐部長吁一口氣，眼神中的焦慮也不見了，拿出一封禮奩，塞給了傻子老爹。

傻子也就知道，該起身走了。

他知道，自己選的，和唐部長心裡打定的，其實是一回事，因為他還沒出門，唐部長家的傭人就開始往有四個輪子的鐵房子裡急忙裝行李了。

傻子隨著父親走出胡同，到了拴馬樁解開馬轡繩，爬上馬背準備回去，後面唐瑩卻跑過來，喊道：「小哥哥，等等。」

傻子也就立住，唐瑩把她的狗拽到他前面，說道：「傻子，父親要去南京彙報時局，我們全家都要一起去，這狗沒法帶，你能幫我養一下嗎？」

傻子老爹猶豫道：「這個，大小姐，屯子裡條件差，出個意外我們擔待不起呀！」

唐瑩撒嬌道：「傻子哥哥，我們十天半個月就回來了，到時你再還給我嘛。」

傻子明白老爹擔心神明怕這畜生不再降臨，他本就不喜歡神明，但看唐瑩如此嬌媚，不顧老爹頻頻使眼色，俯身接過了那傻狗。

唐瑩叮囑道：「你可要對牠好一些，多給牠吃肉，不能讓牠瘦了，特別是，不能吃了牠。」

傻子又機械點點頭。

「對了，唐唐很乖，不會隨地大小便的。你在院子裡挖個小坑給牠當茅房。牠『嗯嗯』的時候，是要小解，」唐瑩嘟著嘴發出「嗯嗯」聲，「嗯——嗯——的時候，說明要大解。」唐瑩這次拉長了聲音。

傻子沒想到還有這麼多講究，但也一一默默記下了。唐瑩叮囑完，用手托起唐唐的下巴，指指傻子，道：「唐唐，這是我朋友，我不在的時候，你一定要聽他的話，不要淘氣呦！」

唐瑩說完，順手給傻子塞了一張大票法幣，不等他拒絕就蹦蹦跳跳回去了。

那隻傻狗這下似乎明白了怎麼回事，嘴裡汪汪直叫，掙扎著往唐瑩方向猛撲，傻子忙緊緊抱住牠。

傻子和老爹走到大胡同時，身後四個輪子的鐵房子按著喇叭駛過，傻子知道，這東西叫汽車，不吃草，只喝一種黑乎乎的叫油的東西，喝完就能跑很遠。

傻子看到，唐瑩透過玻璃朝他揮手，確切地說，是朝唐唐揮手。唐唐還想掙扎，可那汽車屁股噴出一股帶著油臭味的濃煙，四個軲轆轉起來，一會工夫就跑得不見影了。

唐唐看著鐵房子消失的方向，哀鳴不止，一副被母親拋棄的委屈表情。

老爹看著汽車屁股噴出的那一股濃煙，似乎是對傻子說，似乎自言自語道：「又要出亂子了。」

傻子愣了一會，問父親：「爹，既然打定主意，為何還花錢請神明指點？」

傻子爹嘆口氣，道：「三兒，你不懂，人必須先盡了人力，神明才會將意志悄悄降臨。你上次不該自作主張，說不準往東南，就找到人了。」

「那個人就那麼重要？」

「很重要。」

傻子也就默然，很有些自責，沉默了一會，轉而問道：「可神明為何單單選擇我？」

「因為……你特別吧！」

傻子依然似懂非懂，他不喜歡躲在暗處時刻窺探自己的這個神明，有了唐唐，可以暫時擺脫了，他也就喜歡這傻狗。

# 第三章　傻子的大哥

兩人並馬往回走。

傻子摸著唐唐腦袋，那傻狗卻把頭一扭，賭氣般歪向另一側，拒絕著他的親暱，似乎把被小主人拋棄的原因歸咎於他了。

傻子也無奈，特意拽著轡繩讓馬靠著胡同根，從一枝枝槐花枝子中穿過，枝葉縫隙，外面是被剪碎的零碎天空，心裡空落落的。

「三兒，別想那一樹高枝了，別說你現在的情況，哪怕你是個正常人，你們也不可能。」老陳頭打馬在前面，背對著他，惋惜說道：「人家是上過洋學堂的女娃娃，又是一副美人胚子，將來嫁的不是督軍，也得是個大帥，說不準嫁給洋人，總之，也不會落在咱草坷裡。你別嫌爹說話難聽，世道就是如此，爹活了半輩子了，門當戶對這點還是拎得清的。」

傻子「哼」了一聲，伸手把擋路的槐花枝子推開，他不喜歡被爹看破心思，嘴硬道：「誰說要娶她了？」

老爹卻不跟他計較這個，又嘆息道：「這就是咱的命啊，誰讓大清亡了呢？要是大清還在，這麼說吧，咱屯子裡你看上誰，爹都給你娶回來，還可以給你多娶兩房姨太太。如今是民國了，革命黨的天下，不同以往了。」

父子倆一時誰也不說話。

過了好一會，老陳頭又打破沉默：「世事無絕對，人算不如天算，最終要聽神明的。若真打起來了，宣統帝在鬼子幫忙下揮軍入關，咱家又是皇親國戚了，娶她那是抬舉他。」

傻子發現這路不是出城的路，就提醒道：「爹，走岔路了。」

老爹道：「先去學堂找你大哥，今年先把你大哥的婚事操辦了，明年給你二哥定了親，後年，等攢夠錢，我託人也給你訂一門親……村東頭徐家女娃腿腳不俐落……她也別挑你的理，畢竟你是囫圇人，而且是個二傻子嘛！」

傻子把臉一扭：「我不訂親！」

老陳頭嘆口氣，道：「男大當婚女大當嫁，哪有不訂親的。」

城裡這會兒明顯有些亂哄哄的，那些汽車來來回回在大戶人家門口穿梭。老爹說道：「不能讓你大哥再在外面瞎蹦躂了，萬一做出人業來，不是鬧著玩的。再說……半年不著家，一年拖一年，趙家姑娘等了他四年了，再等就成老姑娘了。」

「哥不喜歡。」傻子沒頭沒腦道。

「狗屁！什麼喜歡不喜歡？婚姻就是父母之命媒妁之言，以前推託說求學，就那麼不三不四把人家姑娘吊著，如今已經結業了，還不著家，他到底想幹嘛？」

老爹說著說著把自己的火氣勾上來了：「我看你哥就是上學把心上野了，瞧不上村裡莊戶人家了。現在的陳家，雖不是名門大戶，那也是要頭要臉的，可不能做出背信棄義讓人戳脊梁骨的事兒來，咱祖上可是……」

傻子聽出來了，自從自己說了祖上在皇宮當過太監後，老爹再提起時，似乎有些心虛了。

老爹又把話題說回去：「你哥八成是喜歡上學堂裡的女學生了……老祖宗都說了，女子無才便是德，女人上學堂成何體統……聽說那些女學生光天化日之下就跟男同學手牽手，一點三從四德都不講……你哥要想把這樣的人娶進門，那就是羞了先人板板[2]了……」

傻子沉默地跟著，爹的話是老黃曆，左耳朵進右耳朵出，到了前門大街，那裡充滿了煙火氣：捏糖人的、磨菜刀的、耍把戲的，包子鋪正冒出騰騰熱氣，旁邊還有耍皮影戲的……

這裡不能騎馬了，兩人就下馬準備步行。這時，遠處傳來一陣喧囂，傻子扶著馬背踮起腳尖，遠遠看到一群黃色洪流浩浩蕩蕩滾過來：是烏壓壓看不到頭的學生，他們拉著橫幅舉著標語，把胡同塞得滿滿當。

路邊做生意的小販一邊抱怨一邊紛紛避讓。

傻子很好奇，目不轉睛地盯著看，光天化日之下男男女女真的手拉著手，一點都不避諱。

男學生們都穿著黑色中山服，頭上戴著黑色低簷帽；女學生上身藍色對襟長袍，下身黑裙

---

2 編按：指祖先棺材板或者祖先靈位。

子，都張著嘴巴，露出雪白的兩排牙齒，聲嘶力竭喊著口號。

「誓死不當亡國奴！」

「反對華北自治！」

「反對冀察當局縱容日寇！」

「停止內戰，一致對外！」

傻子聽不太懂，只知道他們反對的是鬼子，但他喜歡他們揮舞著拳頭張著嘴巴齊聲吶喊的樣子，讓他想起了夏雷滾過池塘時，青蛙張著大嘴萬蛙齊鳴的情景。

唐唐也從他臂彎裡探出頭，好奇地盯著這一切。

老爹不知何時從身邊消失了，只剩那匹馬在那裡打著鼻息，傻子也沒在意，繼續饒有興趣地看遊行，這比唱大戲還有意思。

人流像波浪一樣，一波又一波在身前湧過。忽而，在洪流中，傻子看到一個醒目扎眼的灰色身影在其中跌跌撞撞穿梭——不是他爹是誰。

老爹像池塘裡的蛇，在洪流中彎曲前行，划開一道道灰色波浪。等鑽到洪流深處，從背後猛然抓住那個舉著旗杆的穿中山服的學生肩膀，那人回頭，赫然就是大哥陳家興。

大哥本來舉著橫幅的一頭，他如今被一拽，手一歪，這橫幅就落下來，纏住了一溜人群，隊形立馬亂了。老爹的粗暴行為惹來了周邊學生們的不滿，七手八腳揪住他肩膀就要揍他。

陳家興忙橫身攔住，給眾學生解釋：「不要動手，我爹，我爹！」

眾學生明白是家庭矛盾，也就順手接過他手中的旗杆，舉著橫幅繼續遊行。

老爹氣呼呼道：「天天在學堂不學好，瞎胡鬧，跟我回家。」

陳家興很激動：「爹，怎麼叫瞎胡鬧？我們是在抗日救亡。如今形勢危如累卵，東北淪陷，華北危急，日寇步步緊逼，中華民族到了危急存亡的邊緣，四萬萬同胞都在水深火熱之中，我們要救亡圖存。」

老爹道：「祖宗，你先救救你爹吧，你再不回去成親，你爹這張老臉就沒法在屯子裡活人了。」

「那也得等我遊完行，我不能當逃兵。」

「國民政府都不管，你們手無寸鐵的學生，能頂什麼用？」老爹怒氣沖沖道。

「我們的血肉之軀可以匯成鋼鐵洪流，可以沖破一切枷鎖。」陳家興激動得雙手直揮。

這時，隊伍突然亂了，陳家興口裡的鋼鐵洪流瞬間散開，化成一絡絡細流，像四散奔走的蛇一樣，迅速朝兩邊巷子裡沒頭沒腦逃去。

街道上滾動著驚叫：「軍警來了，快跑！」

傻子站在拴馬樁上，看到遊行隊伍最前方，一群穿著綠色衣服戴卡其色帽子的人正舉著警棍四處追打學生：有個學生想反抗，被一棍打在腦門上，濺出的鮮血在陽光下折射出斑斕的光；有個學生掙扎著被四個軍警抬走；有個女學生被拽著頭髮倒拖著出去；有個學生朝警察投擲了石塊，轉身就跑，可惜被後面軍警趕上，對著後腦勺一棍，一個趔趄趴在旁邊桿子上，身子軟綿綿地癱倒在地上……

那一棍似乎打在傻子的後腦勺上，他身子一哆嗦，懷裡的唐唐也跟著一哆嗦。

他從拴馬樁上下來，正猶豫跑不跑時，大哥和老爹已經逃到身邊，一人騎上一匹馬，打馬往胡同深處跑去，全然忘了他這個傻兒子。

傻子愣了片刻，也就抱著唐唐跟在後面發足狂奔。

最後，他在豐澤園門追上了兩人，老爹和大哥放下馬，正想去豐澤園裡面躲一躲，卻被轟了出來。豐澤園是城裡最大的飯店，平常出入的都是達官顯貴，還有洋人，軍警是不敢去裡面搜的。

而且，傻子老爹和豐澤園的萬老闆是相識的，當年萬老闆請傻子去看過運勢，當時在座的還有幾位北平城裡有名的商行老闆，傻子給幾人一一看過，結果竟然出奇地一致：半世榮光，下場淒涼。

傻子老爹也很驚訝，再三問傻子是不是看錯了，傻子搖搖頭，說他也不知道怎麼回事。

萬老闆幾人都不高興，說什麼狗屁神明，不過欺世盜名之徒，豈有所有人命相一致的道理？最後看事的酬勞也沒給。

如今事急了，傻子老爹病急亂投醫，想上門求個方便。萬老闆穿著長袍，站在台階上，像驅趕乞丐一樣揮揮手，戲謔說道：「你們今天出門就沒問問神明嗎？」

傻子老爹滿面羞慚，帶著大兒子躲到遠處犄角旮旯裡。

幸好，軍警沒有追到這邊，傻子到時，老爹和大哥不停喘粗氣。傻子畢竟身子骨還沒長結實，更是跑得上氣不接下氣，胸膛裡火辣辣地疼。

唐唐並不累，一直在他懷裡，竟然也學著他的樣子吐著舌頭喘大氣，很是滑稽。

老爹喘了一會，揉揉老腰，埋怨道：「三兒，你跑什麼，誰會為難一個傻子？」

傻子也就有些赧然，對啊，老爹危急時刻都不在乎這個傻子兒子，別人誰會為難一個傻子？

「這下正好，齊活了。」

老爹從麻袋裡掏出一根麻繩，把自己大兒子給捆起來，另一頭拴在自己馬鞍上，「甭想半路逃跑，跟我乖乖回家。」

「你這是法西斯，是封建家長制！」大哥抗議道。

「你今兒個算是說對了，爹以前就是太慣著你們了，把你們慣得不著調了。今兒個老子不但要當什麼發西死，還要當發東死，還要當你說的那個什麼封建家長。還是老社會好啊，家有千口，主事一人，不能由著你們這幫兔崽子翻了天。」老爹憤憤道。

傻子跟著老爹出了城，走在回屯子的鄉間小道上。

夏天似乎一日之間就來了，馬路兩邊垂柳成行，綠葉成蔭，綠油油的麥田裡麥子正在拔節，楊絮滿天飛舞，麻雀忽而成群飛起，忽而一起降落，偶爾有野兔的背影從溝渠上一躍而過，轉瞬消失不見。

傻子回頭望一眼，背後北平城裡，炊煙正裊裊升起。

大哥陳家興仍在試圖說服他那頑固的爹：「爹，不是我不想安心學習，而是偌大中國已經在存亡的關頭，整個華夏容不下一張書桌了。再說，匈奴未滅，何以家為……現在提倡自由戀愛，您這包辦婚姻壓根不合法。」

「父母之命媒妁之言，自古就是這個道理，哪裡不合法？」老爹恨恨地道。

「我壓根不喜歡趙家姑娘，我們在一起是不會幸福的。」

「我也不是不通情理，等成了親，入了洞房，你再去鬧你的革命。」

「哼，誰娶的誰要，反正我不要。」

「混帳話！」

傻子對老爹的話有些懷疑，打馬趕上，跟老爹並排，悄悄問道：「爹，只要入了洞房就放大哥去鬧革命嗎？」

老爹從鼻子裡哼出一絲冷氣，道：「傻話，男人只要入了洞房，就不去想三想四鬧什麼革命。」

傻子不明白入洞房有什麼好，但忽而想起了他那天的春夢，臉色頓時紅紅的。他最懊惱的是，沒有看到夢中女孩的面容。他覺得似乎是唐瑩，但似乎又不是，這東西就像是神明算命，不到最後一刻，都不保準。

夕陽下，老爹騎馬走在前面，大哥被繩子拴著跟在後面，他跟在大哥後面，懷裡抱著唐唐，夕陽的餘暉將他們的影子拉得很長很長。

# 第四章　夜半炮聲

陳家屯是典型的北方村落，東一戶、西一戶，零零散散上百戶人家，光景好的，住著四合院，光景差的，幾間茅草房，但家家戶戶都有院子，裡面種著棗樹、老槐樹，還有桂花樹等等。

傻子家是地主，光景不錯，五間正房一溜排開，東邊是矮三寸的廂房，是給大哥準備的婚房；西邊是再矮三寸的廂房，是給牲口住的。

傻子把馬拴在院中的棗樹下，把唐唐放下地。唐唐興致不高，來回嗅嗅，趴下身子，扭過頭不理他。

老爹不由分說把他大兒子反鎖在了東廂房內，呵斥道：「你先老老實實給我把趙家姑娘娶回來，洞房之後，救你的國也好，抗你的日也罷，我絕無二話！」

傻子娘聞聲從正房出來，看到這一幕，有些發懵：「他爹，家興剛回來，怎麼給關起來了？」

老爹嘆口氣：「看樣子世道又要變了，這兩天趕緊尋摸個好日子，把他的婚事給辦了，不能再拖了。」

傻子娘道：「宣統帝退位後，這才過了幾年好光景，又要變天了？」

老爹哼一聲，道：「這次說不準宣統帝還能回來。」

「我看呢，現在日子不比當時差。」傻子說完轉身去廚房燒火去了。

晚飯很豐盛，多了平時不常吃的雞肉和魚肉。傻子嚥了口唾沫，卻沒有立即開吃，而是找了個瓷碗，掰塊饅頭蘸了蘸菜湯放進去，之後把魚頭夾進去，頓了頓，又夾起兩塊雞肉也要放進去。

傻子娘阻止他道：「三兒，肉就這麼一點……」

傻子看向他爹：「付過錢了的！」

傻子娘一時沒明白過來，老爹給自己婆娘解釋道：「那狗是老三認識的一個女娃娃寄養在咱家的，給了張大票子，當伙食費。」

聽到一張大票子，傻子娘明顯愣了愣，連說，過了，養條狗還要什麼伙食費。不過稍一猶豫，眼中冒光，抓住了話裡的重點，猛問道：「哪家的女娃？」

老爹搖頭道：「江米巷旁邊的，二鬼子的閨女，喝洋墨水的，別攀扯，沒影！」

傻子娘也就嘆口氣，往傻子的碗裡也加塊肉，很為兒子抱不平，絮絮叨叨說：「可不一定，落毛的鳳凰不如雞，咱屯離著皇城根近，撿過多少漏？往老輩子裡說，陳歪頭他祖上，闖王破城時，不是娶了崇禎皇帝的外甥女？近裡說，若不是宣統退位了，你個城裡人，能娶我個莊戶人家？」

老爹搖頭道：「不一碼事，三兒是……傻子嘛！」

「傻子怎麼了？我看這世道，說不準聰明人還不如傻子。」

傻子站在一邊，彷彿說的不是自己，他畢竟是傻子嘛，聰明人的話，他不便插嘴。傻子娘把盛了一滿碗魚和雞肉的粗瓷大碗塞給他，說：「這碗給你大哥送過去，讓他趁熱吃，別餓著。」

「從門檻下遞進去，別開門！」老爹叮囑道。

傻子並不在乎爹娘說他是傻子，但他有些不高興，他平時在家只吃素菜，難得吃一次葷菜，但每次大哥和二哥回來，總會有大魚大肉，他更加覺得自己這個傻子其實是個累贅，雖然家裡的大頭收入都是自己身上神明給人看事賺來的。

他端著兩個碗，先到了東廂房門口，把門檻摘下來，把那一大碗雞肉和魚肉擱下，對裡面喊道：「大哥，娘讓你趁熱吃。」

大哥陳家興在裡面吆喝道：「我不吃，我不吃，我要絕食，我要抗議！」

傻子心中一動：「真不吃？」

「不吃！」大哥聲音果決。

傻子想了想，就把剛剛放下的肉碗端起來，把給唐唐吃的碗擱在那裡，之後給唐唐端了過去。

唐唐對這新家還沒適應，無精打采地趴在那裡，傻子把碗放在牠面前，摸摸牠的頭：「唐唐，有肉，快吃吧！」

那傻狗卻只是拿鼻子在碗沿上嗅嗅，伸出長長的舌頭舔了一下，吧唧下嘴，之後又倔強地把頭扭向另一個方向。

傻子又把碗移到牠鼻尖處，勸道：「吃吧，雞肉、魚肉，我平時都不捨得吃，可香了！」唐唐哼唧一聲，賭氣一般再次把頭扭開，牠這是也要絕食了。

傻子只好把碗擱在那裡，自己回到餐桌前悶頭吃飯。飯桌上他爹和他娘已經在商量買哪家的豬、宰哪家的羊、總共待多少客、請誰不請誰，最後是訂具體過門日子。

聰明的大人們幹什麼都圖個黃道吉日，但在傻子看來，日子每天都差不多，太陽一般大，都是從東方出來，西方落下，每天時辰都是定數，不會多一秒，也不會少一秒，沒甚分別。但聰明人的眼中，竟能分出吉利日子和不吉利日子。據說碰上不吉利日子，就要走霉運：出征的，要打敗仗；嫁娶的，不能一竿子到底；開市的，往往會賠個底朝天。

他原本以為，聰明人的吉利和不吉利，是看當天天氣好壞，但後來發現，也沒有定律，有的黃道吉日會颳風下雨，有的不吉利日子卻是豔陽高照。

所以，這個日子沒有定數，誰也說不準，最後自然要請神明指點。

傻子自己不甚信，卻很樂意別人信，因為只有如此，才會顯示出他這個傻子的用處。說也奇怪，只要是請他抓鬮過的，大都順順利利。

他爹和他娘這兩個聰明人討論時，他插不上話，也幫不上忙。他平時是個透明，重大的事情討論時，沒人會徵詢他的意見，他是個傻子嘛！但最後時，則會讓他這個傻子出來抓鬮決定聰明人都沒法決定的事。

準確地說，是藉助他的手讓他身上的神明抓鬮。因為每次抓完，聰明人們並不感謝他，而是感謝那看不見摸不著的神明。

他吃飽後，老爹點上三炷香，然後把卦盒請出來，在竹籤上寫了幾個日子，遞給他。然後想起什麼，一拍腦門，去門口看看院子裡的那傻狗，唸叨著這麼遠應該沒問題，還是順手把屋門關上。

老爹恭恭敬敬唸叨一番神仙顯靈的咒語，在裊裊香煙中，他一哆嗦，打了個冷戰，他就把卦盒搖一搖，一條卦籤掉出來。

老爹忙俯身撿起來，對著油燈看了看，唸道：三日後，宜嫁娶。

老爹神色窘了窘，傻子娘也說，時間有點緊。傻子知道，老爹心裡想的是個寬鬆日子，不過既然神明定下了，他也就咬咬牙，說這麼定了吧！

失去神靈庇佑的傻子，又成了那個單純的傻子。老爹收起神龕，臉上的恭謹退去，恢復了平時的嚴肅清冷，給了他剛剛請下神明求得指引的傻兒子一個新任務：「明天去趟城裡，把你二哥喊回來幫忙。」

傻子早已經習慣了這種態度的急速轉變，點點頭，大著膽子問道：「爹，唐唐晚上能和我一起睡屋裡嗎？」

老爹正操心大兒子的婚事，沒好氣地道：「成何體統，狗又不是人，怎麼能跟人睡一個屋裡？」

傻子不敢再扯神靈當大旗，畢竟神靈不會時刻在他身上，只好用正常人的思路說道：「給錢了的。」

老爹被噎了個跟頭，他是個信守諾言的人，也就皺皺眉頭妥協道：「打地鋪，不能上炕。」

傻子回到院子，咂摸一番，把砌牆剩下的泥坯搬進屋裡，放他棗木床旁邊，泥坯上面鋪上一層氈子，再上面鋪一層乾草，然後又從衣櫃裡翻出不穿的舊棉衣，罩在上面，一個簡易的窩棚就壘好了。

傻子把唐唐牽進屋裡，引到臨時搭建的窩棚，把碗也給一起端進來，摸摸牠的頭：「唐唐，這就是你臨時的窩了。」

唐唐嗚咽一聲，趴進了窩裡，眼皮耷拉著，似乎並不怎麼喜歡。

晚上時，一人一狗，臨榻而眠。月光透過窗欞照進來，屋裡亮堂堂的。傻子靜靜躺在床上，雙手疊在腦後，腦海中一會是那個令他心悸的背影，一會是唐瑩的背影，一時難以入眠。窩棚裡唐唐不停地哼唧，仍沉浸在被主人拋棄的哀傷裡。

傻子努力去睡，想重回到那個夢中，看清那女孩到底是誰。這一次，他沒有如願夢到河邊，卻是夢到了一片青紗帳[3]，他在其中迷路了，跌跌撞撞，找不到方向，直到遠處突然響起狗吠聲，方才驚醒。

他坐起來，呼呼喘著粗氣，這才看到唐唐趴在床沿上，對著他「嗯嗯」聲喚。牠的那碗飯，

---

[3] 編按：指夏秋之間，東北一帶的高粱、玉米等農作物，因其生長得高而密，像青紗織成的羅帳，過往盜賊常藏匿其中，故名。也作「青紗障」。

還在那裡，紋絲未動。

他也就明白了，唐唐是要小解，也就翻身下炕，牽著牠去院子裡。

唐唐站在桂花樹下小解。

傻子忽而聽到東廂房裡似乎有動靜，悄悄走過去，發現門檻下的那碗飯已不在了，裡面大哥一邊吧唧嘴吃東西，一邊嘮叨：「太不人道了，好不容易回趟家，竟只給吃這點東西，肉就這兩小塊……」

傻子冷不丁道：「大哥，你不是絕食了嗎？」

陳家興嚇了一跳，愣了一下，忙把碗放下，聽出是自己傻弟弟的聲音後，重新吧唧嘴吃起來，埋怨道：「三兒，你半夜不睡覺起來瞎跑什麼？」

「唐唐要小解。」

「唐唐，誰是唐唐？就是你那條傻狗？」

「嗯，牠和你一樣絕食了，但牠有骨氣，沒吃，你吃了。」

傻子只是陳述了一個事實，但他大哥陳家興當即就噎著了，打了半天嗝，方才緩過來，說道：「三兒，你不懂，這不叫沒骨氣，這叫鬥爭策略，當然，你那腦瓜不會明白的。」

傻子的確不明白，但大哥的話並不讓他信服，每當他問出許多難以回答的問題時，那些聰明人總會囁嚅半天，然後說些玄乎又玄的話，最後加一句：你是個傻子，不懂。

大哥畢竟是他大哥，好歹沒當面說他是個傻子。

「三兒，跟你商量個事……你把我放了吧，現在是危急存亡的關口，我不能當逃兵，更不能在這兒耗著，我跟你不一樣，我不能在家裡當鴕鳥。」

傻子說道：「我不是鴕鳥。」

「我知道你不是，我就是打個比方！」陳家興對他這個弟弟有些無語，「好弟弟，你把我放了。」

「爹不讓。」傻子搖搖頭。

「回頭大哥給你買好玩的。」陳家興仍試圖用自己的思維說服自己這個傻弟弟。

「爹不讓。」傻子還是那句話。

「三兒，我們真有計畫，要掀起抗日救亡的高潮，等我們坐了天下，就是人民當家作主的天下……」

正說話的當口，天空轟隆隆滾過一聲巨響，傻子嚇了一大跳，第一反應是打雷了，抬頭看看天，月亮清爽明亮，好好地掛在天上，一點都沒有要下雨的意思。

正在納悶，又是轟隆一聲巨響，接著一聲接一聲。

唐唐嚇得一溜煙跑過來，藏到他兩腿中間。

「是炮聲！」大哥陳家興趴在窗櫺上，眼睛裡閃著激動的亮光，「拱極城，拱極城。」

閃電升起的地方起火了，紅彤彤地，半邊天就像火燒雲一樣，同時隱隱約約有劈里啪啦聲，是槍聲。

傻子爹和娘也起來了，在院子裡站了好一會，傻子娘嚇得臉都白了，連說世道真要亂了，老爹的聲音分不清是興奮還是緊張，只是喃喃道：「到底是打起來了，」又說，「還是神明算得準啊，亂世不拘禮節，抓緊辦吧。」

槍聲持續了半夜，傻子聽著聽著就習慣了，唐唐卻是害怕，跳到床上躺在他身邊，半晌方才哼唧著睡去。

醒時天已大亮，老爹一早就出去了，唐唐也醒了，跳下了床就不認人了，還跟昨天一樣對他冷漠。昨夜的飯菜紋絲未動，早上給牠盛了一碗小米粥，也只是吧唧著喝了兩口。

中午時，老爹回來了，站在院子裡，似是對自己婆娘，也似是對著大哥，宣布道：「我和趙三爺說定了，兩天後成親。」

大哥在窗戶後面抗議道：「爹，天下興亡，匹夫有責，國亡了，家就破了，成親還有什麼用？」

老爹惱怒道：「大清亡了，我和你娘不照樣把你這狼崽子脫生出來了？袁大頭下台了，騾馬就不配種了？豬就不打欄了？該幹嘛幹嘛去！」

傻子聽爹的指令去城裡找二哥陳家賢回來幫忙，他不放心留唐唐一個人在家，就抱著牠一起去了。

剛開始這傻狗很興奮，牠認識回城的路，以為是去找小主人的，就掙扎著下馬，撒歡地搖著尾巴跑來跑去。進城後發現走的是另一條路，幾番哼唧抗議，最後無效後，也就悻悻然跟在馬屁股後面。

傻子在學堂並沒有找到二哥，先生很有些無奈，說，你二哥陳家賢早就退學參加學生軍了，最後又囉嗦一句，聽說都成連長了，可惜了一個讀書的好苗子。

北平城傻子原本就熟，按照先生的指引，七轉八拐找到了學生軍團駐地。

駐地就跟炸窩的雞窩似的正亂哄哄的，門口停著一溜鐵房子，這些鐵房子每一個都很大，足足有接走唐瑩的鐵房子幾個大，而且這鐵房子屁股是開的。學生兵們就背著槍，抬著彈藥箱，七手八腳從車屁股鑽進去。一座滿了，轟隆隆開走，剩下的人接著再蜂擁鑽進下一座。

傻子在人群中認出了二哥，二哥變樣了，一身灰色軍服，背上一把大刀，腰裡別著一支駁殼槍[4]，皮帶上掛著四個手榴彈，正在指揮學生兵們搬彈藥。

傻子對這個穿著軍裝的二哥有些陌生，一時沒敢上前相認。

唐唐衝著鐵房子汪汪叫了兩聲，陳家賢正要爬進車屁股，聞聲回轉頭，就看到了他的傻子弟弟杵在那裡，又跳了下來，驚訝地問道：「三兒，你怎麼來了？」

「爹讓我找你回家幫忙，大哥要娶親。」

陳家賢一臉不可思議：「老大改性了？怎麼同意娶親了？聽說前幾天他們還組織學生遊行

---

4　編按：即毛瑟C96半自動手槍。

來。」

傻子二哥已經好幾年不跟大哥叫大哥了，改叫老大，以顯示兩人的疏遠。

傻子實話實說：「爹綁回去的。」

陳家賢露出一個原來如此的表情，拍拍腰間的槍，指指正鳴笛催促的鐵房子，說道：「你回吧，我們要去增援南苑，回去別跟爹說我參軍了，就說沒找到我。」

傻子點點頭，問道：「不開拔你是不是也不會回去？」

二哥陳家賢明顯愣了愣，然後拍拍他的腦袋，道：「我們原來是革命與反革命的關係，不共戴天的那種。現在呢，國共合作，算是合作關係，不過合夥的買賣，早晚散夥。」

二哥說完，鑽進鐵房子屁股，那鐵房子渾身抖動一下，屁股噴出更濃的煙霧，然後轟隆隆而去。

傻子也就帶著唐唐回屯子，一人一狗都垂頭喪氣。傻子跟老爹說，沒找到二哥。老陳頭更是生氣，說有一個算一個，沒一個省心的，嘮叨了半天。傻子看爹不高興，說我也可以幫忙。老爹盯著他看一眼，搖搖頭，說你別添亂就成。

傻子很失落，不過他也習慣了，他從小就明白，自己跟別人不一樣。老爹每當跟別人提起大哥和二哥時，總是兩眼放光，哪怕兩人都忤逆他，從不聽他的話，爹嘴裡罵著，但臉上卻帶著驕傲。他從不忤逆爹，但老爹提起他時，總是唉聲嘆氣。

屯子裡，紅事和白事是頂大的事，都得大張旗鼓地操辦，家族的近親都會來幫忙。陳姓曾經闊過，是大戶，這樣的日子，自然不會少了幫忙的。院子裡人來人往，熱熱鬧鬧。

女人們一邊忙活一邊東家長西家短，男人們一邊忙活一邊說著昨夜的槍聲。屯子雖然屬河北地界，但屯子裡人卻一直把自己歸為北平，語氣中還有些老皇城根人玩世不恭的戲謔：

「昨夜又響炮了，陣仗還不小……」

「嗨！這宋軍長估計得腳底抹油了……」

「看他的面相就不像是能鎮得住北平城王氣的人……」

「這次是哪個大帥坐金鑾殿？」

「這次呀，聽說是鬼子……」

這些話傻子聽不大懂，看一個叔伯在殺雞，就湊上前。叔伯一刀割在雞脖子上，那脖子斷了一大半，往盆子裡噴著熱騰騰的血。叔伯有點尿急，說傻子你幫我摁著，等控乾了血就放熱水裡脫毛，我先上個茅廁。

傻子有些害怕，但此刻，一個傻子，如果這點都做不了，又會招人恥笑，也就硬著頭皮接了手。

後來血流慢了，雞頭都耷拉下來了，傻子以為已經死透了，手上就鬆了力道，結果手裡的大公雞竟然一撲騰，脫手飛了出去，那公雞頭都歪在一邊，竟然撲騰著翅膀滿院子飛。

傻子嚇得一蹦老高往後退，那唐庚也嚇得一蹦老高往後退，那公雞不辨方向，又飛回來了，嚇得傻子抱頭就跑，唐庚也嚇得跟著他跑。院子裡響起一陣哄堂大笑聲。

公雞撲騰了一會，還是噘氣了。

傻子很是懊惱，帶著唐唐垂頭喪氣離開院子，他覺得跟那些正常的聰明人格格不入。屯子外面是一望無際的田野裡，到了田地裡，唐唐情緒似乎也明顯好了許多。傻子乾脆把狗鏈解下，讓牠自由撒歡。

沒了束縛的唐唐，在曠野裡跑了兩個來回，然後又重新趴在麥苗裡——牠還沒有從哀傷中完全走出來。

麥田裡恰好有個破舊的鋁盆子，傻子撿出盆子，用鞋幫把盆沿踩平，做成一個圓形的「飛碟」。他捏住飛碟邊緣，奮力地往空中一擲，那飛碟在空中劃道美麗的弧線，飛到了綠油油的麥田深處。

「唐唐，撿回來！」他命令道。

唐唐只是掃了一眼，嗚咽一聲，重新把頭趴在地上。

傻子沒轍，只好自己屁顛屁顛跑去撿來，再次在牠眼前晃晃，又一次扔到遠處，唐唐仍舊趴在那裡不肯動彈。

傻子為了能讓這傻狗更準確地理解他的指令，親自示範一遍：把飛碟甩出去，然後自己像狗一樣手腳並用爬過去，用嘴叼起來，一溜煙再爬回原地，放在唐唐面前，然後拍拍牠的腦袋：「看明白了沒？就這樣！」

唐唐哼唧一聲，似乎是聽懂了。傻子就把飛碟重新扔了出去，喊道：「叼回來！」

唐唐終於起身撒開腿追過去，最後把飛碟叼起來。傻子高興壞了，以為牠開竅了，就揮著胳膊歡呼，可很快他就愣住了：唐唐並沒有叼回來，而是又原地趴下去，兩隻爪子抱著飛碟不停亂啃。

傻子一溜煙跑過去，想把飛碟奪過來，那傻狗卻是叼起飛碟，徑直往遠處跑去，越跑越遠。傻子嚇了一跳，以為牠要逃跑，萬一跑丟了，無法給唐瑩交代，也就撒開腳丫子火急火燎去追牠。

那傻狗一直跑到一處山坡上，回過身來，蹲在那裡，叼著飛盤昂著頭，戲耍似地盯著他。

傻子上氣不接下氣地到了山坡，還沒到眼前，那傻狗又叼著飛盤起身撒開爪子往更遠處跑去。

一人一狗，就在齊膝深的綠油油麥地裡你追我逐。

傻子快時，牠也快；傻子慢時，牠就慢；傻子停時，牠也停住，還會回來故意逗引他，然後轉身跑掉。

傻子明白這傻狗是在逗他玩，終於洩氣了，乾脆不追了，四仰八叉躺在了麥田裡休息。麥苗簇擁在一起，濃密柔軟，躺在上面晃晃悠悠，就像漂在水面上。

天空碧藍如洗，白雲像棉絮一般飄在半空，一朵飄走，又一朵飄來。

泥土裡有蛐蛐鳴叫，風掠過肌膚，輕柔涼爽，空中彌漫著一股好聞的青草氣息。

唐唐也不鬧了，慢慢湊過來，躺在了他旁邊，兩隻後爪伸直，兩條前爪蜷起，讓白色的肚皮對著天空，舒服地哼唧一聲，瞇起眼，也盯著白雲發呆。

天地一片祥和，時間彷彿靜止，偶爾一隻布穀鳥驚起，在白雲和麥地之間一閃而過。

不一會兒，傻子就沉入夢鄉，旁邊唐唐也打起了呼嚕。直到傍晚時，村頭傳來傻子娘吆喝回家的吃飯聲，一人一狗才醒來，不情不願地起身，同時伸個懶腰，依依不捨地回家。

傻子受了半天愚弄，有些生氣，不願意搭理唐唐。那傻狗似乎明白，故意在他身邊褲腿邊蹭來蹭去，逗他開心。

一人一狗，算是暫時揭過梁子。

# 第五章　傻子當了新郎官

傻子家裡忙了兩天，殺豬、宰羊、炸雞、燉魚、蒸饃……

炸好的半成品放在院子裡晾晒，傻子時常悄悄拿一些給唐唐吃了，唐唐果然喜歡吃肉，吃得津津有味。

這兩天，傻子就帶著唐唐在田野裡玩耍，傻子家裡有桿獵槍，以前經常跟著老爹打兔子，但大都是在冬天，一望無際的黃土地上沒有了莊稼遮掩，很容易發現目標，但此時田野裡草木茂盛，易於小動物藏身，很難尋覓兔子蹤跡。

不過如今有了唐唐，就容易多了。傻子對著天放一槍，兔子就會竄出來，然後這傻狗就開始追，傻子跟他一起來回圍追堵截，一人一狗樂此不疲。

還真讓一人一狗逮住一隻，傻子用隨身攜帶的小刀，把兔子剝皮，然後開膛破肚，除掉內臟，清洗乾淨，再找來幾根生鐵條，在河沿上臨時搭個鐵架子，又找來灌木柴生起火，把兔子架在架子上烤。

不久之後，田野上就飄著誘人的香氣，一人一狗就在那裡大快朵頤。

兔肉吃多了有點澀，傻子又從麥田裡摟一把已經飽滿的青麥穗，用火燎一燎，用手一搓，酥黃的麥粒就出現在掌心。傻子吃一口，給那傻狗一口，最後都吃得肚子滾圓，一起趴在水溝裡喝水。

吃飽喝足了，繼續躺在麥地裡看雲朵。

成親前的那天晚上，傻子半夜起來帶著唐唐小解完，迷迷糊糊往回走，卻聽東廂房裡的大哥陳家興悄聲喊住他：「三兒！」

傻子迷糊著走到窗前：「怎麼了，大哥？」

「三兒，大哥平常疼不疼你？」

「不疼！」傻子實話實說。

陳家興沒想到自己這傻弟弟竟然如此實誠，被噎了一個大跟頭，愣了好一會才給自己圓話：「其實大哥心裡疼，就是沒表現出來。」

「不信！」傻子用這簡短的回答表示著自己的態度。

陳家興也沒轍了，只好道：「大哥就直說了，你把門打開，把大哥放了，大哥真的不能成親，這樁婚姻對我來說就是封建禮教強加在我脖子上的枷鎖，我是新青年，是革命者，壓根也不喜歡什麼趙家屯的趙翠花……」

「大哥，你是不是真的喜歡上學校裡的女學生了？」

「……你懂得還挺多！」

「她好看嗎？」

「嗯，好看！不對，壓根跟好看沒關係，我們是革命同志。」

傻子卻順著自己思路說道：「爹說了，你要娶女學生，他就一頭撞死在先人板板上！」

「你要不放我，我今晚就一頭撞死在這裡，讓他明天辦不了喜事，你也就永遠失去我這個大哥了，你會傷心的，是吧，三兒？」陳家興對自己的話很有些懷疑。

「那準備好的飯菜怎麼辦？那麼多肉呢，不是白費了？」傻子繼續道。

陳家興又被噎了一個跟頭，他頭一次發現跟這個弟弟完全無法溝通，或者說，無法把弟弟帶入他的話語陷阱，就賭氣道：「白費不了，辦不成我的喜事，還可以辦白事，正好用上。」

傻子聞言，眼睛忽然亮起來：「那你等等，我這就放你走！」

在陳家興趴在窗子上狐疑的目光中，傻子貓著腰去了正房。

傻子在窗外聽了一會，裡面爹娘呼嚕聲此起彼伏，也就放下心來，悄悄走到堂屋外，打開門閂，躡手躡腳搬來板凳，踩在上面把鑰匙從牆上摘下來，然後回到東廂房，打開門閂，把他哥哥——陳家興放了出來。

陳家興激動地抱住他的傻弟弟，小聲道：「乖弟弟，還是你最疼大哥，捨不得你大哥死。」

傻子搖頭道：「不是！」

陳家興又疑惑了：「那是為什麼？」

傻子道：「唐唐要吃肉。」

革命者陳家興一時迷惑不解，不知道這裡面的邏輯在哪裡。傻子看聰明人大哥都沒想明白，就高興解釋道：「你死了，還有人吃席，但你要跑了，酒席肯定就辦不了，那準備的肉就沒人吃了，就可以都省下來給唐唐吃了。」

陳家興頓時莞爾，他沒想到竟是這個理由，不過終究是自由了，他滿不在乎，興奮道：「哥哥這一去，那就是雄鷹飛出牢籠，要幹一番大事的。」

傻子問出了心中的疑問：「革別人命就那麼好嗎？」

陳家興又噎了一下，說道：「你不懂，我們要推翻腐朽的舊社會，讓人民當家作主。」

陳家興轉身正要走，又一拍腦門，回身把門關上，把下面的門檻摘下扔一邊，拍拍他傻子弟弟的腦袋，說道：「我走後你把鑰匙再放回原地，別讓爹懷疑你。」

陳家興麻利地翻上牆頭，頓了頓，扭頭說道：「三兒，回頭見到你二哥陳家賢，告訴他一句話，世間沒有救世主，只有共產黨才能救中國，讓他早日回頭。」

說完，革命家陳家興跳下牆頭，「哎喲」一聲，然後消失在了黑夜中。

傻子也沒想到，當時他這個有點自私的舉動，竟然陰差陽錯讓大哥走進了歷史的洪流，也走向了波譎雲詭的命運。

他只是個傻子，只想讓自己的那條傻狗吃肉，僅此而已。他還是照著哥哥的吩咐，把鑰匙悄悄放回去，又帶著唐唐悄無聲息地回去躺下。

這期間，唐唐一直跟在他屁股後面，不發出一點響聲，似乎也知道不能驚動別人。這會趴在地下，舒展下腰肢，也學著他呼出一口渾濁的大氣。

傻子把食指放在脣前噓一下，悄聲說道「保密」，這傻狗竟然哼唧一下，似乎真明白一般。

傻子躺在床上，看著外面的月光，很多事情想不通。他想不明白神明哪裡來的，也想不明白大哥為什麼非得革命，更不明白大哥和二哥曾經爭論得面紅耳赤的那些問題有何意義。

傻子有傻子的好處，就是沒人會提防他，他也就知道許多祕密。他不僅知道老爹的祕密，還知道大哥和二哥的祕密。大哥和二哥都是革命黨，但他不明白的是，都是革命黨，但兩人的黨又不是一夥的。大哥的黨姓共，二哥的黨姓國。他們爭論得也很奇怪，一個主張天下為公，一個主張天下為共，在他看來，都是一個意思，都是要為天下人民謀福利，但尿不到一壺去，時常吵得面紅耳赤。兩人以前感情很好，但加入各自的黨後，卻反目成了仇人。

他慶幸自己老爹並不知道，老爹最恨革命黨，要是讓他知道，他兩個引以為豪的兒子都加入了革命黨，估計能氣個半死。

後半夜時，遠處又傳來槍炮聲，這兩天槍炮聲一直斷斷續續，一人一狗都習慣了，傻子翻了個身，唐唐忽閃下耳朵，然後又沉沉睡去了。

雞叫三遍時，傻子被老爹的叫罵聲吵醒：「人呢？家興呢？這小兔崽子藏哪兒了？」

傻子娘也驚慌地道：「昨兒個還在廂房裡呢！」

老陳頭氣急敗壞道：「是不是你昨晚偷偷給放了？」

傻子娘道：「我哪能辦那挖自己牆腳倒窯子砸自己腦袋的事？」

老陳頭仍憤憤不平：「家裡總共就三人，不是你，難道是傻子？」

傻子聽到這裡，心裡一哆嗦，唐唐也醒了，看他一哆嗦也跟著一哆嗦。

來幫忙的人也都擠滿了院子，同族的陳三伯說道：「家興他爹，這門檻在一邊扔著，說不準就是從那底下鑽出來的。」

老爹似有不信：「這門檻才多寬，要跑早跑了。」

「我聽說，革命黨是無孔不入啊！」

「火燒眉毛了，先別追究這個了，事兒明擺著，家興是不想成親，自個兒跑了，一時半會估計找不到他。當務之急是把眼前這場子圓過去，先讓新娘子過了門，以後的事慢慢再說。」

「家興不在，可誰去結親啊！」老爹急得跳腳。

「先讓家賢替替。」有人出主意。

「老二也不知道野哪去了，沒著家。」

傻子躺在床上，心裡暗樂，這親終究是結不成了，那些雞鴨魚肉就都剩下了。

忽而，聽到開門聲，雜七雜八的腳步聲，他還沒等反應過來，卻是被七手八腳塞進了一件大紅喜袍裡。

他愣了一下，頓時反應過來，嘴裡嚷嚷道：「我不去，你們這是騙人的。」

「這不叫騙人，事急從權，要不是你大哥二哥都不在，哪裡輪到你這好事？」陳三伯說道。

他還要說什麼，卻是身不由己了，一把溼毛巾劈頭蓋臉在臉上胡亂擦了幾把，然後一頂新郎官的帽子蓋在了腦門上，接著一個大紅花別在胸口上，幾雙手簇擁著把他扶上馬背。

那隻傻狗，汪汪朝他叫兩聲，挨了兩腳，見勢不妙，竟然自己夾著尾巴悄悄溜到騾馬棚去了。

傻子沒奈何，鑼鼓一響，不由他分說，一路吹吹打打上路去了。

他坐在馬背上，有些懊惱，大哥雖然跑了，但這喜事看來還得辦，喜宴也得接著吃，之後也就沒那麼多肉留給唐唐了。更讓他生氣的是，他雖然傻，但不喜歡騙人，更不喜歡聰明人拿他這個傻子去騙人。

但這時候，一個傻子的意見是沒人在意的。他不能絲毫反抗，傻子最大的優點，就是聽話，若是連這優點也沒了，一個傻子也就一無是處了。

路上同族的後生陳癩子悄悄問馬上的陳三伯：「三伯，能糊弄過去嗎？趙太爺可不好相與。」

屯子裡總共兩匹馬，都在傻子家，傻子騎一頭，總管陳三伯騎一頭。他嘆口氣，說道：「走一步看一步吧，恐怕到了這個地步，他們不依也不成了。」

王媒婆也說：「就是嘛，傻子可是有四方仙家保著，本身娶親，不會出錯的。」

趙家屯離陳家屯七、八里地，中間隔著一條小渡河，但十里不同音，五里不同俗，河兩邊的莊稼截然不同：陳家屯這邊是綠油油的麥子，趙家屯那邊則是鬱鬱蔥蔥的青紗帳。

那馬馱著傻子走上橋頭時，天剛濛濛亮，河兩邊氤氳著薄薄的白霧，籠罩著周邊的一切，莊稼的輪廓彷彿噩夢中模糊的龐大野獸，若隱若現，似乎隨時撲出來。

傻子就專心地看自己胯下的馬後鬢。

迎親時，過橋頭需要向水裡撒銅板，不讓水裡的冤魂作祟。隨行的人一邊唸叨著「家有喜事，借過借過，買路錢奉上」，一邊把用紅紙包裹好的銅板丟下去，銅板砸在水面上發出清脆的「叮咚」、「叮咚」聲。

傻子勒住馬蹄，聽著這清脆的悅耳聲音發愣，等清脆聲過後，白霧深處的小路上卻響起「噠噠」的聲音，像是那種鐵房子的聲音。

傻子有些好奇，此時不到農忙，屯子裡很少有人清晨趕路，而且莊戶人家沒有那種鐵房子。他坐在馬上，瞇著眼睛使勁瞧，可那大霧把一切籠罩，除了流動的霧氣，什麼都看不清。眾人也都聽到了，待在原地抻著脖子瞧。

聲音越來越近，傻子居高臨下，看到一個隱隱約約模糊的輪廓出現在濃霧裡，一路帶動著霧氣，朝這邊衝來。

終於，一個頭戴鋼盔騎著三輪摩托車的士兵從濃霧裡鑽出來，車頭上插著一杆旗，旗幟被薄霧打溼了，耷拉在旗杆上。

傻子雖然傻，但也知道，不同的旗幟代表不同的隊伍：青天白日，是二哥和唐瑩的國民政府的；鐮刀斧頭是大哥的；膏藥旗是藤村惠子的。這旗幟這會耷拉著，分不清是哪裡的。

對方顯然也沒料到一大清早會在這裡遇到這麼多人，也嚇了一大跳，一拐方向，一頭栽在溝渠裡。後座上兩個戴著鋼盔的士兵同時後滾翻栽倒在溝裡，又一頭溼泥爬起來，「嘩啦」兩聲槍栓響，兩個黑乎乎的槍口對準了眾人。

眾人還沒等明白過來，一輛接一輛的三輪車鑽出白霧，不斷有人跳下，「嘩啦」聲一片，周邊全是黑乎乎的槍口，這會旗幟上的膏藥終於看清了，是鬼子。

傻子一眾人待在原地，動也不敢動。主管陳三伯反應過來，忙下馬上前作揖陪話：「太君，我們是娶親的，良民，還請高抬貴手！」

一個戴著白手套八字鬍上一道豁口的軍官模樣的鬼子邁著外八字走上前，打量了一番眾人，最後停在馬前，盯著傻子看。

傻子也看向他，覺得他八字鬍上的豁口很有意思，像是被砍了一刀。片刻後，他覺得這樣盯著對方不禮貌，乾脆就嘴角一撇，流出口水來。

陳三伯忙道：「傻子，是個傻子，娶個媳婦不容易。」

對方也就明白了，揮揮手，示意娶親隊伍過橋。

陳三伯忙不迭弓腰答謝，招呼一行人正要走，那鬼子一揮刀，又攔住他們，招招手，示意傻子下馬。

傻子順從地從馬背上爬下來。鬼子軍官抽出了隨身的佩刀，那佩刀彎彎的，像是鐮刀，又比鐮刀長許多，他在傻子面前舉起來，刀刃泛著森冷的寒光。

傻子並不害怕，而是奇怪地看著他，他想不通，為何跟一個傻子過不去。

陳三伯繼續哀求道：「太君，一個傻子，殺了不吉利。」

刀影揮下，傻子突然想起了那隻大公雞，他想看看，自己腦袋掉了後，還能活多久。

刀影揮下後，傻子一哆嗦，沒有感覺到疼，摸了摸脖子，仍然完好無損，卻聽身後一聲悶動，回頭時，那馬頭已經掉在了地上，脖腔裡正在噴血。

鬼子又如法炮製，砍掉了另一隻馬頭，然後擦一擦刀刃上的血跡，收刀入鞘，揮揮手，示意他們走。

眾人嚇得都呆了，愣了好一會，才勉強拔動腿，鑼也不敢敲了，鼓也不敢打了，連滾帶爬匆忙趕路，一時間只有鞋子踩在橋上的雜亂踢踏聲。

傻子也只好撩著新郎服的下擺跟著跑，過橋後，他回頭瞟了一眼，鬼子都已經下車忙活上了，有的在摞沙袋，有的趴在溝裡，機槍也架起來了，槍口正朝向橋面的方向。

傻子忽然想起二哥，心中隱隱感到不安，但也沒有具體的內容，只是感到莫名地擔心。

「三伯，都這樣了，娶親還要繼續嗎？」傻子的話很冷靜。

三伯牙齒打顫，腦袋卻是清晰：「那當然……別說死兩匹馬……今天就是你爹娘都嚥氣了，只要你還有一口氣……這儀式都得往下進行。」

傻子也就知道，別說自己是個傻子，哪怕自己是個聰明人，都無法阻擋這場鬧劇的。

一行人跌跌撞撞到了趙家屯。三伯這會緩過來了，用手上沾著的馬血在傻子臉上抹了一把，然後千叮嚀萬囑咐，一會啥都別說，待在眾人身後燈影裡，磕頭時儘量低著頭，別四處亂看，其餘的一切都交給他應付。

傻子雖然不樂意，但也無可奈何，一個不肯配合聰明人的傻子，那是真的傻子了。

他就這麼被引著進了趙家的堂屋。趙太爺長袍馬褂，雙手拄著拐杖坐在太師椅上，其餘族人分列周邊。陳三伯上前拱手作揖問了好，然後刻意講了剛才路上的見聞，唬得趙家人一愣一愣的，臉皮都擰巴起來，也就沒人去注意新郎官了。

傻子躲在燈影裡，拿眼悄悄四處逡巡，他不能道破這謊言，但希望能有人能主動注意到他。但那些聰明人都很忙，男人忙著給來客端茶倒水，女人忙著散發糖果，沒人仔細瞧他這個主角。他很失望，他不想騙人，更不想頂替哥哥行騙，不想誤了一個姑娘的終身。

他躬身獻茶，退後磕頭時，用他的傻腦瓜，想出了一個自認為聰明的主意，腳下故意一絆，摔了一跤。

有人終於察覺了端倪：「這好像……不是陳家興。」

「對對，身形對不上。」

趙太爺聽聞，送到嘴邊的茶杯停住，抬頭仔細瞧了他一眼，笑容僵在臉上，把茶杯砰地砸在了桌子上。

「好哇，明著給老大陳家興定親，實際上卻是嫁給老三這個傻兒子，你們陳家打得好一手如意算盤啊……我說怎麼一年拖一年，原來是等著老三啊……別以為黃泥掉到褲襠裡，我們趙家就吃了這眼前虧……我趙某人不吃那一套……」

陳三伯看穿幫了，忙拱手作揖賠不是，趙太爺卻是壓不住怒火。

趙家人群情激奮：「你們陳家以前不就是……醇王府的奴才嘛，我爺爺當年也是安郡王府聽差的，不比你們陳家差……咱們祖上世代交好，你們辦的這叫人事嗎？不帶這麼欺負人的！」

傻子彷彿事不關己，靜靜地站在一邊，這婚事，到了這一步，看來要黃了，心中一陣輕鬆。

陳三伯賠著笑臉給趙太爺賠不是，扯個謊說，老大名義上是學生，其實是什麼南京政府的人，昨夜兵荒馬亂，接到電令匆忙走的，應該有什麼急事，看今天早上這架勢，似乎跟日本人有關，我們的意思，先讓老三頂替完成儀式，回頭就送到南邊去，絕不食言。

陳三伯說完，轉頭問道：「三兒，是不是這樣？」

傻子從自己的傻子思維中被拽回現實，他本可以裝傻充愣當個任人擺布的傻子，哦，不，他不用裝，本來就是傻子嘛。但這會他不願意配合三伯撒謊。

在他的認知裡，傻是天生的，可以原諒，但害人就不對了。

他不想戳穿陳三伯，但也不肯撒謊，想了想，就說了句自以為聰明的話：「新娘既然不願意，就等我哥回來再成親也成。」

這話一說，雙方都僵住了。

趙太爺本不信陳三伯的話，但聽到這話心中卻信了七八分，眉毛鬍子抖動了足足一炷香時間。

王媒婆趁機道：「老哥啊，兵荒馬亂了，咱抓緊吧，等鬼子進了城，說不準要迎回宣統帝，王爺們到時候得勢了，你們還可以同朝為官嘛！萬一遭了亂兵，姑娘清白受損，到時可就兩說了。」

趙太爺最終嘆口氣，點點頭，於是，儀式繼續往下進行。

傻子很是懊惱，沒想到自己一句話，竟然起了反作用。看來趙家屯的趙太爺，人人口中的聰明人，也是個十足的傻子。

他不喜這些聰明人聯合起來去誆騙一個年輕姑娘跳火坑，是的，他認為大哥陳家興就是個火坑，大大的火坑。

這並非他腹謗大哥，大哥自己也是這麼說的，他說，要在中國大地燒起一把燎原的革命大火，將一切腐朽的反動的落後的舊勢力燒個粉碎。大哥說這些話時，兩個眼眶中燃燒著熊熊火焰。

他曾問大哥：「那豈不是把咱家也燒著了？」

大哥說道：「對，只要反動的，都燒毀。」

傻子那時候覺得大哥才像個傻子。

傻子知道，大哥陳家興喜歡的是學堂裡那些沒定親就跟男生手拉手不要臉的女學生，根本不喜歡屯子裡的姑娘，娶過去只會害了人家。

傻子覺得這些聰明人，其實才是披著一張仁義臉皮的傻子！

他還想說點什麼，卻是沒人聽了，被七手八腳地簇擁到閨房裡。新娘子一身大紅坐在床沿上，紅蓋頭紅褂子紅裙子紅鞋，一雙白皙的玉手絞在身前，手裡攥著一個茶碗。

傻子突然有些同病相憐，覺得這姑娘和他一樣是個可憐人。他知道，一旦喝了那碗茶，就澈底沒有迴旋餘地了，他心中湧出最後一股豪氣，不想再當個傻子，他想戳穿這些聰明人的把戲。

他剛張口，就聽到一聲「獻茶」，一盞茶就堵在脣邊，舌頭還未打卷，那盞茶卻是徑直滾入嘴中，燙得他差點跳起來。

有人喊道：「禮成，出閣。」

熱茶在口裡，燙得他舌頭發麻，嚥不下，又沒地方吐，只能硬忍著，更沒法發出聲音。手裡被硬塞入一條紅綢子，在人群的簇擁下，牽著新娘子引入轎子。

等沒人注意了，他把茶吐出來，低聲唸叨了兩個字：騙子！

銅鑼咣咣一碰，喇叭拖著悠長的聲音吹起來了，皮鼓也咚咚擂起來了，一時間喧囂聲四起，也沒人聽見他說了什麼，聽見的，也都裝作聽不見。

一個傻子的傻話，誰會在意?!

傻子隨著娶親人流吹吹打打出了村子，身邊熱熱擾擾頭，心中卻猶如空落的深淵，無著無落，搖晃在這空寂又熱鬧的鄉間小路上。

# 第六章　陰差陽錯救了二哥

出了屯子，鑼鼓聲不約而同停了。

陳癩子道：「傻子，你這神明也不怎麼靈啊，自己選的吉時，一點都不順。」

陳癩子曾請他看過壽命，他給的答案，準確地說，是他身上的神明給的答案是，活不過四十。所以陳癩子逮到機會就擠兌他，這讓傻子很鬱悶，這是神明說的，又不是他，算得吉利，都歸功於神明，不吉利，都讓自己這個傻子受擠兌。

傻子也就裝作聽不見。

鑼鼓聲時響時歇，往往並沒人指揮，就跟夏天的知了，忽而一起聒噪，忽而一起安靜。傻子雖然傻，但也看出門道來了，只有進村出村和橋頭路坎才吹打，其餘時間大家都節省力氣趕路。

陳三伯和眾人商量，原路返回的話，小渡橋是必經之地，不知道日本人走了沒有。但若要繞路的話，得多走二十多里地。眾人都沒吃早飯，肚裡空空，腿腳有些酸軟。

眾人七嘴八舌商量，沒有任何人徵詢傻子這個「主角」的意見。

傻子有些賭氣，徑直朝原路走去。

眾人看他如此，不再爭論。三伯說，既然神明給了指示，那就悶頭走吧。於是，眾人走回了原路。

傻子心中升起一股報復聰明人的快感：什麼神明？這次明明是我主動走的。

早上露水重，再加霧氣繚繞，傻子身上的大紅衣裳被打溼了，溼漉漉地黏在皮膚上。他想起了前幾天殺家裡的大公雞時，大公雞被開水泡了就是他這模樣。

陳癩子又打趣說：「傻子，我看你大哥不一定回來，乾脆你入洞房得了。」

「對，就是，不然你個傻子打一輩子光棍。」

眾人哄堂大笑，傻子更是氣悶，乾脆抬頭看向遠處。眾人都拿他不以為意了，他自己的事都算錯了，那神明到底還有沒有，就是兩說了。

一輪紅日從青紗帳的天際升起，霞光透過霧氣四射，田野裡的溝溝坎坎都開始有了朦朧的輪廓。

青紗帳在薄霧中靜靜佇立，葉子上的露水慢慢凝聚，匯聚成露珠，順著葉子滴下，墜在地上，「啪嘰」一聲響。密密麻麻的青紗帳中到處是這種「啪嘰」、「啪嘰」聲。

遠遠快到小渡橋時，陳三伯道：「傻子，你眼神好，看看日本人還在不？」

傻子抻著脖子張望，距離有些遠，霧氣尚未完全散去，橋那邊卻依舊有些模糊。

傻子搖搖頭：「看不清！」

陳三伯想了想，道：「老少爺們，鑼鼓敲起來，響亮一些，萬一日本鬼子還沒走，別讓他們再誤會了亂放槍。」

鑼鼓齊鳴，沒有招來對面的日本人，卻引來了意外的動靜：路邊青紗帳裡響起了簌簌聲，一大片高粱不停晃動。

眾人大驚，手裡的鑼鼓僵住了，不知所措地盯著。

「不會是野豬吧？」有人驚恐問道。

「多少野豬才能弄出這麼大動靜？」一人悄悄道。

片刻後，晃動的高粱延伸到路邊，波開浪裂，踉踉蹌蹌鑽出來的，竟然是個年輕後生。後生額頭上綁著繃帶，手裡倒拄著桿步槍，藏青色軍服貼在身上，已經被血浸透成殷紅。後生瞟他們一眼，搖搖晃晃往小渡橋方向跑去。

在眾人的驚訝目光中，一個又一個後生士兵鑽出來，有的一瘸一拐，有的互相攙扶，有的躺在擔架上。

青紗帳就像堤壩，而士兵就像是決堤的水，越來越多，把堤壩沖得七零八落，最後一股腦全洶湧沖出來。

這些年輕的後生兵衣衫襤褸，基本都負了傷，互相攙扶著像洪水一樣朝小渡橋頭湧去。

「都是娃娃哩！」陳三伯悄聲嘀咕道，「看服裝應該是國軍，附近也只有南苑的學生兵團了，據說宋軍長去年剛招了一批學生兵，看樣子是吃了敗仗了。唉，現在這世道，老兵油子滑得很，打起仗來有眼力，見勢不妙拔腿就逃，只有學生兵是真拚命……」

傻子想起那天在兵營看到的場景，想起自己的二哥，目光在人群中逡巡，卻一時沒有找到熟悉的身影。

看著潰兵們湧上橋頭，他腦海中忽然掠過一道閃電，「嗡」地一下愣住了，覺得想通了什麼，張了張嘴，卻沒能發出聲，嗓子眼似乎有東西卡著。

橋那頭出現了一排火舌，同時響起了清脆的噠噠聲。

橋上的傷兵就像被鐮刀割倒的麥子一樣，一排排倒下去。

學生兵頓時亂了，尖叫聲此起彼伏：

「有伏擊，快退！」

「來不及了，臥倒，臥倒。」

「跳河，快跳河！」

有士兵反應過來，攀上橋兩側的石欄，但還沒等起跳，身子一哆嗦，軟綿綿地趴在了欄杆上，血水從身體裡湧出來，順著欄杆蜿蜒而下。

反應快的，成功翻出了欄杆，跳了下去，但還沒有落到水面上，就被機槍子彈擊中，身子在空中翻了個，像斷線的風箏一樣，一頭栽進水裡。

有個傷兵僥倖跳進水裡，在水底往下游潛行，游出一段時間再露頭換氣，就在這空檔，還是被一槍擊中腦門，血花四濺。汩汩冒血的腦袋，就像一朵夏天綻放的火紅的紅蓮花。

緩緩流淌的水面上，一朵一朵血蓮花相繼綻放開來。這血蓮花綻放時間很短，片刻後就會化為一攤血水，慢慢湮染水面，最後融合成一片，將整個水面染紅。

傻子看著那片紅色的血水，又低頭看到自己一身的紅袍，哆嗦一下，感覺身體裡某種東西被抽空了。

還未來得及上橋的士兵們拚了命地往回跑，子彈也跟在他們往這邊雨點般掃來，不時有人倒地，旁邊的青紗帳也成片地被攔腰削斷。

「趴溝裡，快趴溝裡！」陳三伯見機快，一個驢打滾藏在溝裡，其餘人也紛紛效仿，王媒婆摔了一跤，磕掉了門牙。

傻子傻站在那裡，並沒有躲，他想，不是說自己身上有神明嗎？那子彈是打不到自己的。眾人吆喝道：「傻子，別傻站著，快帶著新娘子過來。」

傻子這才發現，轎子被扔在了路邊，他也就不再「犯傻」，慢慢走過去，撩開簾子，想把新娘從裡面扶出來。

趙家姑娘嚇得渾身發抖，已經動不了了。傻子想橫身抱她起來，沒想到趙家姑娘還挺重，沒走兩步，腳步一踉蹌，帶著趙家姑娘栽倒在水溝裡。

傻子不想像那些聰明人一樣抱著腦袋撅著屁股趴在水渠裡一動不敢動，他坐起來，抻著腦袋往外瞧。

遠處一個戴著軍帽的士兵挺大膽，手裡拎著駁殼槍，並不著急進青紗帳，而是蹲在溝沿上，朝對面放槍，顯然是為隊友爭取時間。

等別人跑得差不多了，他才回身繼續跑。剛跑了沒兩步，一個筋斗摔倒在地。那姿勢讓傻子想起了被擊中的兔子。那士兵真像受傷的兔子一樣，跳起來，又摔倒，跑兩步，又摔倒。最後，摔倒在了傻子面前。

他抬頭瞟了面前的傻子一眼，傻子也看清了他帽檐下的面孔，驚道：「二哥？」

來人看了他一眼，絕望的眼神裡頓時浮出亮色，但這亮色轉瞬即逝，喟然嘆道：「好哇，老天對我不賴，好歹臨終前見到我的傻子弟弟。傻子，回頭給爹娘說一聲，兒子不孝，不能給他們養老送終了。可惜了，不能多殺幾個鬼子，不過放心，我們大部隊還在城裡，肯定會打回來的。」

陳家賢舉起手裡的駁殼槍，對準了腦門。

傻子一把拉住他的手，道：「二哥，我有辦法救你。」

人流過後，娶親隊伍繼續上路，一切無恙，只不過是隊伍裡多了一個穿著對襟棉襖包著方巾裹著小腳的女人，多一個人並無可疑之處，哪個送親隊伍沒有幾個女人呢。

鬼子迎面過來，豁口軍官站在路中，用軍刀再次攔下眾人。刀刃上還閃著血光，那血光反射著朝陽，發出耀眼的光芒，傻子瞇縫起雙眼。

陳三伯終究是年長了幾十歲，見過些世面的，也在皇城根待久了，就大著膽子，笑笑示好，不過臉僵住了，笑得比哭還難看，身子跟遇到風的高粱似的，顫抖著彎了兩彎，算是打個招呼。

豁口越過他，再次審視傻子。傻子坦然地對上他那雙狹長的眼睛，他想，自己是個傻子嘛，如果有人跟一個傻子過不去，那他一定也是個傻子。

顯然，豁口軍官並不願意當個傻子，就把目光移到他身邊的轎子。刀尖一挑，掀開了簾子，看了一眼，又用刀尖去掀紅蓋頭。

陳三伯等人的臉都白了，陳癩子腿都軟了，但是傻子用手擋住了刀刃：「不成！」

豁口軍官也許不想當一個欺負傻子的傻子，抽回軍刀，揮揮手，率領士兵朝青紗帳裡追去。

等日本兵的身影消失在青紗帳裡，陳三伯擦一下額頭的冷汗，嘆一聲：「傻子，你是真傻啊！」

一眾人忙不迭地往回走，橋上橫七豎八全是屍體，根本無處下腳。血水匯聚成河，正從橋上溢出來，通過排水孔，汩汩往外淌。眾人深一腳淺一腳，從死屍堆裡蹚過，擔心日本鬼子會殺個回馬槍，拔腿就往莊子裡跑，都恨爺娘少了兩條腿，誰也顧不上誰了。

一眾人進了屯子，好歹抬著花轎回去了，誰也沒注意到，本來的主角：新郎和新娘，竟然都掉隊了。

傻子二哥扮作了新娘，趙家姑娘扮作了隨從，終於蒙混過去了。

傻子是故意放慢腳步的，等迎親隊伍跑沒影後，他對趙家姑娘說：「你快回去吧？他們合起來騙你呢。」

趙家姑娘小聲道：「我回哪？」

「回你自己家啊？」

「我已經出門了，就算陳家人了，趙家已經不是我家了。」

傻子想不明白，明明是她家，怎麼出了門就不是了呢？

趙家姑娘又說道：「禮節就是如此，嫁雞隨雞嫁狗隨狗，我出了閣就沒法回頭了，陳家哪怕是火坑，我也要跳了。」

傻子看她如此，也只好默然，他覺得，她也是個傻子了。

趙家姑娘腳小，走不快，傻子開始背著她，他身子還不結實，走了一會兒就走不動了，趙家姑娘就自己下來走，走得比他還著急，兩人一路無言，就這麼悄無聲息進了家門。

到家門後，家裡亂哄哄的，沒人注意兩人，都在忙著請郎中救治二哥陳家賢。只有唐唐歡快地跑過來，圍著他腿腳打轉。

傻子扶著趙家姑娘進了東廂房，讓她坐在床沿上。傻子忍不住瞟了一眼，趙家姑娘果然不如女學生漂亮，臉色有些黑，皮膚也有些黢，而且很是悽惶，沒了紅蓋頭，沒了紅衣裳。

傻子一時也無話可說，也站在那裡，待了一會，覺得尷尬，乾脆去堂屋看望二哥。

二哥躺在床上，臉色慘白，看到他後，招招手，示意他上前，緊緊抓住他的手腕：「三兒，你抓緊去幫二哥辦件事，好嗎？」

傻子搖搖頭：「不好！」

二哥是革命黨，他的事自然是革命黨的事，爹不喜歡革命黨，他自然也不喜歡。

二哥被噎了一下，硬著頭皮繼續道：「這個事頂重要，關乎北平城存亡。」

傻子還是搖頭：「我不喜歡打仗，什麼事情不能談呢？」

二哥道：「三兒，不是我們喜歡打仗，是鬼子不講理，非說丟了一個人，還誣賴被我們抓起來了，讓我們開門檢查，我們當然不允許，對方就直接進攻了。」

傻子心裡咯噔一下，也就明白了原委，心裡有些內疚，若不是自作主張，說不準就解開誤會了，就道：「你說什麼事？」

「把今天的事及時告訴軍部，然後再轉告南京，讓政府知道這裡的情況，抓緊增援。」

傻子聽到南京後，想到唐瑩，心中更是一頓，就道：「好的，我去！」

「嗯，我的傻子弟弟是分得清輕重的，你抓緊去趟城裡，營房的北面三里路左右，是二十九軍軍部，找何旅長，就說學生兵團二連連長陳家賢彙報，學生營血戰一晝夜，損失慘重，團部、營部、連部之間都已失去聯繫，南苑陣地失守了，讓他抓緊派兵增援！」

「太長了，記不住！」傻子搖搖頭。

二哥頓了頓，乾脆道：「你見到何旅長就說，南苑要丟了，快增援！」

「好，記住了！」

傻子轉身要出門，二哥又喊住他，再次叮囑道：「這是天大的事，一定要親口轉達，明白嗎？我們學生兵團犧牲這麼大，為軍部爭取了增援時間，要是傳達不到，我們的血就白流了。」

傻子印象中，從沒有人這麼鄭重和他說過話，不是對傻子，而是像對一個正常人一樣講話，他鄭重點點頭，道：「放心吧，傻子一言，八匹馬難追。」

傻子悄悄出了堂屋，趁人沒注意，順著牆角，溜出了院子，腳下一絆，原來那傻狗也跟上來了。

他尋思自己去城裡，帶著牠累贅，就想轟牠回去，這時院子裡那些聰明人焦急地四處找新郎官進行婚禮儀式。傻子也就沒堅持，帶著牠抓緊一溜煙出了屯子。

馬已經被殺了，只好步行，一人一狗拐到了大路上時，天已經大亮了，路上擠滿了逃荒的人群，塵土飛揚，亂哄哄的。

逃荒的人大都是一家一家的。條件好的，坐著大馬車，拖著一大車箱子；條件差一些的，推著獨輪車，一邊坐著頭髮花白的老人，一邊載著鋪蓋卷和幾個小娃，小娃一路哭，鍋碗瓢盆叮噹響；有的乾脆步行，手提肩扛，背著籮筐裝著雞鴨鵝等家禽。

於是，騾馬的鼻息聲，趕車人的呵斥聲，鞭子聲，孩子們的哭聲，老人們的咒罵聲，此起彼伏。

傻子也被裹挾進人流中，跌跌撞撞往前走。他聰明地選擇了人流邊緣，這樣唐唐就可以在路邊的溝渠裡走，省得在人流中被踩踏。

唐唐順著溝塹，東聞聞，西嗅嗅，有時會追逐掠地疾走的鵪鶉，偶爾追逐兩隻逃離主人籮筐的鴨子。

忽而，唐唐停住腳，對著遠處天空狂吠，傻子抬頭一看，竟是一隻張著碩大翅膀的鐵鳥從遠處飛來，越來越近，那鐵鳥身上塗著膏藥旗，頭頂一個螺旋槳不停旋轉，尾巴上還拖著一道長長的濃煙。

「飛機，鬼子的飛機。」有人喊道。

人流停下，抻著脖子駐足觀看，連嘰嘰喳喳的雞鴨鵝也不叫了，也抻著脖子看。

傻子清晰地看到那鐵鳥背上的人影。以前聽大哥說日本人有飛上天的鐵房子，他一直不信，以為是聰明的大哥捉弄他，在他的腦海裡，能飛上天的只有嫦娥，鐵房子怎麼能飛上天呢？今天見到，才知真有此事。

他第一次承認，在有些事情上，他是真傻。但看路上那些聰明人，也是第一次見，其實跟他沒什麼分別。

那鐵鳥炫耀似的，左晃晃翅膀，右晃晃翅膀，最後放個大臭屁，拉著尾線飛走了。

人群一陣騷動，七嘴八舌地議論上了：

「飛機去了北平城方向，莫非北平城已經被鬼子占領了？」

「宋軍長這麼不經打？一天就失守了？在喜峰口時不是挺能耐嗎？」

「那我們還去不去城裡啊，不如再回鄉下？」

「城裡總比鄉下安全。」

「我覺得還是鄉下安全。」

人流經過一陣短暫的喧囂猶豫，竊竊私語商量後，最終繼續朝北平城方向湧去。

路上實在太擁堵，有些邁不動步子，傻子身上又沒有行李，就乾脆跑到旁邊的溝塹上，沿著溝塹追著唐唐一溜小跑。

太陽到頭頂時，一人一狗終於到了永定城門。門口卻是另一重景象：兩股人流在這裡衝撞起來，鄉下來的士紳村民們拎著行李想進城避難，城裡的官老爺官太太們坐著鐵房子又想出城去鄉下避難。

兩股人流互不相讓，把永定城門堵得水泄不通，爭執聲、叫罵聲一片。平時屯子裡的莊戶人家都讓著城裡的官太太官老爺們，如今逃命時刻，誰也顧不上了。

「一幫鄉巴佬，鬼子都要進城了，我們都要出城，你們還往城裡擠什麼？」

「已經打到鄉下了，聽說都屠了好幾個村了，老百姓的腦袋都掛在路邊桿子上，你們這會出城幹什麼？再說，北平城這麼牢固，難道還擋不住日本人嗎？」

傻子突然有一種聰明人的欣喜，他想明白一項關節：鄉下人要進城，因為鬼子要打來了，城裡人要出城，也因為日本人要打來了，而所有的原因，都是南苑失守了，只要及時告訴那個何旅長，派兵前去增援，一切就解決了。

他怕誤了二哥的大事，也不再在人流中排隊等候了，他乾脆彎腰抱起唐唐，踩著旁邊的獨輪車，跳上前面的大馬車，又跳上隔壁的鐵房子，輕盈地輾轉騰挪，在一片呵斥怒罵聲中，終於從人群頭頂上穿過了城門進了北平城。

# 第七章　陰差陽錯上火車

城裡也是一樣地悽惶，沿街商鋪都已經打烊歇業，住戶們從窗戶裡探出頭來，緊張地觀察著胡同裡的動靜，鐵房子按著喇叭拖著煙屁股來回穿梭。

整個城市似乎都上了發條，彌漫著一股緊張的氣息。

傻子在老城胡同裡走街串巷久了，對各地門兒熟。他牽著唐唐，穿過幾條老胡同，過了崇文門，就到了紫禁城。城牆高大，看上去有些陰森，牆內就是二十九軍的軍部，裡面不知怎麼了，一股黑煙滾滾冒出，幾輛鐵房子轟隆隆鳴叫著跑出來，他慌忙讓到一邊。

門口沒人站崗，一人一狗徑直走進去。院子亂哄哄的，院中有一團篝火正熊熊燃燒，濃煙就從那裡冒出來。士兵們腳步匆匆抱著文件屋裡院裡來回穿梭，直接把文件扔篝火裡焚燒。

傻子怕唐唐慌亂中被踩了腳，就忙把牠抱起來。沒人顧上跟他搭話，他不知所措地站在院子中央。

院子裡只剩最後一輛鐵房子，是那種屁股敞開著的大鐵房子，裡面有兩排座椅。最後的士兵們把手裡的東西往火堆裡一扔，一個接一個鑽進鐵房子的屁股裡。

鐵房子渾身抖動慢慢往外開，這時，一個老成的士兵從車屁股探出頭，看到傻子還孤零零地杵在那裡，吆喝道：「喂！傻小子，你找誰？」

「這是軍部嗎？」傻子問道。

「嗨，別提軍部了，都跑沒影了，你就說找誰吧？」

「……」

傻子一急，卻忘了找誰，就一路跟著小跑，努力想了一下，終於想起來了一個邊角，就道：「一個騎驢的什麼長，好像姓何。」

「騎驢？這裡沒有騎驢的。」

「何驢長！」傻子澈底想起來了。

「你說何旅長啊，前腳坐車剛走，找他有事兒？」

傻子點點頭：「有事，很重要的事兒！」

「是不是軍部欠你家菜錢？還是八大胡同的肉帳？現在火燒屁股顧不上了，回頭再說吧，誰的帳也清不了，不成你回頭找日本人要吧。」

「我不是要帳的……我有重要事……」傻子氣喘吁吁道。

「要不你告訴我，我見了轉告他？」老兵看出這小子似乎有些傻。

「我答應了人……要當面告訴何驢長……是頂頂重要的事……關係北平城……存亡！」

鐵房子速度越來越快，老兵猶豫一下，伸出手來道：「你上來，到火車站見了何旅長親自說吧，不過能不能見上還兩說。」

傻子緊跑兩步，先把唐唐扔進去，然後在老兵的幫助下，手腳並用爬進了鐵房子的屁股裡。

「火車站？咱是去支援南苑嗎？」傻子問道。

「南苑？咱這是南下。」老兵嘴角撇一撇，嘆口氣。

傻子沒有多問，他從沒有坐過鐵房子，這會有些緊張，蜷坐在角落裡，握著欄杆一動不敢動。

鐵房子顛得厲害，一會工夫就暈頭轉向。傻子會騎馬，雖然騎馬也顛，但那種顛跟這種不一樣，騎馬的顛很有規律，掌握了規律，就能與馬合而為一。而鐵房子這種顛是沒有規律的，左右也顛，上下也顛，冷不丁就來一下，剛吃穩前面的顛，屁股還沒坐穩，後面又來一下，撞得渾身疼。這讓傻子想起了炒黃豆，他就像是下在炒鍋裡的黃豆，隨著鐵勺子來回蹦躂。

唐唐這傻狗就好多了，牠也許早就習慣了，蹲在那裡，盯著傻子看，嘴角還微微上翹，讓傻子很心虛，似乎在笑話他。

傻子腦袋被顛得昏昏沉沉，五臟六腑翻江倒海，顧不上跟牠計較。不知走了多久，身體一晃，鐵房子終於停下來。身邊的士兵紛紛跳下車，忙著七手八腳搬東西。

傻子一手夾著唐唐，一手扶著扶手溜下車，搖搖晃晃走兩步，彎腰哇哇吐起來。

老兵拍拍他肩膀，指指遠處一個身材魁梧穿著軍大衣的人說道：「那就是何旅長，我還要搬東西，你自己去找他吧！」

傻子點點頭，擦擦嘴巴，帶著唐唐往軍大衣方向走。站台旁有一溜綠皮鐵房子，就像蜈蚣的節肢，一節連著一節，足足有十幾節，每一節上都有一個小門，士兵們就從門裡鑽到鐵房子肚子裡。

傻子知道這鐵房子叫火車。

那何驢長正跟人告別，揮揮手，鑽入了一間鐵房子。

傻子著急了，緊走兩步，在窗戶外大喊，但站台亂糟糟的，何旅長並未聽見。他情急之下，也跟著鑽進了那間鐵房子，裡面還有個小門，何旅長就在小門裡面跟幾個軍官說話。

傻子要推門而入時，卻被一個打著綁腿束著腰帶的麻稈副官攔下了：「這是臨時指揮部，何旅長專用車廂，不能隨便進！」

「我就找何驢長！」傻子道。

「何旅長正在開會，你有什麼事？我可以轉達。」麻稈副官道。

「我的事頂頂重要，我答應了要當面告訴何驢長。」傻子堅持道。

麻稈副官上下打量他一番，又瞟一眼他腳下傻頭傻腦的土狗，狐疑道：「你是來追軍部後勤欠款的？放心，等我們打回北平城，欠款一分不會少的，軍部雖然搬了，不是還有國民政府嘛，國民政府不會欠老百姓錢的！」麻稈副官也把他當成討債的了。

傻子搖搖頭：「我不是要債的！」

這時裡面有人喊副官，麻稈看他傻頭傻腦，說聲「等著吧」，轉身進了車廂。

傻子只好在兩節鐵房子之間的連廊上候著，他站著有些暈，乾脆在角落裡和唐唐一起蹲下。

過了片刻，一聲哨子響，鐵房子門緩緩關上了，之後，又響起一聲長長的汽笛聲，鐵房子咔咔開動起來。

傻子心想，南下，那定然是路過南苑的，那就不急，這麼多士兵，順路就能救援，也就安心打量起這綠鐵皮。

他坐那個四輪鐵房子時，他知道是鐵房子載著自己跑，但在這個綠皮火車裡，他覺得不是綠皮載著自己往前跑，倒像是自個兒不動，兩邊的老房子和樹自個兒朝後跑。

唐唐乾脆爬他身上，牠習慣了四個輪子的鐵房子，但對這綠皮火車，似乎很是害怕，不肯輕易下地。

傻子跟陀螺一樣連軸轉了大半天，先是起了個大早，來回趕了十幾里路去趙家屯娶親，後來又趕三十里路來城裡送信，早累得不成，這會往角落裡一蹲，睏勁就上來了，不知不覺昏睡過去。那狗也累了，比他還早打起呼嚕。

不知睡了多久，臉上癢癢的，睜眼一看，是唐唐用舌頭舔他臉。傻子一驚，忙站起來支楞著腦袋往外看，外面黑黢黢的，已然是晚上了，也不知到了哪裡。

車廂裡還亮著燈，透過玻璃，何驢長在裡面打電話。傻子懊惱極了，怕誤了二哥大事，就抱著唐唐前去咣咣砸門。

副官趕緊過來，看到是他，有些意外：「你怎麼還在這裡？到底什麼事？」

「我要見何驢長！」傻子大聲嚷嚷道。

傻子平時不敢跟聰明人這麼大聲說話，但他擔心南苑得不到支援，那二哥他們的鮮血就白流了，他也擔心南京的唐瑩得不到消息，再誤了大事，也就顧不得了。

「怎麼回事？」裡面傳來何旅長的聲音。

麻稈副官轉身進去，片刻後又出來，冷著臉把傻子帶了進去。

何旅長國字臉，白淨面皮，眼睛布滿血絲。他奇怪地打量著眼前抱著一條笨狗的傻子，問道：「小兄弟，您叫什麼名字？找我什麼事？」

「我叫陳家旺，他們都叫我傻子，我二哥讓我當面轉告你，說十萬火急，南苑失守，要增援。」

傻子說完，身體頓時一鬆，心裡一塊石頭彷彿落了地。他答應的事，八匹馬難追，現在他終於完成了二哥的囑託。

何旅長聽完後，呆呆地盯著他的眼睛愣了好一會，問道：「你二哥是誰？」

「我二哥……叫陳家賢……是學生兵團的一個連長。」

何旅長迷惘地看向麻稈副官，副官想了想，搖了搖頭。

何旅長沉吟一下，問道：「陳連長自己怎麼沒來？」

「受傷了，在小渡橋被伏擊，死了好多學生兵，都等著您派部隊增援。」傻子說完，又看了看窗外，自責地說：「我傳信傳晚了，這會過南苑了嗎？」

麻稈副官愣了愣，說道：「這火車是南下滄州的，壓根也不過南苑。」

「啊？去滄州幹什麼？逃跑嗎？」傻子急了，說話也傻里傻氣。

麻稈副官不高興了，呵斥傻子道：「說什麼傻話，我們是戰略退縮，準備南下滄州構築第二道防線。」

何旅長揮揮手，阻止了副官的呵斥，眼睛紅紅的，說道：「傻……陳家旺，你可知道，別說南苑，現在整個北平都被鬼子占了。」何旅長聲音發顫，嘴脣也有些哆嗦。

傻子愣住了，不可思議道：「這麼快？那我二哥怎麼辦？南苑怎麼辦？」

「……」

這個問題沒人回答他。

傻子平時不追問聰明人，那樣會顯得自己很傻，但現在，他也不在乎了，傻子都知道要增援，這些聰明人卻率先想到逃跑，就又問道：「你們打不過日本兵嗎？」

傻子從來不說咱們，在他的世界裡，他和他老爹是一夥的，而他老爹是跟宣統帝一夥的，所以他跟新政府不是一路人。

何旅長沒有直接承認，也沒有否認，只是說：「鬼子的槍炮比我們先進多了。」

傻子決定乾脆傻到底，問出了心中的疑惑：「我看軍部沒打就跑了？火車上的人都沒受傷，為什麼不打呢？」

何驢長的臉更難看了，拉得很長，真跟驢一樣了。副官開口訓斥道：「原來真是個傻子，鬼子太過強大，徒勞送死無益，我們要保留有生力量，在滄州構築防線，節節抵抗，為南京政府調兵遣將贏得時間。」

「噢！」傻子點點頭，喃喃道：「我二哥他們在南苑拚命，為你們坐火車逃到滄州贏得時間，等回頭你們在滄州拚命，是為南京的大官逃跑贏得時間嗎？」

他並不是故意讓何旅長難堪，他是個傻子嘛。他單純想不通，這麼多人，為何不拚一下？那些等待救援的學生兵就這麼被拋棄了嗎？

老爹說過，越聰明的人，官做得越大，如今眼前這何驢長是大官，比他二哥官大多了，那自然比二哥聰明，也就比他聰明，連這麼聰明的人都沒法回答，那就沒必要追問了。

何旅長看他不再亂問，臉色和緩下來，拍拍他肩膀，把話題引回來：「你的消息很重要，謝謝你！」

何旅長這一拍，用了很大力，傻子稚嫩的身影晃了晃，他懷裡的唐唐察覺到了，以為何旅長懷有敵意，就朝他齜了齜牙。

何旅長忙把手縮回來，問道：「對了，你是怎麼來這火車上的？還帶了條狗？」

傻子就把前後一說，何旅長也就明白了這裡的曲折，驚道：「可現在快到滄州了……」

「滄州？離家很遠嗎？」傻子並不知道滄州是哪裡。

「很遠，不過有返程的火車。」

何旅長吩咐麻稈副官：「王副官，吩咐二營孫營長，等到滄州下了車，再買車票把這位小兄弟送上回北平的火車，估計鬼子不會這麼快切斷火車線。另外……給五十元錢，路上讓小兄弟買點吃的。」

傻子又想起什麼，問道：「南京方面知道南苑……北平失守嗎？」

何旅長面露疑惑，沒想到一個傻了懂得還不少，問道：「你關心這個幹嘛？」

「我有個頂好的朋友在南京，這狗就是她託我照顧的。」

何旅長啞然失笑，道：「放心吧，已經知道了，讓我們撤退到滄州抵抗的命令，就是南京當局下的。」

傻子「噢」了一聲，也就放下心，跟著黑臉的麻稈副官朝另一節車廂走去。

另一節車廂裡，士兵們或坐或躺，都在座位上睡著了。因為座位狹窄，士兵的腿伸到過道裡，傻子抱著唐唐小心地一一繞過。

麻稈副官把一個正躺在座椅上睡大覺的黑臉大漢喊醒，把何旅長的話重複一遍，黑臉大漢懶洋洋起身，說放心吧，保證完成任務。

麻稈副官又塞給傻子五元錢，轉身就要走，傻子並不在乎錢，但看他這個聰明人竟然記錯了，就好心提醒道：「何驢長不是說給五十元嗎？」

麻稈副官臉上露出一絲難堪，瞟了一眼旁邊似笑非笑的黑臉大漢，說道：「果然是傻子，記錯了吧？」

黑臉大漢卻是徑直從他口袋裡又摸出一張大票，塞到傻子懷裡，說道：「我看這小兄弟雖然傻，但記性錯不了，就這麼著了。」

麻稈副官瞪他一眼，悻悻去了。

傻子很是懊惱，他明白一個道理，自己是個傻子，不能在聰明人面前表現得比他還聰明，不然會讓對方難堪。他今天已經讓何驢長和副官難堪好幾次了。

孫營長倒是和善，讓傻子自己找個位置先歇下，說火車到滄州還得一會，到時大家一起下車。傻子抱著唐唐去車廂最後排找了個空位坐下，位置恰好靠窗，他靠在座椅上，盯著外面發愣。外面黑魆魆的，田野籠罩在黑暗中，偶爾會有一、兩盞燈火一掠而過。

傻子看得出神，懷裡的唐唐也趴在他懷裡看得出神。車廂規律地晃動著，腳底下鐵軌有規律地響著，咔嚓、咔嚓……這聲音在寂靜的車廂中，似乎還有些悅耳。傻子心想，火車跑這麼快，不知道神明還能追上自己不。

沒有神明也好，可以單純當一個傻子！

一人一狗就那麼靜靜地看著，靜靜地聽著，靜靜地發呆。

唐唐看倦了，打了個哈欠，把腦袋往傻子懷裡一拱，又輕輕打起了呼嚕。傻子把頭墊在牠後頸上，也跟著沉入了夢鄉。

睡夢中的傻子不知道，到滄州站時，又傳來了軍令，他們車廂的部隊不用下車，而是繼續南下，誰都忘了這一人一狗。

這一覺，命運的齒輪加速飛轉，陰差陽錯間，一人一狗走進了歷史洪流，也走進了波譎雲詭的命運。

# 第八章　選擇南下

傻子醒來時，天已大亮，陽光透過玻璃灑在臉上，懶洋洋地。車廂裡士兵們還在橫七豎八睡覺，他以為還沒到滄州。

他身體像風乾的魚一樣僵硬，腰痠背痛，雙臂發麻，雙腿像灌鉛一般沉重。懷裡的唐唐，瞇著眼，還在打呼嚕，但眼珠偶爾咕嚕一下，證明牠已經醒了。

傻子浮起一個搞怪念頭，俯下身，將這傻狗輕輕放到了鐵皮地上。唐唐剛剛並未察覺，繼續瞇著眼睛裝睡，片刻後，終於察覺出了異常，忽閃下耳朵，睜開眼皮，打量下眼前，一個激靈四爪扒地撐著站了起來，卻是一動不敢動，就如同被施了定身術，尾巴都夾到屁股裡了。

牠哀求地看向傻子，傻子卻並不理會，乾脆扭過頭去。這傻狗沒奈何，只好靠自己試探，很快就發現了這晃動的鐵皮房子沒啥特別可怕的，也就嘗試著晃晃悠悠走到傻子身邊，跳到傻子懷裡，嗚咽兩聲，很是有些委屈。

清晨大家還在睡覺，車廂裡很安靜，傻子忙做了個「噓」的手勢，唐唐卻似乎明白了他的擔心，又大聲「汪汪」叫了兩聲，似乎故意氣他一般。

被狗吠聲一吵，車廂裡的士兵紛紛醒來，孫營長也醒了，嚷嚷道：「哪個孫子在學狗叫？」

一個濃眉士兵用玩笑的口吻道：「營長，你孫子在叫。」

士兵們哄堂大笑。

孫營長一邊活動筋骨走過來，一邊道：「嘿，我兒子還不會打醬油，哪來的孫子？」

當傻子抱著唐唐站起來時，孫營長愣住了，一拍腦殼反應過來：「你昨夜在滄州咋沒下車？」

傻子也愣了，待在那裡，這個問題他沒法回答，他是個傻子，聰明人該負責的。

果然，孫營長搓著手解釋道：「昨晚接到軍令，我們營繼續南下，忘了喊醒你了。不過你不用擔心，前面就是濟南車站，停車後我找工作人員，讓他們安排你坐返程的火車。」

傻子也就點點頭重新坐下。

說這話，伴隨著長長的汽笛聲，火車緩緩進了站。孫營長讓傻子先在車上等著，他下到月台交涉。傻子透過玻璃，看到月台上孫營長跟一個戴袖章的工作人員比比畫畫。

過了一會，孫營長回來了，臉色有些陰沉，站在傻子面前，沉默了一會，開口道：「傻子，天津也陷落了，河北也打起來了，津浦路北段……澈底截斷了。」

傻子知道天津，很多大人物下野後喜歡去那裡住；也知道河北，評書裡林冲就是在那裡燒的草料場。但他不知道這跟他什麼關係。他茫然地盯著孫營長，孫營長看了看他的眼睛，簡短解釋道：「鐵路斷了，你回不了家了。」

回不了家？傻子愣了，那他去哪裡？他從小到大去得最遠的地方就是北平城裡，而且都是當天來回，從沒有出過遠門。

「你也別擔心，你逃出來了也不是壞事，多少達官貴人想逃都逃不出來呢。」孫營長頓了頓，又說：「你可以在濟南下車，等儿邊通車後再回去，也可以跟我們繼續往南走，去南京，你自己選吧！」

傻子本想在離家近一些的濟南下車，但聽到「南京」二字時，心中顫了一下，唐瑩當初去的就是南京，鬼使神差點點頭，道：「去南京！」

「那好吧，你不用下車，繼續跟我們南下吧！」

傻子坐下後，覺得有些恍然，覺得自己的決定有些草率，也有些摸不著頭腦，不知道自己為何篤定要去南京，分不清剛剛是自己的意思，還是身上神明的意思。

他細想一下，神明不一定能跟上來，而且有這傻狗在懷裡，神明不一定敢附身，也許真是自己的意思。

車廂裡卻響起不滿聲，那個濃眉士兵齉聲齉氣問道：「孫營長，為什麼我們不在滄州或者冀東跟鬼子接著幹？幹嘛往南跑？」

「對啊，我怎麼覺得我們像逃兵啊？聽說南苑的那些學生兵死傷慘重，想起來就難受。」一個脖子有點歪的士兵說道。

「這麼快就丟了北平和天津兩座重城，當兵當到這個分上，說出去都丟了先人！」一個刀疤臉士兵開口道。

「我們去南京幹嘛？那裡也沒仗打。」傻子旁邊一個拿書的白白淨淨的士兵也問道。

「都別問老子，老子啥都不知道，軍令讓去哪，老子就去哪！」孫營長沒好氣道。

「南京可是六朝古都，秦淮勝地，據說女人賊漂亮，個頂個都是大白腿。軍事委員會不會一人發個婆娘犒勞我們吧？」一個身體強壯得像頭牛的士兵兩眼冒光。

「犒勞？我們可是敗軍之將，不槍斃就算不錯了。」濃眉士兵道。

「都別牢騷了，軍事委員會肯定有自己的打算。」孫營長制止了無謂的猜測。

車上無聊，士兵們在一起聊天扯犢子，你一句我一句，傻子支楞著耳朵聽，很快就對幾人熟悉了。

那個濃眉是連長，北平當地人，叫王野，外號「王爺」，是個話癆，自來熟，嘴皮子不停，特會侃，時常把大家逗得哈哈大笑。

歪著脖子不怎麼說話的，是機槍手，外號歪把子；刀疤臉叫趙二愣子；白淨淨的書生，叫秀才；身材強壯像頭牛的，是山東泰安的，外號泰山；孫營長外號孫黑臉，因為他總黑著臉。

王野時不時逗傻子懷裡的唐唐，還翻出火腿腸給牠吃。傻子對他卻保持著警惕，他雖然傻，但並不蠢，他總覺得對方的眼神對唐唐似乎「不懷好意」。

王野看出他的警惕，笑道：「小兄弟，你逃荒帶著條傻狗也不方便，乾脆賣給我吧！」

沒等傻子回話，唐唐卻像是聽懂一般，扭頭齜著牙朝王野示威一般「汪汪」叫兩聲，然後往傻子懷裡一鑽。

「嘿呦，這小畜生還認主！小爺我就喜歡你這忠義的模樣，開個價吧！」

「不賣！」傻子抱緊唐唐，乾脆利落地拒絕。

王野不死心：「這就是條土狗，滿大街都是，又不是什麼名貴犬種，你還拿著當個寶。」

「唐唐聰明著呢！」

似乎為了佐證傻子的話正確，唐唐適時地「汪汪」叫兩聲。

王野伸手想去摸摸唐唐的腦袋，唐唐卻是梗著脖子兇狠地齜了齜牙，把王野嚇得手一縮，「嘿，還挺橫！」

秀才抬頭懶洋洋道：「我說王爺大人，回頭打跑了日本鬼子，你回家逗你家的京巴多好？何苦為難一隻傻狗和一個傻小子。」

王野狡黠一笑，道：「你們不懂，這條狗關鍵時刻有大用處。」

傻子不明白對方說的大用處是什麼，但本能地覺得，這用處對唐唐來說不是什麼好事。這些人裡，他對秀才很有好感，也許是因為他和他的兩個哥哥一樣，都是讀過書的。

一路上就這麼吵吵鬧鬧，天黑時火車終於到站了，眾人收拾槍支彈藥下車。傻子本以為是到南京城了，一問秀才，才知道只是到了一個叫浦口的小地方，還要換船過長江。

傻子抱著唐唐，隨著眾人下了火車，上了江邊等候渡輪。

外面呼呼颳著狂風，船長本想等風停再走，但軍令不能違，只好冒險過江。

坐船和坐火車又是不一樣的感覺，坐火車，只是覺得火車在顫抖，而坐船，則覺得整個輪船在跳舞，忽上忽下，忽左忽右，別說眾人都是旱鴨子，就是長年水裡討生活的水手，這會也被顛得哇哇直吐。

泰山嘴裡唸叨著菩薩保佑，泰山奶奶保佑，如來佛祖保佑。秀才打趣他說，求神拜佛要是有用，鬼子也打不進中國了。

泰山說道：「秀才，你不要對神明不敬，連累我們。」

傻子替秀才辯解說：「你們不用害怕，我雖然是傻子，卻是屯子的守護神，身上有神明，可以護人安寧，自然也可以守護這條船平安。」

傻子的話是真心話，卻引來哄堂大笑，眾人不顧暈船，笑得前仰後合，泰山笑得肚子疼，王野笑得眼淚都流出來了，歪把子笑岔了氣。

傻子知道自己又說了傻話，乾脆不再說話。

深夜時，他們終於平安下了渡輪。

王野還特意打趣說：「傻子，多謝你的保佑，我們才安全到達。」眾人又是哄笑。

傻子也就明白，在不信神明的人面前，自稱神明，是一件可笑的事，而他一個傻子，更加好笑。

秀才卻是拍著他肩膀問道：「小兄弟，天色晚了，你跟著我們回軍營湊合一晚吧！」

傻子成了笑柄，本來不想跟眾人一起，但他人生地不熟，實在無處可去，只好跟著眾人去了軍營。

# 第九章　傻子從軍

眾人舟車勞頓，身上一股餿味，都去澡堂子洗熱水澡。王野洗完回來，摟過傻子的頭髮嗅嗅，差點被頂個大跟頭，趕著他也去洗一下。

屯子裡沒澡堂，傻子冬天基本不洗澡，一般只是夏天才在河裡洗。經過這幾天的折騰，身上黏糊糊的，很是難受。他很想去沖一下，但警惕地看了王野一眼，怕他趁自己不在時對唐唐不利。

王野看出他的擔心，道：「你放心，君子不奪人所愛，你不願意賣，王爺我也不會動歪心思。」

「那你發誓！」傻子傻里傻氣說道。

「發誓頂個屁用！」王野道，「我說不會就不會。」

傻子還是不放心：「可以給唐唐一起洗嗎？」這狗跟著唐瑩時，天天乾乾淨淨的，毛髮都梳得整齊，這段時間跟著自己，簡直就跟叫花子似的，髒兮兮的。

「真把牠當你媳婦了？」王野不高興地說道，「哪有帶狗進澡堂的？」

「牠是我的兄弟。」傻子鄭重道。

「去吧，去吧。」王野有些拿他沒轍，「傻子配傻狗！」

傻子不喜歡別人拿他當傻子，但傻子有時的確有特權，如果他不傻，王野是無論如何不會允許他帶唐唐進澡堂的。

傻子先給唐唐沖了一遍澡，把毛髮裡的灰塵和草屑洗掉，然後打上肥皂，給牠來回揉搓。這傻狗瞇縫著眼，舒展著四肢，舒服地直哼哼。給牠洗完，傻子又給自己沖洗三遍，方才回到宿舍。

晚上時，他抱著唐唐跟自己一起睡下鋪。跟他頭對頭的泰山調個方向，把腳對準他，感嘆說：「別半夜給我腦袋一口。」

又是一陣大笑。

夜色深沉，宿舍裡響起了此起彼伏的呼嚕聲。只有隔壁的秀才還在看書。

傻子悄聲問出了心中的疑問：「秀才哥，聽說打仗是因為丟了一名鬼子？」

秀才道：「是的，鬼子那麼說，誰知道真丟了假丟了，說不準是藉口。」

「是真丟了。」傻子道。

「你怎麼知道？」秀才奇怪道。

「我見過那名士兵，迷路了，我給他指的路。」傻子說出了心中的祕密。

「這個你沒給政府說嗎？」秀才放下手中的書，鄭重起來。

「說了，但鬼子軍營裡沒找到。」

「那估計就找不到了。」秀才輕輕嘆口氣，繼續看書。

沉默了一會，傻子問道：「那是不是找到那名鬼子，就可以不用打仗了？」

「這個，可能吧，誰說得準呢。」秀才明顯也不知道這個問題的答案，「根本沒地方找啊。」

「那哪裡鬼子最多？」傻子繼續問道。

「現在當然是上海，目前我軍和鬼子都在增兵，鬼子各處的兵往那裡調，政府也從天南海北各地調兵，我們休整後也要去上海。」

「哦！」

這一夜，傻子睡得不踏實，一會夢到那個背影，一會夢到唐瑩，一會夢到那個鬼子。天亮時，他下了一個決心，先不去找唐瑩，先去上海找那個鬼子，他想讓一切都回到原點，回到那個風和日麗的下午。

神明當時說讓去東南找，也許那鬼子真躲去了上海。

第二天，傻子把意思給秀才說了，央求秀才帶他去上海，秀才說他胡鬧，別說這樣找個人無異於大海撈針，就是找到了，也無濟於事。傻子不死心，又去找王野，王野聽完也說他胡鬧；又去找孫營長，孫營長沒等聽完，就讓他抓緊去城裡投親靠友，還說讓一個傻子參軍，讓鬼子笑話。

更讓傻子傷心的是，只有秀才稍微信他的話，王野和孫營長，是真拿他的話當一個傻子的瘋話了。

傻子卻沒有走，而是帶著唐唐賴在了營裡。眾人也不趕他，軍營不缺他這一張床和一張吃飯的嘴，至於唐唐，吃剩飯都夠了。

沒幾天，部隊再次得到開拔的軍令。開拔前，孫營長給大家放了一天假，說好不容易來次首都，都出去轉轉，體驗下南京城的繁華，這一去生死難料，也不枉來人間一趟。

眾人三五成群結伴去了。

傻子牽著唐唐跟在眾人後面，東一榔頭西一棒槌地遛達：貢院街、夫子廟、秦淮河……看不盡的江南風情。

中午，幾人兌錢找個酒館喝了頓大酒，沿街看了場雜耍，然後各自散去。傻子正猶豫跟著誰，轉眼就沒了人影，彷彿刻意甩開他。他也就帶著唐唐沿著河邊遛達，那裡一條街，裡面各家各戶門口都掛著紅燈籠，帷幔低垂，歡笑聲不斷。

傻子正在門口好奇，秀才從背後喊住他，說這不是你該進去的地方，去別的地方遛達吧。

於是，傻子就跟住秀才屁股後面遛達。

他們去了金陵大學的校園，校園很漂亮，薔薇花爬滿牆頭，花圃裡蘭花仍在盛開。籃球場上男學生們在生龍活虎地打球，女學生們穿著旗袍，胸前雙手抱著書不緊不慢地徜徉。

傻子一時看得痴了。那些女學生優雅地從身邊走過，他忽而想起了那個夢中的背影，心怦怦跳，臉也紅紅的。他突然覺得，女學生並不像老爹說得那麼不堪。

校園林蔭大道深處有一處池塘，秀才在池塘邊的石頭上坐下，習慣性地拿出小鏡子照一照，捋一捋頭髮，然後盯著池塘裡綻開的蓮花，呆呆地出神，似是對傻子，似是自言自語：「我三年前就在這上大學。」

傻子看他發呆，就問道：「秀才哥，你是不是在想一起上學的女學生？」

秀才愣了愣，回過神來，道：「傻小子，你知道的還挺多……那女同學叫夏夢，也是我的未婚妻。」

「她現在不在這裡嗎？」

「不在這裡了，」秀才嘆口氣，輕輕吟道：「去年今日此門中，人面桃花相映紅；人面不知何處去，桃花依舊笑春風。」

秀才說完，又陷入一種哀傷中。

傻子聽不懂這首詩的意思，但他覺得那詩很美，人面，桃花，春風，說不出的美。他想到了唐瑩，心中突然湧出一股見他的衝動。

傻子鼓足勇氣問：「秀才哥，南京的洋人都住哪裡？」

「頤和路那一塊，使館區都在那一片。」

「那……二鬼子呢？」傻子看秀才面露疑惑，解釋道：「就是跟洋人打交道的人。」傻子聲音很輕，似乎在問什麼見不得人的事，他一直覺得二鬼子和二傻子一樣丟人。

秀才恍然大悟：「你是說外交人員？也在那附近住。出了校門直走右拐，不遠就到了。」

「那我和唐唐去轉轉。」

「去吧，你不是南京城裡有個朋友嗎，正好投親靠友，我們就要開拔了。打仗的事，你就別摻和了。」

傻子含糊「嗯」一聲，帶著唐唐離開了。

頤和路不遠，傻子按照秀才的提示走了一會兒就到了。一拐進頤和路，彷彿進入另一方天地，兩邊是高大的梧桐樹，樹幹比傻子見過所有樹都要高大，樹葉遮天蔽日，將陽光擋在了外面，整條路都處於斑駁稀碎的樹蔭下。

傻子帶著唐唐沿著馬路遛達，一排排小洋樓坐落在樹林深處，不知哪座是唐瑩家的。

傻子心情複雜，他希望遇到唐瑩，卻又怕真遇到。他想再次見到她，再次聽到她的聲音，也想把唐唐還給她。但他又怕見到他，自己這副尊榮，依舊是個不起眼的傻子。而且，如果把唐唐還給她了，那麼他們之間那條牽扯的線就斷了。

他很矛盾，後來乾脆不去想，也不去問，把選擇交給了神明，自己在路邊來回遛達。僥倖遇到了，那是神明的旨意，沒有遇到，那也是神明的旨意。

他一個傻子，聽從旨意就好。

一直遛達到天黑，神明終究是沒有眷顧，他終究沒有遇到唐瑩。

# 第十章　上戰場

天黑後，紫金山下的軍營一片繁忙，營地亂哄哄的，眾人都抬著槍支彈藥往綠皮火車裡鑽。王野等人鑽入自己車廂，坐下後，開始點名。點了一遍，王野一臉驚奇，秀才問道：「怎麼了？有人開小差沒回來？」

王野搖頭：「不是，多了一個人。」

「多一個人？可別是混進鬼子奸細。」

兩人忙開始排查，當排查到車廂尾後，發現一個蒙著軍大衣「睡覺」的人，王野拿著槍，「嘩啦」拉開槍栓，說道：「是誰？」

軍大衣慢慢撥開，露出傻子懵懂的臉，旁邊還有一個呆萌的狗頭。

「傻子？你來搗什麼亂？」秀才生氣道，「戰場上子彈不長眼，可不是鬧著玩的。」

「我不添亂，就是找人。」傻子把懷裡的唐唐放下，這傻狗似乎明白他的處境，竟然從始至終一聲未吭，配合著他藏身。他這會隱約覺得這土狗也許真的不笨。

「你找不到的，鬼子怎麼可能會輕易讓他再見人？」

傻子又訕訕道：「就帶上我吧，找不到那也是我盡了力。人先盡了人力，神明才會給出旨意。我雖然是個傻子，但是真是村莊的守護人，可以護佑人平安的，屯子裡的人有大事都要請我身後的神明算一算。我跟著你們，可以保你們平安。」

一向迷信的泰山道：「人教人，教不會，事教人，一教就會，讓他去戰場見識一下，保準當天晚上就跑回來了。」

秀才還要說什麼，王野卻是看一眼他懷裡的唐唐，擺擺手，說那好吧，到時候有了閃失，可別怨我們！

於是，一人一狗就這麼跟著眾人出發了。

火車咔嚓咔嚓向東駛去，車廂裡，無人歡笑，無人說話。這是一個寂靜的夜晚，皓月當空，月色溫柔，窗外的江南水鄉籠罩在夢一般的虛幻中。

傻子坐在窗邊，呆呆地看著，他從沒想到，還有這麼美麗的田野風光。唐唐坐在他旁邊，也看得呆了。

車廂裡，只有泰山在自娛自樂，他拿著一個袁大頭[5]，不停地拋向半空，然後用手背接住，看正反，眉頭擰成一個川字，每看一次，眉頭都會擰緊一些。

也許是這寂靜有些讓人受不了，旁邊的歪把子開口打趣道：「泰山，你又神神叨叨搞迷信，

---

5 編按：袁大頭是指一九一四年北洋政府開始鑄造的國幣，正面是袁世凱像、背面鑄有嘉禾圖樣。

生死有命，別瞎操心。」

泰山道：「我是給你們測，正生，反死，以往很靈驗，這次怎麼如此不吉利。」

「丫挺的，沒事也被你咒出事來，你再動搖軍心，我一槍斃了你。」王野罵完，似乎是安慰大家，也似乎安慰自己：「聽說摸過女人後就不靈了，你他媽的下午是不是摸娘們了？」

「一準是，我看他鑽春風堂裡了，摟著個姑娘親嘴。」歪把子說道。

「少說風話，傻子還是個雛兒呢。」秀才阻止了大家的葷笑話。

泰山聞言眼前一亮，對傻子道：「傻子，你不是身上有神靈嗎，請出來給我們測測。」

傻子有些猶豫，他以前常被喊去做這種事，以他的經驗，每當結果如意時，來人就會興高采烈，不如意時，就哭喪著臉，好像算得不準似的。

「來吧，當以樂呵。」泰山道。

眾人眼裡都冒著期許的目光，哪怕是秀才，這會也從書上抬起頭盯著他。

傻子也就點點頭，先把唐唐放到遠處車廂的角落，給眾人解釋說身上神明怕狗，狗太近了神明不敢降臨。

他這一說，眾人不再是開玩笑的神情，而是變得凝重。他拿過袁大頭，雙手合十捂住，朝半空默默唸叨一番，然後在眾人面前點著名，一一拋向空中，手背接住。

最後的結果，竟然全都是正面。

泰山拿過袁大頭塞懷裡，嘴角咧到耳朵根，笑道：「還是傻子準，看來你真能保佑人呢。」

車廂裡緊張的氣氛沒有了，充滿歡快的笑聲。

傻子想說點什麼，但看人人喜笑顏開的模樣，張了張口，把話又嚥了回去，默默走回座位坐著。他雖然是個傻子，但是個二傻子，明白不能掃了大家的興。這時，那傻狗屁顛屁顛過來，趴到他腳底下。

他這時也明白了，對於凡人而言，神明是另一種力量，就連一向不信神明的秀才，此時也開心地哼起了詩歌。

火車開始變軌，從車窗可以看到，車身就像蛇一樣扭著身軀蜿蜒前行，每個車廂裡都是密密麻麻的士兵。秀才給傻子說，找不到人也沒關係，鬼子怕西洋人，只要上海頂住一、兩個月，等西洋人介入調停，戰爭也就會結束，他們就能回家了。

傻子也就點點頭，他想，若能找到對方提前結束戰爭，也能彌補他的過錯了。

天未破曉時，火車就緩緩到了城郭外圍，遠遠就看到地平線處沖天的火光，槍聲也越來越清晰，偶爾還有巨大的爆炸聲，車身隨著爆炸聲微微晃動。

傻子接過秀才遞來的鋼盔戴上，至於槍，他搖搖手沒有要。他不殺人，這是他的底線，哪怕是鬼子。

下車時，秀才拍拍他肩膀：「傻子，你要反悔，現在還來得及，脫了軍裝直接回去，沒人會為難你。」

傻子明白，秀才的意思是，沒人會為難一個傻子。

傻子還是搖搖頭。

傻子抱起唐唐，跟在秀才後面跳下了火車，微風拂過寬大的衣服來回晃蕩，空氣中帶著一股濃濃的血腥味。

傻子抬起頭，滿天繁星隱遁，銀河也只剩一個隱約的輪廓。他突然想起了過年時老爹的一句話：正月裡打雷墳成堆。

傻子沒來得及細看，就被人流簇擁著擠進了鐵房子敞開的屁股裡。一陣顛簸後，到了一處陣地，跟隨眾人跳下車。眾人趁著夜色把一箱箱的手雷、子彈等卸下來。傻子幫不上忙，就牽著唐唐傻站在旁邊。

幸好，傻子有傻子的好處，眾人對他的要求很簡單，不要添亂就成。

傻子帶著唐唐學著眾人彎腰進了挖好的巷道，司機在後頭探出身喊道：「醫務兵人手不夠，沒有隨車，天亮才能上來。哥幾個搭把手，把戰壕裡打掃一下，犧牲了的兄弟，先擺在一起，受傷的，幫忙抬到車上，我直接拉回去。」

通過戰壕到了前沿陣地，那裡一片寂靜，硝煙還未散去，空氣中彌漫著一股刺鼻的味道，到處是散落的肢體零件，東一條胳膊，西一條腿，有的腸子流得遍地都是。

死去的士兵們保持著奇怪的姿勢：有的坐在坑裡，懷裡抱著槍，梗著脖子，雙眼不甘地瞪向天空；有的拿著刀，保持著拚命的架勢；有的手腳蜷曲成不可思議的角度……

他們大都剛剛死去，屍體還未僵硬，有的鼻翼裡還殘存著一絲絲熱氣。一道道血流從橫七豎八的身體下慢慢淌出，在戰壕裡匯聚成河，然後再慢慢向前滲湮。所過之處，喝飽了血的泥土，都呈觸目驚心的暗紅色。

唐唐順著血流東聞聞、西嗅嗅，血腥味刺激地牠眼神冒光，伸出舌頭舔了一口，被傻子在腦袋上拍了一巴掌，齜了齜牙，看了傻子一眼，最終把嘴巴閉上了。

傻子記得，老爹說過，家養的動物一定不能嘗人血，不然就會起吃人的心思。

傻子見過小渡河的慘狀，但那些人死後還是人，軀體是完整的，這些人有的已經不成形了。旁邊歪把子扶著戰壕哇哇吐了，秀才直接流淚了。

傻子呆呆地看著，沒有太多情緒，真像是神明，漠然地看著人間慘狀。

王野呵斥道：「都爺們點，上了戰場就應該有這個覺悟，別把敵人當人，也別把自己當人，就當是沒有感情的臭蟲，當是沒有生命的一次性耗材，打掃一下戰場，看有沒有活的。」

眾人默默無言，四處打掃戰場。

傻子把目光看向半空，那裡天空低垂，雲朵陰沉。他想，人間為何會到了如此地步？

他正出神，肩膀上冷不丁被王野拍了一下，嚇得他一哆嗦。

王野道：「別傻愣著了，到了這地步，你那神明估計也不頂用了，看看有沒有喘氣的，抬到車上去。」

傻子也就帶著唐唐在戰壕裡一個個找去，那些身體半截的，腦袋碎了的，是連看都不用看的，只查看那些身體全乎的。剛開始，他還給翻過身，湊上前，仔細查看有無呼吸。死去的人大都面目猙獰，偶爾有兩個面色平和的，嘴角卻掛著詭異的微笑。

他低著頭，不跟對方對視，伸手先摸裸露在外的皮膚，已經冰冷僵硬的，顯然是死絕的，身體還柔軟的，再順著肢體去探鼻翼，但也都是沒氣的。

在戰壕深處，一個戰士抱著電話機斜躺在那裡，衣服上全是血汙，電話線已經炸斷，他雙眼翻白瞪向天空，一動不動。傻子本以為已經死了，低頭麻木地去摸一下他胳膊，手腕卻是一涼，嚇得他跳起來，身後的唐唐也跟著跳起來。

仔細去看時，那人嘴唇動了動，眼中閃過一絲亮色，還有氣。

只要有一口氣，就是活人，傻子抓住他胳膊道：「戰士哥，我送你下去。」

那人雙眼依舊空洞地瞪著天空，嘴角一撇，露出一絲似笑非笑的表情，嘴唇翕動，啞著嗓子道：「說好……堅持……兩天……就來換防，結果……六天。」

那人說完，呼出一口熱氣，眼神收回，對著傻子慘然一笑，對，這次真是笑，然後腦袋一歪，身體也澈底栽倒了。

傻子突然想起了二哥的學生兵團，他們等待救援，何旅長卻坐鐵皮房子跑了，不過好歹這次他們真來了，雖然來晚了。

傻子拽著他胳膊，想把他背起來，這會兒王野恰好過來，掃了一眼，說，傻子，沒救了，不用白費力氣，把他扔到死人堆上吧。

「剛剛還活著，應該能救。」傻子說道。

「早就沒救了，不過就是吊了一口氣。」

傻子聽完，頹然坐在一邊。

王野揮揮手，泰山和歪把子把屍體抬走了，然後秀才上前，把炸斷的電話線重新接上。

王野道：「傻子，別傻坐著，神明沒感情，戰場上別拿人當人。去，給後邊司機說一聲，別等了，全體殉國了。」

傻子順著巷道回到剛剛下車的地方，遠遠把話轉告了司機。司機正在給鐵房子調頭，聞言嘆口氣道：「意料之中，這幾天光往前線送人了，壓根沒拉幾個喘氣的回去。」

傻子默然回去。眾人都在忙著加固戰壕，準備彈藥。他站在那兒，唐唐站在他旁邊，一時都有些無所適從。

王野接完電話把大家招呼起來，傻子也就在人群外面遠遠支著耳朵聽：

「轉孫營長電令，我部務必堅守三天，絕不能讓日本人跨過戰壕一步。否則，就地槍斃！兄弟們都聽好了，軍令如山，到時別玩花架子。成功了，我給大家請功，失敗了，孫黑臉槍斃我之前，我先槍斃你們。」

泰山道：「連長，省省你那顆子彈吧，我們連沒有孬種。」

趙二愣子道：「連長，憋了好幾年了，以前光喊口號了，今兒個終於真刀真槍了，老子就在這兒和鬼子死磕了！」

秀才擦著槍不說話。

王野道：「秀才，你讀書多，說兩句，書上咱這叫什麼？」
秀才道：「捨生取義，殺身成仁，馬革裹屍……」
泰山不滿道：「秀才，你也是烏鴉嘴，我記得有個詞不是叫什麼……凱旋……而歸嗎？」
「對對，凱旋而歸！」秀才也不好意思道。
王野按片劃定了各自的陣地：泰山帶著一個班鎮守東邊防線，趙二愣子帶著一個班鎮守西邊防線；秀才帶著一個班鎮守中部；歪把子帶著機槍班，也守在中部。
各人都回到各自陣地，傻子帶著唐唐愣在那裡——他不屬於任何班。
王野吩咐完才發現傻子站在那裡，就道：「傻子，你隨便，哪裡視野好你就趴哪裡，看看能不能找到你找的那人。要真找到了，避免了一場戰爭，那也是大功一件。」
傻子點點頭，想起一事：「連長，三天後會有支援嗎？」
「廢話，上峰說了，三天就輪換。」
「要是三天沒有人來呢？」
王野仔細看他一眼，沉吟一下：「你這傻子腦殼，盡操心些不該操心的。」
傻子也就不說話，帶著唐唐轉身走了。是啊，他就是個傻子，是個不相干的人的，他來戰場是找一個人的，那些聰明人的事不該他多嘴。
他在泰山和秀才防線中間位置，找到一個絕佳角度，他並沒有學過戰場戰術，但他經常打獵，知道埋伏在哪裡觀察視角最好、射擊的準度最高，同時不容易被獵物發現。

傻子趴好，這是東方地平線上，紅彤彤的旭日升起，前面陣地上的一切就在朝陽下清晰起來。上百米的陣地上，躺著橫七豎八的屍體，有國軍的，也有日軍的，他們交疊著，你中有我，我中有你，都定格在臨死前拚命的姿勢。

戰壕接近一人高，唐唐站立起來也還是搆不著，急得直哼哼，不停撓傻子的褲腿。傻子只好搬來兩個彈藥箱子，摞起來，給牠當踏板。唐唐跳上去，後爪踩在箱子上，前爪搭在戰壕邊上，恰好探頭看到外面。傻子給牠做了個噓的手勢，牠竟然理解了，立馬就閉上了嘴巴。

一人一狗就那麼並排趴著。

傻子在死去的鬼子身上逡巡，因為距離遠，而且都是橫七豎八的，大都看不清面容，他憑著印象努力找著相似的地方。

日上竿頭時，他看得眼睛發澀，正要揉眼睛，忽而，唐唐「汪汪」叫了一聲，傻子嚇了一跳，正準備給牠一巴掌，卻是發現唐唐死死盯著遠處，順著目光抬頭仔細瞧時，這才發現遠遠地飄起了膏藥旗。

日本兵上來了。

他們端著刺刀貓著腰往這邊走，一百米，八十米，五十米……

空氣像凝固了一般，傻子心尖像是壓著一桿秤砣，哪怕唐唐，也趴在戰壕邊上一動不動。

傻子目光在一個個日本兵面孔掃過，高的，瘦的，胖的，矮的，白的，黑的，卻沒有一個是自己找的人……

傻子眼角一動，看到一個鬼子有些像那個人，正要細看，一聲清脆的槍聲打破了這平靜。那個日本兵胸口中彈，匍匐在地，沒有立馬死去，而是像田野裡中槍的兔子，原地翻滾，痙攣，顫抖，撲騰雙腿，一會工夫後，才澈底不動了。

槍炮聲大作，日軍開始匍匐在地還擊。子彈打在傻子旁邊的沙袋上，噗噗地響，像極了娶親那天早上，紅紗帳裡的水滴聲。

傻子也就縮回頭，蹲在巷道裡。唐唐竟然還趴在那裡看得津津有味。

不遠處一個戰士正在昂頭射擊，突然之間，就像被高速奔跑的公牛撞到一樣，直挺挺往後便倒，顴骨上一個黑乎乎的槍洞，血從嘴裡、耳朵裡、眼睛裡嘩嘩地往外湧。

旁邊一個戰士上前抱住他，拿出繃帶，想給他止血，但手哆嗦得厲害，怎麼都纏不準，手忙腳亂纏到一半時，那士兵已經一動不動了。

傻子看著這一幕，呆呆地發愣。

「日本兵要衝鋒了。」不遠處響起秀才的驚呼聲。

「手雷！手雷！扔手雷！」王野嘶啞著的聲音飄蕩在陣地上。

# 第十一章　戰場生死情

歪把子抄起一個手雷，摘掉蓋子，奮力扔了出去。

傻子正要捂耳朵，眼角一動，身邊竄出個身影，躍出戰壕，朝手雷方向奔去。

傻子愣了一下，瞬間反應過來，大聲吆喝道：「唐唐，回來！」

那傻狗這次理解錯了，以為是逗牠的道具，在眾人詫異的目光裡，牠叼起還在冒煙的手雷，扭頭就往戰壕裡跑。

王野率先反應過來，大驚失色，吆喝道：「壞了，不能讓牠回戰壕……擊斃……擊斃……就地擊斃……」

其實不用他說，眾人也都明白這傻狗回戰壕意味著什麼，都立馬端起槍就要射擊。

眼看唐唐就要被亂槍打死，傻子顧不得了，躍出戰壕，迎著那傻狗奔了過去，他奔跑的角度恰好擋在了眾人槍口和那傻狗之間。

秀才大吼是傻子，別開槍，眾人扣動扳機的手一時也都猶豫了。

對面的鬼子也看到了這一幕，反應過來，端起了槍，朝傻子齊齊射去，他們要阻止他。

傻子終於迎上唐唐，一個餓虎撲食，向前便倒，順勢把那傻狗撲倒在地，倒地的一剎那，把手雷從牠嘴裡摳出來，一揚手，朝天空扔去。

傻子是故意朝天空扔的，他不想殺人，所以沒有扔到人群裡，但陰差陽錯，這手雷往下時，恰好在鬼子頭頂的半空爆炸，形成了手雷殺傷力最大的方式——空爆。

一圈鬼子紛紛栽倒。

趁著對方一片混亂，傻子抱著唐唐往回跑，最終跳回戰壕。

傻子坐在那裡，大口喘著粗氣。那傻狗剛剛看到手雷爆炸的威力，明白闖了大禍，也知道是傻子救了他，就蹲在他身邊，舔舔他的胳膊，哼唧兩聲，眼神竟像人一樣滿是內疚……

這眼神是以前不曾有過的。

傻子拍拍牠的腦袋，說道：「那是手雷，下次別犯傻了。」

唐唐汪汪叫兩聲，似乎表示聽懂了。

王野氣勢洶洶過來，給了傻子腦袋一巴掌：「為了條笨狗，你至於嗎？人命重要還是狗命重要？」

傻子憨憨笑笑，道：「都重要！」

王野還不消氣，抄過一桿步槍，拉開槍栓，對準了唐唐。傻子大急，忙起身擋住：「連長，不要開槍。」

王野道：「你個小畜生，若有下一次，我一槍斃了你！」

唐唐竟嗚咽一聲，似乎表示聽懂了。

王野收起槍，恨恨地離去。

泰山過來，在傻子身上到處摸索一下，嘖嘖稱奇：「你真有幾分道行啊，這麼多子彈，竟然一點傷都沒受，看來真有神明保佑。」

傻子也不知道是運氣好，還是真有神明保佑，他的確沒有受傷，繼續回到自己的位置觀察。過了一會工夫，日軍作了短暫休整，重新發動了進攻。這次他們學聰明了，不再大搖大擺站立進攻，而是先找掩體，互相配合，交替前進，一寸寸地蠶食前面陣地。

這個角度，別說開槍，傻子單純觀察都有些困難，他只能探起腦袋，幾次子彈擦著耳根子掠過，只能趴下身子。

日軍慢慢接近了戰壕，已經到了可以衝鋒的距離了。王野雖然嘴上貧，但打仗經驗很豐富，讓大家步槍放在一側，然後拿起手雷，擰開蓋子等著號令。

他在等最佳時機——扔早了，敵人臥倒，效果不佳；扔晚了，容易讓敵人突進來肉搏。

終於，日軍一聲令下，起身準備衝鋒了。王野抓住時機，大喊一聲「扔」，手雷像密密麻麻的麻雀，飛起朝日軍頭上飛去。

傻子不想直接殺人，但卻很高興自己這邊人取勝。他本來為這一戰術高興，卻聽唐唐汪汪又叫一聲，他已經能分辨唐唐不同叫聲的不同含義了，這叫聲是驚恐。他忙抬頭時，看到另一群麻雀朝戰壕裡飛來——日軍採用了相同的戰術。

他喊一聲「臥倒」，抱著唐唐朝坑道趴去，身體還未落地，就聽到震耳欲聾的炸雷聲，一聲接一聲，耳膜嗡嗡作響，大地似乎也在發顫，身體像樹葉一樣被氣流推了起來，翻了幾滾，不知撞到哪裡，失去了意識。

他似乎作了一個夢，夢裡一片混沌，聽不到聲音，他飄在半空，飄到了一條小河，又看到那個美麗的背影。他想去看那人是誰，但無論他轉到哪個方向，那女子始終背對著他。

著急中，感覺有熱乎乎的東西在舔自己的臉，努力睜開眼，看到唐唐焦急的狗臉變成了驚喜。

傻子掙扎著坐起身，身上全是泥土，劇烈地咳嗽。咳嗽完，打量一下周邊，雙腿還埋在土裡，剛剛躺的位置是一個大坑，唐唐的爪子鮮血淋漓。

他也就明白了，剛剛他被爆炸的土堆埋起來了，是唐唐用爪子把他給生刨出來的。

若不是唐唐，他可能就被憋死了。

他勉強起身，不遠處趙二愣子的機槍班正光著膀子玩命射擊，彈殼爆米花似地一粒粒跳出來，落到地上，已是厚厚的一層，像是秋天遍地的黃葉。

機槍手中彈，倒地，又有人頂上，接著又倒地，又有人頂上。

傻子趴在戰壕上往外瞧，鬼子衝鋒起來不要命，一個一個面目猙獰，挺著明晃晃的刺刀，不躲不避，直挺挺地往前衝，前面的人倒下了，後面的人跟上。

這是觀察的絕佳時刻，傻子乾脆露出頭，在衝刺的人群臉上逡巡，看到兩個相似的，卻始終無法確定。

鬼子不停在戰壕前倒下，身邊的戰友也不停倒下去，雙方就在這近在咫尺的地方互相瘋狂殺戮。都像是狂暴的野獸，要把對方撕碎。

最近的鬼子已經衝到戰壕邊了，眼看就要衝入戰壕了。

趙二愣子大吼一聲，端著機槍，直接從掩體後面站了起來，他一起身，機槍班的人也都跟著站了起來，就那麼毫無掩蓋的，無遮無蔽的，正大光明地朝對方射擊。

鬼子的機槍班也乾脆站起身射擊。

雙方誰也不躲，誰也不避，沒有戰術，不講策略，就像武俠裡的高手搏命，你捅我一刀，我捅你一刀，你再捅我一刀，我再捅你一刀，就看誰先撐不住。

趙二愣子肚子中了一槍，綻開一朵血蓮花，接著胸部又綻開一朵血蓮花，身體晃了晃，卻是繼續射擊。

傻子想起了小渡河上的那一朵朵血蓮花。

終於，日軍最先挺不住了，率先朝後退去。

沒有人乘勝追擊，也沒有人說話，士兵們都到了極限，體力到了極限，意志也到了極限，所能做的，就是癱倒在戰壕裡大喘氣。

王野爬起來，從屍體堆裡扶起一身血汙的趙二愣子，把他抱在懷裡。他肚子上幾個洞還在汩汩冒血，王野去捂他肚子上的傷口，捂完這個，又去捂那個，卻是捂不過來。

趙二愣子咧咧嘴，道：「今天……兄弟……要……光榮了。」

王野和趕來的秀才等人失聲痛哭。

趙二愣子還想說什麼，一張口，血又從嘴巴裡汩汩往外湧，轉而看向傻子，慘然一笑：「傻子……你的神明……不準。」

說完，頭一歪，眼神失去了光彩，嘴巴張著，裡面冒出一個很大很大的血泡，夕陽正好照過來，五彩斑斕。

# 第十二章　堅守陣地

傍晚時，孫營長打來電話，問了傷亡，王野說損失慘重，要支援，孫營長說各處兵力吃緊，沒有支援，讓他們再堅持兩天，就可以下去休整。

王野掛了電話後，指揮著大家把犧牲的戰友屍體摞在一起，然後就地休息。

太陽落山後，伙頭兵送來了已經冰涼的肉包子。那包子一筐筐擺開，滿滿登登，但沒人去拿，任伙頭兵喊了幾遍，也沒人動。

傻子坐在那兒，一點胃口都沒有。唐唐抬頭看了傻子一眼，看他沒反應，就又蹲了下去。

王野起身，道：「飯還得吃，吃飽了明天才有力氣跟鬼子幹。明天再守一天，後天下午就撤下去休整了。」

王野拿起一個包子惡狠狠地咬了一大口，一口就咬掉了一半，兩個腮幫子鼓鼓的，彷彿那包子跟他有深仇大恨一般。

泰山也道：「都吃，都吃，死也不能當餓死鬼。」

其餘人一個一個起身去拿，之後回到自己的位置，一聲不吭地往嘴裡塞。坑道裡很安靜，只有吧唧吧唧的吃飯聲。

傻子拿了四個，給唐唐兩個，自己留兩個。唐唐流著哈喇子，吃得津津有味。傻子咬了一口，看著缺口裡面的肉餡，總覺得吃的是人肉。

月亮升起來了，王野判斷敵人損失挺大，晚上應該不會進攻，就讓抓緊休息，巷道裡很快就呼嚕聲一片。

這是一個美麗的夜晚，夜空瓦藍，圓月掛在東邊的樹梢，滿天繁星一閃一閃，銀河如一條巨龍從群星中間穿過

傻子借著月光，悄悄爬出去，在陣地前死人堆裡一個鬼子一個鬼子地翻找，他找到了那幾具疑似的鬼子屍體，仔細辨認後，卻都不是。他又把之前戰死的屍體也翻找一遍，也沒有找到，只好又悄悄爬回來。

傻子回到巷道，拍拍身上的泥土，看到遠處秀才藉著月光俯在膝蓋上寫著什麼，就貓著過去，坐在他身邊。

「你真是不要命了，有什麼發現嗎？」

「沒有。」傻子搖搖頭。

「你真是個傻子啊！」

傻子卻道：「秀才哥，你在寫什麼？」

「寫詩。」

「給那個女學生嗎？」
「嗯！」秀才點點頭。
「能給我唸唸嗎？」傻子道。
秀才點點頭，攤開紙張，清清沙啞的嗓子，悄聲唸道：

致夢中的你
我願做一棵樹
孤獨地站在路旁
撐一片綠蔭
默默地看你幸福

我願做一汪溪流
靜靜地臥在山腳
待你疲憊時
濯你纖纖細足

我願做一縷清風

悄悄躲在遠角
在你傷心時
溫柔地掠過你髮梢

傻子雖沒怎麼讀過書，但也覺得這詩很好，不但好聽，而且裡面的意思很撓人，就像夢中那個背影一樣撓人。他甚至覺得，這不就是說的自己對唐瑩的感覺嘛。

傻子忐忑道：「秀才哥，可以把這首詩送給我嗎？」

「可以，我寫了許多首，你要喜歡，這首就送給你了。」秀才爽快把這一頁從本子上撕下，遞給他，「你也有喜歡的女孩？」

傻子彷彿被瞧破心事，有些不好意思，含糊點點頭。

「那天去頤和路就是為了見她吧？」

「沒見著。」

秀才也就沒追問，忽而想到什麼，翻找筆記，翻到某一頁，撕下來，小心翼翼折好，遞給傻子：「傻子，幫我一個忙，這是我的遺書，如果我犧牲了，把這個給那女孩，讓她不要傷心。上面有地址。」

傻子接過那張紙薄薄的，貼身放在內衣口袋裡，說道：「說不準我也死了。」

秀才拍拍他的腦袋，說道：「不會的，我看出來了，你是受神明眷顧的人。」

這個夜晚很短，胸口的兩張紙似乎兩團火苗，燒得他睡不安穩，迷迷糊糊剛睡著天就亮了。傻子是被一種奇怪的隆隆聲吵醒，有點像鐵房子，但更沉悶，又有點像火車，但沒有那種咔咔聲。

他睜開惺忪的雙眼，趴到戰壕上望去，卻是看到一輛從沒有見過的奇怪鐵房子：周身沒有門，也沒有窗和玻璃，只有幾個小孔。最前方有挨在一起的一長一短兩個象鼻子。下面的輪子沒有軲轆，而是像鴨腳蹼一樣整個連在一起，來回轉動，帶著鐵疙瘩橫衝直撞，翻溝爬坑，竟然如履平地。

那鐵疙瘩後面跟著一群士兵。

傻子正看得出奇，王野驚叫道：「壞了，坦克！」

傻子這才知道那鐵疙瘩叫坦克，卻不明白王野為何如此驚慌。只見那象鼻子左轉轉，右轉轉，最後朝不遠處方向停住了，只聽「轟」的一聲，鼻子前端噴出一股白煙。

傻子還沒明白過什麼事，不遠處的戰壕裡「轟」的一下炸開了，守著一挺重機槍的三個士兵和機槍一起飛上了天。

傻子一哆嗦，旁邊的唐唐也一哆嗦。

象鼻子不停調整方向，重機槍據點不停地爆炸，一時之間陣地被炸得七零八碎。

拔掉了重機槍據點後，那鐵疙瘩徑直朝這邊駛來。

「左右兩翼陣地，射擊坦克後面的鬼子；中間陣地，集中火力，打坦克履帶。」王野吆喝道。

奇怪的是，傻子發現，那子彈結結實實打在鐵疙瘩身上，卻只是濺出幾點火星，傷不了它分毫。

傻子想起了屯子裡老人講的義和拳的「刀槍不入」。他心想，這莫不是什麼妖法？他不肯殺人，本來就覺得有些愧對大家，如今有妖法，說不準自己能幫上忙。

他對空唸叨：「四方神靈，急急如律令，快點顯靈，破了鬼子妖法……」

旁邊王野道：「狗屁妖法，這坦克用的是加厚鋼板，只有履帶是破綻，但子彈也打不穿。」

這會工夫，坦克的機槍開始平掃射擊，坦克後面的日本兵也瞅準機會射擊，戰壕裡不斷有人傷亡，哀號聲不斷。

這樣下去，沒一會坦克就會攻上來了，戰壕一旦撕破一個缺口，陣地就會全線潰敗。

「連長，根本打不動，怎麼辦，要不咱們先撤吧？」泰山急赤白活道。

「不成，誰撤我崩了誰。」王野拎著匣子槍，殺紅了眼。

「可這樣下去是白白送命。」鐵塔般身材的泰山也紅了眼。

王野一咬牙：「必須搞掉那坦克。」

秀才道：「我們沒有反坦克炮，也沒有專門克制它的重機槍，根本奈何不了它。」

「炸履帶！」

「怎麼炸？」

王野目光在人群中逡巡了一下。眾人都是面露猶豫，誰都明白，這是自殺式衝鋒，有去無回。

王野的目光掠過傻子，傻子一哆嗦，想到了什麼，果然，王野的目光最終定在唐唐身上：

「按住，捆上炸藥包，尾巴澆汽油點上火，牠衝下去會亂跑，等跑到坦克履帶前面時一起開火將牠擊斃，引爆炸藥，可以把履帶炸壞。」

泰山一拍大腿，說道：「好計。」

歪把子二話不說，把機槍往旁邊一扔，撲過去就要摁住唐唐。

傻子大驚，忙橫身攔住，道：「不行！」

泰山二話不說，乾脆伸手一推，傻子稚嫩的身體一個趔趄就摔倒在地。唐唐看到傻子被推倒，當即發怒，「嗷」地一聲跳起，一口咬在泰山胳膊上。

泰山「哎喲」一聲，顧不上疼痛，順勢把唐唐摁倒在地，歪把子幾人上前幫忙，七手八腳把兩個炸藥包捆在了唐唐身上。

泰山剛綁好，正吩咐拿汽油，卻是聽到「嘩啦」一聲槍栓響，抬頭時，卻發現傻子手裡黑洞洞的槍口就對準了他腦袋。

「都放手，誰不放手我就打死誰！」傻子嘶吼著，眼睛通紅。

誰也沒見過傻子這般拚命的模樣，一時都愣了，連一向彪悍的泰山也有些不知所措。

王野提著匣子槍走上前：「傻子，把槍放下。」

傻子固執道：「先把唐唐放了。」

「槍口是對準敵人的，不是對準兄弟的。」

「唐唐才是我兄弟。」傻子因為激動，手指微微顫抖，「你們沒人敢去，為何欺負一隻狗？」

王野怕他激動下走火，緩和下語氣道：「傻子，牠就是一條狗，人命比狗命重要。」

「牠的命跟我的命一樣重要……比我的命還重要。」傻子吼道。

戰壕外坦克越來越近，壓在一個個犧牲的戰士屍體上，發出沉悶的「噗嗤」聲。

王野急道：「傻子，火燒眉毛了，回頭哥給你買一群，買那些名貴的洋狗。」

傻子道：「狗不分貴賤，我就要這傻狗！」

歪把子也勸道：「傻子，不炸了坦克，我們都會沒命的。」

幾個士兵已經等得不耐煩，拉開槍栓齊齊對準傻子：「把槍放下，不然先崩了你！」

幾人緊張對峙，眼中都透著決絕。

這時，一直沒說話的秀才開口道：「這辦法不妥，萬一剛放出去，敵人一開槍，牠往回跑怎麼辦？」

「尾巴點上火，等敵人反應過來，早就衝過去了。」泰山道。

「不就是炸坦克嘛？我去！」傻子把槍往地上一撂，過去把鐵塔般的泰山推倒，然後把炸藥包從唐唐身上解下來，還沒等眾人反應，就抱著跳出了戰壕。

「快，機槍掩護，火力壓制。」秀才率先反應過來。

泰山爬起身，搶先回到陣地，抱起機槍玩命地朝鬼子射擊。眾人也跟著玩命射擊，他們火力越猛，傻子機會越大。

陣地前面全是彈坑，傻子夾著炸藥包，連滾帶爬往前衝。鬼子識破了他的意圖，集中火力攻擊他，子彈嗖嗖地在耳邊掠過。傻子顧不上害怕，一邊衝一邊心裡默唸著：神明保佑！

他不想殺人，但炸坦克履帶還是沒有心理負擔的。也許神明真的聽到了他的祈禱，他沒有被子彈打中，成功地從一個彈坑，跳入另一個彈坑，又跳入另一個彈坑——離坦克越來越近了。

傻子終於衝到了離坦克前進路徑二十米開外的一個彈坑裡，這個距離，足夠了。他點著了炸藥包引信，瞅準方向，奮力地扔過去了。按照估計，等坦克開到炸藥包位置時，恰好爆炸。

他長吁一口氣，等著那聲巨大的爆炸聲。可意外的是，坦克兵似乎發現了炸藥包，掉頭朝另一個方向逃去。傻子眼看要功虧一簣，心下一橫，想跳出彈坑重新撿起炸藥包，可他剛冒頭就被敵人的火力給壓回來。

炸藥包的引信滋滋燃燒著，傻子正無計可施，突見遠處一道熟悉的身影躍出戰壕，撒開爪子奔過來——是唐唐！

唐唐的跑位很刁鑽，戰壕前有個坡，牠就專門沿著坡下的角度跑，這個角度鬼子恰好打不著牠。牠一路狂奔，跑到了炸藥包處，叼起炸藥包，在所有人詫異的目光下，衝到了坦克前方，把炸藥包重新扔到履帶下，然後掉頭朝傻子跑來。

雙方都愣了，竟一時都忘了開槍。

引信燃盡了，坦克想調轉方向也來不及了。鬼子也不射擊了，都蹲下抱頭迎接爆炸的衝擊波；戰壕那邊，秀才等人也紛紛埋下頭去。

唐唐沒有坑道掩護，很容易被爆炸的衝擊波震碎內臟。傻子急得大喊。

唐唐似乎明白危險，一路狂奔，離傻子三、四米遠時，一躍而起，從半空中飛了過來，恰好落在傻子懷裡，把他撞倒在彈坑裡。

傻子躺倒在坑底，聽到了震耳欲聾的爆炸聲，看到了空中四分五裂的履帶，還有藍藍的天空。

# 第十三章　最後一天

傻子和唐唐成了英雄。

一人一狗回到戰壕時，受到了熱烈的歡迎。王野拍拍他的肩膀，說道：「傻子，你立了一大功！」

傻子卻表現得很冷淡：「你當初要買唐唐時，是不是就想用在此處？」

王野有點尷尬，說道：「那是以前我們用過的損招，不過從今天開始，絕對不會了，唐唐就是我們的生死兄弟了。」

王野還特地蹲下身，拍拍唐唐腦袋，刻意套近乎：「是吧，唐唐，你是我們英雄連的一員了。」

唐唐對他的熱情同樣反應冷淡，哼唧一聲，把頭扭向一邊。

「傻子，是哥哥們錯了，給你道歉！」泰山訕訕拍拍傻子肩膀。

歪把子圍著傻子轉了一圈，驚奇道：「傻子，仗打到現在，犧牲了那麼多人，沒犧牲的，也個個帶傷，只有你，兩次跳出戰壕，竟然一點傷都沒有，真是神明護體啊！」

他這麼一說，幾人都過來嘖嘖稱奇。

傻子並不理會他的話，冷哼一聲，帶著唐唐回到自己的位置。路過秀才身邊時，秀才伸出手，想給他擊個掌，他卻裝作沒看見，徑直走過。他在生秀才沒有旗幟鮮明地幫自己的氣。秀才滿臉尷尬，訕訕放下手。

坦克炸毀後，鬼子再一次退回去了，這一天就這麼有驚無險地過去了。

傍晚時，孫營長來電話，王野說減員厲害，急需支援，否則很難頂住明天一天的進攻。

孫營長還是那句話，已經向上級報告了，各處陣地都吃緊，預備隊都已經頂上了，後援兵力還沒到，讓無論如何再頂明天一天。

王野垂頭喪氣地掛了電話。

傻子這兩天看到太多的殺戮，而且這殺戮沒有絲毫停止的跡象。他更是自責，打定主意，要找到那個鬼子。幾個人的謊言，竟然讓無數人陪葬，這太不正常了。

晚上時，他再次摸出戰壕去尋摸鬼子屍體，唐唐跟在他後面，東嗅一嗅，西扒拉一下，陪他一起尋找，但找了一夜，仍然沒有找到那個人，最後只好悻悻回到戰壕。

後半夜時，竟然起霧了。那霧越來越大，彌散在陣地上，把一切籠罩在內。別說對面敵人，就是戰壕裡幾步外都看不清虛實。

這樣的天氣，不適合廝殺，敵我雙方似乎心照不宣地停止了行動。炮聲歇了，槍聲歇了，喊殺聲也歇了，天地同歸於寂靜。

一天的鏖戰，眾人都撐不住了，倒頭就呼呼大睡，就連一向警惕性十足的王野，也蒙頭打起了呼嚕。

傻子找了半晚上，也累了，沉沉睡去。這樣的霧天，屯子裡常有，騾馬都要歇著的。不知睡了多久，也不知是白天還是黑夜，迷迷糊糊中傻子察覺有東西拽自己的褲腿。他疲乏至極，眼皮很沉，估摸著是唐唐想大解，就沒起來，拍拍牠腦袋，讓牠自己去解手。

忽而，腿上傳來一陣鑽心的疼，一下子就把他疼醒了。他無奈起身，卻見唐唐徑直跳到箱子上，朝外面著急地汪汪叫兩聲。

傻子心中咯噔一下，頓時反應過來，這是唐唐著急示警。

他忙朝戰壕外瞧去，卻是霧濛濛、黑黢黢，什麼都看不見。他心裡不踏實，順著巷道一路爬過去，把熟睡的王野搖醒。

王野睡眼惺忪地道：「怎麼了？傻子！」

傻子道：「陣地前可能有鬼子。」

王野一聽，一個激靈跳起來，趴在戰壕前盯著外面仔細看了一會，並沒有察覺異常，狐疑道：「這個鬼天氣，自己鞋底都看不清，不具備作戰條件。鬼子仗著的就是火力比我們強，大霧天氣其實利於我們，難道他們要捨長就短上來跟我們肉搏？有沒有可能是這傻——唐唐搞錯了？」

傻子搖搖頭：「唐唐不會出錯的！」

王野想了想，悄聲道：「把大家都喊起來，機槍上子彈，步槍上刺刀。」

傻子去一個個搖晃眾人，唐唐也學著他，牙撕爪撓，把仍在熟睡的人弄醒。

眾人剛開始都是一激靈，但看了半天，沒有發現敵人一絲蹤跡，都是一肚子抱怨。

泰山乾脆道：「王爺，這個天氣，閻王爺都不出門，莫要搞錯了……」

歪把子也道：「傻子聽狗的，連長聽傻子的，我們聽連長的，要是一場烏龍，還不得笑掉大牙……」

還沒等他說完，就聽到王野嘶啞的怒吼聲：「機槍……機槍……來不及了……換刺刀……拚刺刀……不能讓他們衝進戰壕！」

傻子愕然抬頭，看見一把明晃晃的刺刀從濃霧裡刺出來，緊跟著刺刀衝出濃霧的，是一個扁鼻子的鬼子。接著，更多的刺刀衝出濃霧，出現在戰壕前方。

王野等人也紛紛跳出戰壕，號叫著迎了上去。

傻子懷裡抱著秀才扔給他的一支帶刺刀的步槍，蜷在巷道角落裡，他不會拚刺刀，更不想殺人。

一個剛跳出戰壕的士兵身體一頓，後背上就透出一把冷森森的刀尖，身軀往後便倒，軟綿綿砸在他面前，扭曲，抽搐，顫抖，最後一動不動。

濃霧籠罩在巷道裡，看不清敵我，只看到朦朧的身影輪廓攪和在一起廝殺，刺刀捅刺身體的噗噗聲清晰可聞……

戰壕裡成了人間修羅場，傻子蜷在那裡，彷彿置身事外，呆呆看著這一切。那一刻，他有種錯覺，彷彿自己真是神明，無外無我，事不關己看著這悲慘的人間。

一個鬼子發現了他，挺著刺刀過來，傻子木然蜷在那裡，他想，罷了，罷了，死就死了，讓這神明失去指點人間的凡軀吧。

但那刀尖在他鼻尖停住了，他抬頭看時，透過濃霧，依稀看到一個身影，似乎有些熟悉，他心頭一緊，慢慢起身，那人雲遮霧罩的面容也清晰起來——似乎是那迷路的鬼子。

那鬼子似乎也認出了他，轉身隱入濃霧中。

傻子想去追他，但是巷道裡到處是捉對廝殺的人，他走了幾步就被不知哪裡的槍托打暈在地。等他醒來時，廝殺已經結束了，巷道重歸寂靜，濃霧慢慢散了，已經能看清周邊的輪廓。戰壕裡橫七豎八，一地的屍體。

傻子顫巍巍起身，只有唐唐跟在他身邊，他以為大家都犧牲了，正茫然無措，不遠處一個滿身血汙的「屍體」坐起——王野。他胸膛前的軍服被刺刀劃成好幾塊布條，露出一道道觸目驚心的傷口，血呼啦的肉向外森森綻開著。

王野吼一嗓子：「還有能喘氣的嗎？」

片刻過後，泰山顫巍巍起身，他倒拄著步槍，靠在油桶上呼呼喘氣，耳朵被削掉半隻，半邊臉全是血。他揮揮右手，做了個開槍的滑稽手勢——那隻手竟僅剩大拇指和食指了。

秀才支撐著起身，他一隻眼睛成了血窟窿，鼻子也歪了，臉頰上一道傷口森然見骨，剛起來，又一頭栽倒。

傻子心頭湧過一絲酸楚，忙深一腳淺一腳跑過去扶住他，讓他靠在角落裡。秀才騰出手，顫巍巍從懷裡掏出那面小鏡子，照了一下，咧咧嘴，慘然一笑：「傻子，我破相了，夏夢不會喜歡我了。」

傻子說道：「不會的，女學生都喜歡英雄。」

「火車上……神明算的……那一卦，準不準？我不甘心呢。」

「秀才哥，對不起，當時我是反著算的，正死反生。」傻子啞著嗓子道。

秀才眼中掠過一絲失望，接著是釋然，說道：「別忘了我的信！」

傻子點點頭：「放心！」

秀才身體抖了抖，身體抻直了，眼睛瞪向半空，喃喃道：「去年今日……此門中，人面桃花……相映紅；人面……不知何處……去，桃花……依舊……笑春風。」

他眼中的亮色像退潮的潮水一般，一點點流逝，最後澈底乾涸，空洞地瞪著，身體也慢慢滑下去。

傻子抬起頭，恰好看到紅彤彤的夕陽落山。

能喘氣的兄弟，還剩十幾個，好歹時間到了。泰山走到王野面前說：「連長，撤吧！」

王野猶豫一下，說道：「再等一會，換防的部隊還沒來。」

傻子冷不丁遠遠說道：「不會有換防部隊的。」

王野面上浮現出驚訝，泰山也露出驚訝，狐疑盯著他眼睛，問道：「傻子，誰說的？」

傻子移開目光，淡淡道：「神明。」

王野鬆了口氣，身體鬆弛下來，似乎不怎麼信了。傻子心中嘆口氣，這些聰明人啊，用著神明時，虔誠得很；用不著時，就只相信自己願意信的。

王野撥通了營部電話，說了沒幾句，就急了，聲音高了八度：「不是說好三天嗎？怎麼又加一天……弟兄們死傷慘重，只剩十幾個了，根本擋不住下一次衝鋒……我怎麼跟兄弟們交代……好吧，孫黑臉，咱說好了，明天太陽一落山，無論有沒有援兵接手陣地，我們立馬退下去……」

王野掛了電話，瞟了一眼傻子，然後看向互相攙扶著準備離開的眾兄弟：「再守一天。」

泰山急了，道：「連長，不是說得好好的，就三天嗎？我們已經完成任務，難道讓我們老兄弟都交待在這裡嗎？讓我說，你這電話就多餘打。而且，炸彈這麼凶，電話線早該炸斷的。」

王野沒再說話，抱著機槍，回到了陣地，自顧自地按彈匣。

泰山嘆口氣道：「那好，就一天，明天傍晚，天王老子下令，老子都得下去。」

這一夜，王野沒安排崗哨，把珍藏的白酒拿出來，跟幾人分著喝了。

傻子從沒喝過白酒，小抿了一口，一股火辣的火舌從嗓子眼直竄到胸口，不住地咳嗽，鼻涕眼淚都出來了。

唐唐以為是什麼好喝的，張著大嘴圍在傻子腳邊搖頭晃腦，傻子怕辣著牠，沒給牠喝，牠就耷拉著耳朵直哼唧。

泰山看到了，招手示意牠過去，自從上次泰山摁住牠想拿牠當移動炸彈，唐唐一直對他敬而遠之，如今見他示好，也就放下成見，過去張開大嘴。

泰山就拿杯子給牠灌了一大口。只聽「嗷」的一嗓子，唐唐辣得狂奔起來，在巷道裡一邊來回狂奔，一邊嗚咽個不停，似乎罵著祖宗八代難聽的話，直到跑了十幾個來回，才在不遠處趴下，用爪子使勁撓臉。

傻子哈哈笑，眾人也哈哈大笑。

酒勁過去後，這傻狗又過來，趴在傻子身邊，鼻子紅紅的，竟然有了三分醉意。

王野也過來了，拍拍傻子肩膀說：「傻子，別找了，你回去吧！」

傻子說道：「我好像看見那人了。」

王野臉上浮現出驚奇，然後又是黯然，說道：「傻子，別犯傻了，找到了又能如何，到了這地步，不是講道理了，而是必須分你死我活了。」

傻子咂摸王野的話，卻見唐唐用牙咬著他的褲腿往外拽，眼神裡有哀求，傻子明白，那是讓他抓緊走。

傻子猶豫一下，低頭拍拍唐唐腦袋，說，「唐唐，你走吧，我還不能走，一定要找到那個人。」

但唐唐終究也沒走。

# 第十四章　繼續堅守

一夜無話，陣地靜悄悄的，西邊的池塘裡還傳來久違的蛙鳴。如果不是陣地前堆積如山散發著臭味的屍體，傻子都會生出錯覺，以為是在自己屯子裡的院子裡。

天亮後，敵人發動幾次襲擊，但因為這幾天死的人太多，血水浸透泥土，一踩一腳泥，難以有效衝鋒，最終被打退了。

歪把子死了，整個身體被打成了篩子。很多人死了，屍體在戰壕裡，被太陽餘暉照著。跟傻子說的一樣，太陽落山時，依然沒有救援，陣地上只剩王野、泰山、傻子，還有唐唐。

王野沒說撤，泰山也沒提，兩人都受了重傷，靠在一起。傻子給他們點燃一支菸，兩人你一口，我一口抽著。

遠處鬼子又慢慢摸上來了。王野讓傻子把手雷搬來，捆成幾捆，給兩人放旁邊，然後讓他抓緊走。又說，活下去，找到那個人，給歷史當個見證吧！

泰山咧咧嘴說道：「傻子，我信你是神明了，真沒有救援啊！」

傻子知道，這次真該走了，唐唐跟在他後面，一人一狗往回走，越走越快，最後跑起來，拚命地跑，沒命地跑。

身後傳來震耳欲聾的爆炸聲。

# 第十五章　潰散

傻子跑著跑著，忽然發現不對了，身邊多了許多士兵，也跟著他一起往回跑。他們神色悽惶，都帶著傷，不是正常地跑，而是逃命地跑，沒有隊形，不分官兵，越來越多。

傻子在人流中聽明白了，軍令部已經下令全線撤退了。

傻子不知道該往哪個方向跑，只好跟著人流跑。到了一處開闊地，那裡停著一溜黑壓壓的鐵房子，疲憊呆滯的士兵們正在排隊等待上車。

有的士兵費力地推著大炮緩慢經過。不時有人抬著擔架吆喝：「讓一讓，讓一讓，先讓傷兵上車。」

傻子怕唐唐被人流踩壞了爪子，就把牠抱在懷裡。唐唐忽而仰頭朝空中狂吠。

傻子抬頭看時，只見那種鐵鳥飛過頭頂，敞開屁股，連下了三個鐵蛋。鐵蛋先後落入了人群中，響起三聲巨響，帶起一股股血泥，血泥中還夾雜著殘肢斷臂。

傻子和唐唐被騰起的一團血泥淋了個正著，半隻耳朵正掉在唐唐腦袋上，那耳朵邊緣鮮血淋漓，還自己抽動著，把唐唐嚇得直往傻子懷裡鑽。

人群中響起驚恐的吆喝聲：「快跑，鬼子上來了……」

人群頓時炸了，沒人再排隊，一窩蜂往鐵房子屁股裡鑽，鐵房子空間有限，結果引起了嚴重的踩踏，下面的人摔倒後被踩到泥土裡，上面的人踩著下面的人拚命往裡爬。

傻子抱著唐唐，踩著下面的人堆，手腳並用往裡爬。他手剛勾到鐵房子屁股外的鐵皮，這時鐵房子等不及了，轟隆隆發動起來往外跑。

傻子失去下面人堆的依託，身體懸空。車屁股裡有人喊道，火燒屁股了，把狗扔了，快爬上來。傻子不肯扔了唐唐，但瘦弱的一條胳膊撐不住一人一狗重量，拖行十幾步後，最終摔倒在了泥土裡。

他躺在地上呼呼喘氣，暗道可惜，就差了那麼一點點。老爹說，人必先盡了人力，神明才會相助，但此時神明似乎沒有保佑他。他想，也許懷裡有唐唐，神明不方便出手吧！

他不想丟掉唐唐，相比於看不見摸不著的神明，他更喜歡這個有血有肉的生靈。

他爬起來，兩邊有兩道車輪留下的觸目驚心的血轍子，被壓斷身軀的人發出沉悶的哼哼聲。人群就像羊群，沒頭沒腦跟在鐵房子後面追。

大炮也沒人推了，擔架上哀號的士兵也沒人管了，地上的槍支彈藥灑了一地。

傻子帶著唐唐也跟著人流逃。那鐵鳥轟鳴著貼著他的頭頂掠過，沒理會徒步奔逃的人，沿著公路追上了扔下他的那座鐵房子，下了一個蛋，精準擊中了鐵房子，把它炸得粉碎。

一個軲轆飛上了半空，半天才落下來，砸在傻子旁邊的水田裡。傻子腦袋縮了縮，想起了老爹曾說過的另一句話：神明並不保佑跑得快的，你錯過的，也許是神明讓你錯過的。

他明白了，錯過那輛鐵房子，也許正是神明讓他錯過的。

鐵鳥又去繼續追前面的鐵房子，剛剛拚命爬上鐵房子的人，這會又拚命往外跳，有的滾到溝裡，有的掉在馬路上，摔折了腿，被後面來不及剎車的鐵房子直接碾過。

人群中迴蕩著驚恐的聲音：「鬼子步兵也追上來了！」

於是，人群不敢沿著公路逃，紛紛跳入水田，往水田深處跑。

傻子和沒看到日軍，但也跳入水田，帶著唐唐深一腳淺一腳地跟著人流往西跑。

潰兵一邊跑一邊脫了軍服扔掉，攥了溼泥在手心裡搓著。傻子聽旁邊有人說，萬一走不脫，把軍服脫了，槍扔了，拿泥水泡泡手，然後用醋把扣扳機的老繭泡平，用滑石粉塗一下，可以假扮農民蒙混過關。

傻子不願意扮作農民，他認為會給真正的農民帶來危險，他是傻子，不願做聰明人的事。

一人一狗不停地跑，不停地跑……

太陽落山了，他們在跑……

月上梢頭了，他們在跑……

月亮過銀河了，他們還在跑……

秋天的夜晚已經很涼了，後半夜時，到了一處村莊外，那裡有一處柴垛。傻子跑不動了，往柴垛裡一躺，摸摸胸口，信件還在，也就放心地喘粗氣。

唐唐也跑不動了，也在他身邊一趟，也張著大嘴喘粗氣。

夜色很美，穹廬瓦藍，圓月高懸，繁星點點，蛐蛐在草叢中鳴叫，螢火蟲在柴垛上飛來飛去，空氣中滿是花草的香氣，不遠處偶爾有野鳥鳴叫。

相比於星空的璀璨，人間如同煉獄。傻子小時候聽了許多神話故事，說天上有九重天，有瓊樓玉宇，保佑世間風調雨順的神仙就住在裡面。

傻子本來相信神明，他在殘酷的戰場上，竟然沒有一顆子彈擊中他。他也動搖過，他的朋友們為何一個個死去，為何不保佑他們？他自己替神明找了原因，也許是神明太忙，顧不上保佑所有人。

但這會他再次懷疑，人間如此悲慘，卻不見任何神明降臨，莫非這世間果真沒有神明？

後來，他迷迷糊糊睡著了，醒來時，身邊多了幾個潰兵，大家身上都是一層霜。

唐唐早已醒了，正眼巴巴看著他。傻子硬撐著起身，帶著唐唐朝村裡走去。傻子太餓了，想討口飯，敲了幾家門，沒人家敢給開，有一家燈亮了，窗前人影一閃，轉瞬又滅了。

傻子和唐唐空著肚子，趴在水溝裡，喝了一肚子水，繼續往西趕路。

太陽照常升起，一人一狗肚子裡的水咣噹響。

傻子已經跑不動了，只能拖著沉重的雙腿慢慢步行。路上人流稀稀拉拉，都是從前線潰散下的士兵，幾乎個個帶傷，走路踉踉蹌蹌，有的走著走著，一頭栽倒在地，再起不了身。

路邊不乏這樣癱倒的軀體，傷口流著膿，綠頭蒼蠅嗡嗡圍著轉，一動不動，乍一看似乎死了，但細看之下，胸膛還微微起伏，眼珠子偶爾轉動，證明人還活著，但誰也顧不上誰了。

傻子也不知道要逃到哪裡，只是行屍走肉般機械地跟著人流走。那傻狗更不可能知道往哪裡走，他走到哪裡，那狗就跟到哪裡。

終於，日落時分，到了一個臨時收容站，那裡有一排鐵房子。他就近挑了一輛，先把唐唐扔進去，自己也爬進去。裡面已經坐了不少人，都坐在那兒，目光呆滯。

鐵房子裡有水、有麵包、有罐頭，傻子抓過一個罐頭，打開給唐唐吃，自己撕開一個麵包狼吞虎嚥。

一個軍官看到，狐疑地打量唐唐一下，又打量他一下，說道：「狗不能上車。」

傻子眼皮也不抬，說道：「這狗上過前線。」

也許為了證明傻子的話，唐唐抬起頭來，兇狠地盯著對方，齜著牙發出嗚嗚聲。

軍官嚇了一跳，又掃了一眼他們，悻悻離去。

車屁股裡都是灰頭土臉的潰兵，都在默默地啃著麵包，沒有劫後餘生的喜悅，也沒有哭泣，沒有攀談，只有機械地咀嚼聲。

鐵房子坐滿後，轟隆隆駛去。

傻子也不管去哪裡，直接靠著鐵皮睡著了，這一覺太沉，連夢都沒有。再次醒來後，看到了熟悉的厚重巍峨的城牆。

# 第十六章　久別重逢

傻子突然覺得人間不真實。

他就是從這兒坐火車去了上海，火車上有王野、秀才、泰山……他們有血有肉，生動有趣，而這會兒，他們都已經不在人間。

周邊除了那條狗，一個熟悉的人都沒有，彷彿置身一個完全陌生的人間。

他甚至有種錯覺，這段時間只是一場噩夢，那些人夢醒了，離開了，只剩他留在這夢魘裡。

他甚至想，那些人也許不曾存在過，可胸前內衣口袋的書信，真真切切證明他們存在過。

潰散的士兵，需要重新登記造冊，要編排進不同的部隊。傻子都忘了自己不是士兵，更不知道自己部隊的番號，只記得叫什麼英雄連，負責收容的軍需官狐疑地上下打量他，對他很是疑慮，懷疑他是日本間諜，喊來了他的上司。

傻子看到他上司時，頓時愣了：「二哥？」

對方也愣了：「三兒？」

傻子沒想到對方竟是自己的二哥陳家賢，而二哥的驚訝顯然更大於他的驚訝，拍著他的肩膀，問道：「你怎麼會在這裡？弄成了這副熊樣？這是收容前線士兵的，你湊什麼熱鬧？」

「我從前線……剛退下來！」傻子儘量用平淡的語氣說道。

陳家賢似乎聽到什麼不可思議的事情，上上下下打量自己的傻弟弟，一副懷疑的表情：「上前線，上海？你在說笑吧？」

傻子搖搖頭，說沒開玩笑。這時，唐唐不甘心受到冷落，也汪汪叫兩聲。

陳家賢方才注意到唐唐，表情更不可思議：「還帶著你那隻傻狗？」

「牠跟我一起，牠不傻！」

陳家賢仔細看了看自己傻弟弟的表情，一時也不知道該說什麼。

傻子想起一事，又道：「你讓我傳的話，我已經傳給何驢長了，但他沒有支援，自己坐火車跑滄州了。」

「好的，我知道，這不重要了。」陳家賢道。

「怎麼不重要，他騙了你們，沒有增援。」傻子對他的反應有些失望。

「真的不重要了，過去就過去了。」

「你不生氣嗎？」傻子搞不懂聰明人的世界。

「沒啥可生氣的，人總得變通嘛，那時候誰也沒辦法，不能一根筋。」

傻子不理解，但聰明人二哥說理解，他也就不再計較了。甚至覺得，二哥話裡，是說自己不會變通。

傻子坐上二哥的吉普車，去了二哥的營房。路上他也就知道了這幾個月家裡的情況。他走後，老娘天天哭，老爹天天去北平城裡找，可一無所獲。

傻子冷不丁問道：「鬼子占了北平，宣統帝回來了嗎？」

「宣統帝？沒有，他在新京呢，鬼子也是利用他，豈能為他作嫁衣裳？北平臨時政府的頭目姓王，也是個十足的漢奸。我養好傷後，就南下加入了中央軍。」

傻子想了想，問道：「二哥，如果一個人是滿人，他該是革命呢？還是該支持宣統帝？」

這個問題把聰明人陳家賢難住了，認真思考了一會，說道：「難說，民族和國家不是一回事，他身為滿人，支持革命，那就是滿奸，但若是中國人，若支持宣統帝，那就是漢奸了，這樣的人是夾心人，兩頭不討好。」

傻子聽聞，也就沒再多說，轉而把自己為了給何驢長傳信，誤上了火車，又陰差陽錯到了南京，然後跟著部隊去前線找人的經過大體一說。

陳家賢聽完，很是有些埋怨：「傻弟弟，你就不會變通一下嗎？差點把命搭進去。」

「答應了，就要做到。」

「嗨，真是傻氣！哪怕你找到了，又能如何呢？有的事情一旦開始，最初的起因就不重要了。」

傻子記得，王野也說過類似的話。

陳家賢轉了話題，「我和老大都已經身許國家了，有今天沒明天，本指望你這個傻弟弟可以在家給父母養老送終，沒想到你竟然也上了戰場。」

二哥的話裡，雖然疼他，但仍然把他當個傻子，他有些不高興，轉而問起了趙家姑娘。沒想到二哥竟然臉紅了，囁嚅半天，說道：「老大瞎胡鬧，爹娘也瞎胡鬧。」

傻子有些奇怪，大哥瞎胡鬧他是知道的，爹娘怎麼瞎胡鬧了？面對他的追問，二哥嘆了口氣，說了原委。

原來傻子走後，爹娘找不到人拜堂，就臨時抓包了二哥，等拜完堂，二老又想乾脆將錯就錯，讓二哥入洞房，好拴住他不讓他再出去打仗。結果二哥還是偷著跑出來了。

傻子問了個傻問題：「入洞房好玩嗎？」

二哥臉竟然漲紅了，道：「我在床沿坐了一晚上，壓根沒脫衣服，不成體統。」

傻子又問道：「那趙家姑娘呢？」

「我跑出來後就不知道了，我家書裡叮囑咱爹了，讓人抓緊再嫁，別誤了人終身，老大好像在外面跟一個女學生已經私訂終身了。」

傻子這才順著話頭問起大哥在哪裡。相比於大哥，他更喜歡二哥，覺得二哥人情味更濃一些，而大哥，總是把很大的口號放在第一位，總想著幹大事，對他身邊的人，反而並不怎麼關心。

二哥壓低聲音悄聲道：「應該是去了西邊。」

「西邊？」傻子有些不明白。

「延安。」二哥道。

「離家遠嗎？」

「很遠！」

「那回家就不容易了。」

二哥嘆口氣，道：「對大哥那樣的人來說，壓根沒有家，或者說，那裡才是他們的家。」

二哥的營地在光華門，他南下後，因為在北平抗戰有功，所以得到了晉升，已經是軍需處的處長，有自己獨立的宿舍。傻子就住他宿舍裡，因火車北段還未通車，所以也回不去北平。

傻子沒事時，就帶唐唐去田野裡玩耍。已是深秋，離城門不遠的半坡上有幾棵楓樹，楓葉已經紅了，風一吹，颯颯搖晃，遠遠看去，如飄搖的火焰。

傻子喜歡帶唐唐去楓樹下玩，唐唐展現了自己的聰明，牠已經完全領會了他的各種指令，兩人經常玩扔飛碟的遊戲，玩累了就躺在楓葉下看著天空發呆。

雖然知道唐瑩也住在城裡，但傻子有些不捨得把唐唐還給她了，經過這段時間的生死經歷，他已經把這狗當成他最親密的朋友了。

這天，一人一狗剛出城門不遠，就發現幾個士兵用電鋸把整棵楓樹從根部伐倒，然後澆上汽油，點了火，頓時火光沖天。

唐唐對著火光汪汪直叫，傻子也不解，走過去問道：「好好的樹，為什麼要伐倒燒了？」

士兵說，他也不知道，是接到上峰的命令，周圍所有遮擋視線的，一律清除。傻子發現，不只是樹，離城牆十裡內所有的房屋，都在推倒燒掉。

傻子無心情玩耍，帶著唐唐回到了營地。晚上問二哥原因時，二哥壓低聲音說，鬼子即將到達南京城下，所以這幾天軍事委員會正抓緊備戰。

傻子只能繼續等，如今實在無處可去，老家北平已經被鬼子占領了，而南京是首都，如果首都都守不住，那國家豈不是亡了？去哪兒又有什麼分別？

傻子問二哥，南京城守不守得住？

二哥信心十足地，說，守得住，南京可是國都，首善之地，固若金湯，鬼子膽敢屯兵城下，那麼別的地方的援軍就會對他反包圍。

傻子卻喃喃道：「不會有援軍的。」

陳家賢這個聰明人，並沒有在乎他傻弟弟的「傻話」。

後來，城門也封了，內外通信隔絕了，傻子只能和唐唐在城內玩。再後來，槍炮聲響起來了，鬼子開始攻城了。

傻子跟自己的軍需官二哥要了一個軍用望遠鏡，每天帶著唐唐爬到民房的屋頂，用望遠鏡一個個觀察鬼子，看看有沒有那個熟悉的面孔，但一天天看下來，頭暈眼花，也再沒發現那個身影。

二哥忙，有時候晚上也不回來，他就和唐唐躺在房頂，看炮彈在兩個陣地間像煙花一樣飛來飛去。

後來「煙花」也看煩了，開始思考以前從未思考過的問題。人呢，夾在牆縫裡最痛苦，比如，鬼子不痛苦，百姓不痛苦，而二鬼子最痛苦，就像他，如果是一個聰明人，不會痛苦，如果是一個純傻子，也不會痛苦，偏偏是個二傻子。

以前，他以自己是二傻子為榮，畢竟比純傻子聰明，可如今明白了，自己的痛苦，正因為自己是傻子，不像聰明人那麼清醒，又不像全傻子一樣只知道樂呵。

於是，他更跟唐瑩感同身受了。

隨著一天天過去，城裡的物價一天天漲起來，傻子已經買不起唐唐吃的肉骨頭了。二哥的臉色也一次比一次焦慮，他不再那麼自信了，有一天，從不信神明的他，破天荒地問：「傻子，你說南京城能不能守得住？」

傻子沉默了，他雖然是二傻子，但怎麼會知道聰明人也不知道的問題呢？

「不是說你能代表神明嗎？你也不知道嗎？」二哥問道。

傻子說：「神明只算個人，不能算眾生。」

「哦，那你給我算算吧，我當下該怎麼辦才好？」

傻子把唐唐趕到遠處，然後拿出一枚銀元，說正面是走，反面是留，一切聽神明意思。他拿著在二哥腦門上晃晃，然後大拇指一彈，拋到空中。那銀元翻了許多圈，最後拍落在手背上。傻子拿開手一看，是反面。

二哥拿過銀元，啞然失笑，說道：「軍人身許國家，當戰死沙場，我也是急糊塗了，竟然問你一個傻子。」

傻子也就知道，二哥對這結果不滿意。

二哥說完，又嘆道：「不過你說對了一點，這次真沒援兵。」

傻子覺得，二哥也不是那麼聰明了，他都忘了，上次在南苑時，也沒援兵。

二哥雖然自己不走，但起身時，卻是勸他走：「你收拾下東西，這幾天我想辦法把你送出去。」

傻子沒有東西可以收拾，只有唐唐這隻狗。這幾天他一直猶豫，要不要去找趟唐瑩，把唐唐還給她了。

他有些不捨得了，很矛盾，想得腦殼疼，乾脆把這頭疼的問題拋給唐唐自己，動不動就會問牠：「唐唐，你想不想找你的主人唐瑩？」

每當問這個問題，唐唐就把頭扭到一邊，裝作聽不見。傻子覺得，牠不是聽不懂，而是也跟他一樣為難。

傻子忽而有點理解大哥了，大哥對女學生，也是這種感情吧！

一天下午，他乾脆鄭重喊來唐唐，兩手拽著狗頭，再次問這個問題。唐唐轉了幾次腦袋，都被他揪住耳朵把腦袋正回來，唐唐乾脆用爪子推他，他兀自不鬆手。就在這時，一身血汙的二哥回來了。

傻子有些不好意思，他的舉動實在像個傻子。

二哥卻不在意，把一張船票、一摞法幣還有兩條小金魚塞到他手裡，說：「三兒，南京城快守不住了，爹娘面前不能沒有個養老送終的，你現在就走，你去渡口，能趕得上最後一班船。」

傻子愣了一下：「二哥，你不走嗎？」

「我不能走，也走不了。」二哥說道。

「二鬼子們走了沒？」傻子問道。

「你說外交部的？他們的家人也在忙著買船票，如今這船票有錢都買不到。」

傻子心中一動，點點頭，接過船票，放入口袋。二哥轉身急匆匆去了，出院門前，回頭叮囑：「回了北平，讓趙家姑娘趕緊改嫁，」頓了一頓，又道，「她要願意，也可以改嫁你！」

「我不要，像什麼話。」

二哥不知聽沒聽到他的話，已經轉身離去了。

傻子帶著唐唐出了營門，朝城內走去。路上到處是急匆匆趕路的人，很多明顯是脫掉軍服的潰兵，傻子對那種悽惶氣息很熟悉，也就明白了，真守不住了。

驚恐的消息在街頭巷尾流傳：有的說雨花台已經被攻破了，有的說鬼子已經進城了，有的說江邊的渡船都已經被鑿沉了，有的說湯司令已經坐飛機跑了……

傻子沒有直接去渡口，而是調轉方向去了頤和路，他守在了那個三岔路口。頤和路上的人要出城去渡口，這裡是必經之路。

這裡並不像別的地方那麼擁擠，相反，靜悄悄的，偶爾有幾個衣著考究的人提著行李匆匆而過。那些房子裡也都靜悄悄的。

傻子並不很著急，他如今有些明白神明是如何捉弄凡人了。你費盡心機趕上的，並不一定是好的，你惋惜錯過的，說不定是另有深意的。就比如，如果他趕上了那個鐵房子，這會已經灰飛煙滅了。

他想，聽神明旨意吧！

他拿出銀元，正要給自己算一卦，雖然說神明不給自己算卦，但這時他想給自己算一卦。

他還沒把銀元拋向空中，唐唐卻興奮地「汪汪」叫兩聲，撒歡衝到馬路對面。傻子也就看到了他魂牽夢縈的女孩。

嬌小的唐瑩拎著一個行李箱，被猛撲上來的狗嚇得連連後退。傻子及時趕上前，呵斥了一聲，那傻狗也就俯身趴在地上不停討好地搖尾巴，唐瑩這才反應過來：「傻子？唐唐？」

唐唐「汪汪」答應兩聲。

相比于唐唐的激動，唐瑩就冷靜，或者說冷淡多了。她並沒有回應唐唐的熱情，而是問傻子：「你們怎麼在這裡？」

傻子一時有些躊躇，他不好意思說專門等她，唐瑩卻似乎明白了：「你們在等我？」

傻子點點頭，喉嚨裡含糊「嗯」一聲。他站在唐瑩面前時，依舊是那個抬不起頭的傻子。他想說說自己最近幾個月的經歷，但話到嘴邊，不知從何說起。

唐瑩卻是誤會了，為難道：「傻子，你也是來託我買船票嗎？我也買不到。」

傻子忙道：「不是，我有一張床票，你要沒有，我就送給你。」

傻子手伸進口袋裡，攥緊了那詩信和船票，掏出來，舉在唐瑩面前。

唐瑩聞言一臉驚訝，擺手道：「傻子，不用，姨娘她們早就走了，我父親給我留了一張，他留下不走了。」

「那我們一起走吧！」傻子開心地說。

「好！」唐瑩點頭說，「這張信是幹啥呢？」

傻子慌忙縮回手：「沒事，沒事，不相干的。」

「這傻狗你怎麼還帶在身邊？」唐瑩注意力轉到了唐唐身上。

「我答應還給你的，你說對，牠頂聰明，我讓牠表演給你看。」

傻子正要興沖沖喊唐唐表演一下，唐唐也已經準備好了，唐瑩卻是打斷他們：「時間緊急，咱先抓緊去渡口吧，其實你真的沒必要帶著牠，到哪都不方便。」

傻子聽完，有些失落，唐唐似乎也聽明白了，也不復剛開始的激動，一聲不吭跟在兩人後面。

# 第十七章　渡江

不過一個時辰的工夫，城裡全亂套了。

城裡逃荒的人跟北平城的人一樣地悽惶。不一樣的是，北平時，大家不知道該往哪裡逃，而這南京城裡，大家逃荒的方向出奇地一致：挹江門的方向。

那裡是通往下關的必經之路。

逃難人群中有衣冠楚楚的士紳職員，有衣著光鮮的富太太，有扶老攜幼的老百姓，更多的是潰散的敗兵，這些敗兵連軍服都沒脫，槍都沒扔，傻子明白，這意味著陣線已經潰敗了……

傻子逃荒已經逃出了經驗，刻意避開路中央，專挑牆腳走。唐瑩的行李有點重，傻子幫她背著行李，讓她抱著唐唐。兩人一狗隨著人流往前湧動。

傻子的經驗救了他們，馬路中央，有個老嫗跌倒了，身邊的家人彎腰想扶起他，但再沒能起身。不但他們沒起身，身邊的人也隨著摔倒了。就像是漩渦，把附近的人一層層漩了進去。

哭聲、喊聲、求救聲此起彼伏，但洶湧的人流兀自往前湧，誰也停不住，誰也掌握不住方向。

唐瑩見識了踩踏的恐怖，也就顧不得男女之防，緊緊摟住傻子的腰，一步一挪往前走。

傻子第一次與唐瑩肌膚之親，嗅著她身上淡淡的香味，身體感受著她的柔軟，想起了夢中那個美麗倩影，心怦怦直跳，臉也滾燙。

那一刻，他希望這條路永遠沒有盡頭。

越來越擁堵，腳下不時踩到東西，有時軟軟的，像是人的肚皮；有時硬硬的，像是人的腦袋。傻子不敢低頭看，更不敢絲毫停頓，後來兩隻鞋也被踩丟了，就那麼赤著腳丫子一步一步地往前挪。

傻子刻意放慢了腳步，他有種預感，這種形勢下，擠在最前面並不一定是好事。

終於到了挹江門外，門卻被堵死了。門前構築了鐵柵欄，柵欄後摞著沙袋，沙袋後面是督戰隊，黑洞洞的槍口對著擁擠的人流。

一受傷的潰兵吼道：「快開門，司令部已經下令撤退了。」

督戰隊的軍官冷面拒絕了：「我們沒有接到司令部的命令，請你們回到自己陣地繼續抵抗，誰敢踏過此門一步，就地槍決！」

「真的下令撤了，你不信打電話問司令部。」

「我們沒接到命令，任何人不許通過。」

「老子在前線拚命打日本人，現在你們竟然也拿槍對著我們，有種開槍啊！」

雙方劍拔弩張。

傻子心道，督戰隊真是傻，連自己這個傻子都能看出來，局勢已經失控了，這群人還杵在這裡犯傻。

傻子沒料到的是，槍聲真的響了。這情形下，沒人願意開槍，但走火也好，故意也罷，一旦槍聲響了，就無法挽回了。那些聰明人，誰都不想做枉死鬼，寧肯打死別人，不肯被別人打死，於是子彈亂飛，成片的人倒下了。

傻子的預感驗證了，他和唐瑩因為位置靠後，被擋在人牆後面，僥倖沒有受傷。他前面的一個鐵塔般的壯漢，身體就像抽掉筋骨的蛇，抖動兩下，軟塌塌地癱倒下去。

督戰隊死的死、逃的逃，但挹江門卻沒有打開，而在交火中死去的人栽倒在地，正好成了人體台階。這人體台階，踩上去就像是踩在淤泥裡，深一腳淺一腳，抬腳稍微慢了，或者踩入空隙的，很快就成了台階的一部分。後面的人踩著往上爬，被踩在下面的人心有不甘，就把上面的人拽下來，互相撕扯起來，片刻後，撕扯的雙方也成了台階的一部分。

於是，一層，一層，這人體台階終於到了城牆的高度。

傻子手裡的行李箱早已經擠掉了。唐瑩爬時，唐唐也從懷裡跳出來，傻子一手拽著唐瑩，一手拖著唐唐，拚命爬上了城牆。

城牆很高，另一面沒有台階，但下面已經跌下去不少人和行李，堆積在一起，形成了天然的人肉墊子。後面的人為了自保，就專門往人堆上跳。很多人只是摔折了胳膊腿，並沒死，一邊大聲呻吟，一邊大聲咒罵。很多人跳下去後沒來得及起身，旋即被後跳的人砸倒。

傻子不忍跳到人堆上，正在猶豫，卻是被後面的人一推，連帶著唐瑩和唐唐摔了下去。在空中，他緊緊抱住唐唐和唐瑩，調整方位，讓自己在下面，作為落地的緩衝。

幸運的是，他砸在一個不停吐血沫的女人身上，他清晰感受她胸腔爆裂的悶哼聲。

他很內疚，因為他的幸運，正是建立在那個女人的不幸上。他別過頭，不敢看她吐血沫的表情。

他突然有些理解神明了，有人幸運，有人就要倒楣，也許神明也為難吧！

傻子是經過血與火洗禮的，知道此時處境危險，沒有任何停頓，抱著一人一狗，連著滾了五、六圈，滾到了安全地帶。起身回頭時，剛剛掉落的位置，又有幾個人接連跳下來。那個女人，已經淹沒在人海中。

他內疚減輕了，沒有他剛剛那一下，那女人也活不了。

碼頭上汽笛聲響起。

傻子拽起已經嚇傻的唐瑩，拍一巴掌還在發愣的唐唐，往碼頭方向拚命跑去。

終於，在浮橋撤掉之前，他們趕到了。

穿藍色衣服的水手檢查一下他們手裡的票，看一眼傻子身後的唐唐，說道：「人可以上，狗不成。」

傻子道：「為什麼？我們有票的。」

水手冷冷地道：「票是給人的，不是給狗的，多少人連老婆孩子都帶不了。」

兩人一時有些猶豫，水手催促道：「抓緊，要開船了。」

傻子和唐瑩同時看向唐唐，都不知該怎麼辦。聰明的唐唐聽明白了水手話裡的意思，俯下腦袋，嗚咽一聲，不捨地看著傻子和唐瑩，眼眶裡蓄滿了淚水。

唐瑩說道：「傻子，算了吧，狗畢竟不是人，讓牠自生自滅吧。說不準用不了多久我們還會回來，到時可以再找牠。」

唐瑩說完，率先上了浮橋。傻子猶豫了一會，跟著走了上去，等上了甲板，再回頭看牠時，唐唐蹲在那裡，像是被拋棄的孩子，眼淚汪汪地看著他。傻子心揪了揪。

水手開始收浮橋，傻子忽然心一橫，說等一等，在水手、唐瑩和眾人驚訝的目光中，跑下浮橋，把唐唐抱起來扔到甲板上，然後對正要發怒的水手說：「我不上，把票給牠成吧？」

水手嘴巴張得大大的，用看傻子似的眼光看著他。他毫不在意，說快收浮橋吧。

唐瑩著急問道：「城破了你怎麼辦？」

傻子憨憨笑著，說了一句大家常說的話：「誰會為難一個傻子呢！」

浮橋收起來了，唐唐站在唐瑩身邊，看他不上船，著急地不停轉圈嗚咽，眼巴巴盯著他。

傻子突然想起一事，手伸進口袋，緊緊攥著那封詩信，猶豫著要不要送給唐瑩，最終，伸出空空的手，揮一揮。

又一聲汽笛響，渡輪螺旋槳嗡嗡轉起，帶起巨大的水花，輪船緩緩向江中駛去。

傻子鼻子發酸，眼淚幾乎要流出來了。他也不知道，這眼淚是為唐瑩而流，還是為唐唐而流。

這幾個月來，他與唐唐幾乎形影不離，一下子分開，他只覺得心裡空落落的，似乎丟了什麼。

渡輪越來越遠，他轉過身，往回走。忽而，聽到「嘩啦」一聲落水聲，接著聽到唐瑩驚呼：「唐唐，回來！」

傻子心中一顫，猛然回過頭，發現唐唐已跳入了江水中，正朝他拚命游來。

傻子又驚又喜，跳入江中，迎上去，把牠抱入懷中，拽著牠一起上了岸。唐唐搖著尾巴，伸出大舌頭不停舔他的臉。這是他表達友好激動的方式。

傻子拍著牠腦袋嗔怪道：傻狗！

唐唐似乎對這名字似乎不滿，汪汪叫兩聲，傻子道：「不是罵你，我是傻子，你是傻狗，咱倆是好兄弟。」

唐唐這次高興了。

傻子再抬頭時，渡輪已經遠去。

這會工夫，碼頭上人頭攢動，都支楞著腦袋翹首等著船隻來接。傻子乾脆帶著唐唐往外走。有人好心說道：「小兄弟，別走啊，一會來船趕不上趟。」

傻子淡淡說：「不會有船來接的。」

「誰說的？」人群愣住了

「神明說的。」傻子抬起自己的臉，故意露出那副傻傻的神情，他想讓人相信，他這話不是自己的意思，而是虛空中的神明藉他的口說的。

果然，人群沉默了。

過了好久，始終沒有船來。那些聰明人終於都完全相信了他的話，不再等待，轉而開始自救。他們到處找東西渡江，有人匆匆綁就了竹筏，有人找到小帆船，有人拆來了門板，有人乾脆搬來橫梁，還有人竟搬來一具棺材，還有人竟從附近找了頭水牛騎著就進了江……

於是，江面上密密麻麻都是起起伏伏的腦後殼。

傻子心想，國家都亡了，他就算過了江，還能跑到哪裡去呢？

但神明不能給他答案，他想了好一會，仍然決定過江。既然大家都過江，那麼過江總比不過要好。而且，盡了人力後，神明才會給指引，他不能空等。

# 第十八章　無路可退

傻子帶著唐唐往下游走了幾里路，找到一處農院。先找了一片塑料氈布，把書信、法幣和小金魚包裹在裡面。然後從院子裡水井旁找來兩個木桶，用井繩拴在一起，背著回到江邊。他把唐唐放入其中一個木桶，然後把書信放入另一個，自己抱著，準備這麼游過去。秋天的江水已經很涼，牙齒不由得打顫，但也顧不得了。

傻子水性很好，從小就在屯子邊的河裡游泳，一個猛子能在水底鳧好遠[6]。不過不同於河水，江水水流湍急，他剛下水就嗆了好幾口。木桶本來就不大，浮力有限，再加上已經坐進去了唐唐，吃水已經很深，他怕打溼書信，不敢把體重全壓在木桶上，只好兩條腿不停撲騰。

唐唐從桶裡探出腦袋來，伸著大舌頭舔舔他的額頭。傻子怕再嗆水，不敢張口說話，騰出手來拍拍牠的腦袋，示意沒事。

越往江中心，水流越湍急，風浪也越大。木筏、門板和小帆船在這江水中就過於單薄了，往

[6] 編按：鳧水即游泳之意。

往一個浪頭，一個漩渦，就失去掌控。到處是溺水的人，在江水中亂撲騰，大嚎著救命，本能地伸手想抓住一切可以抓住的東西。

傻子抱著木桶一邊拚命往前划，一邊躲避揮舞著手臂四處亂抓的溺水者。這些瀕死的人，就像是催命鬼的水鬼，一旦被抓住，那就九死一生。

傻子只顧看前面，卻不提防身後上游沖下來一個溺水者。那人一動不動，似乎沒氣了，傻子一時大意了，也就沒刻意躲避，一條撲騰的腿碰到了那人身體。

就這一下，那人就像垂死復活的野獸，雙手立馬緊緊箍住他的那條腿，把他往深水裡拽。傻子一隻手緊緊拽住木桶，另一隻手拚命划水，但水中的那股力道異乎尋常地大，根本掙不脫，身體止不住往下沉，手裡的木桶也吃不住勁隨之往下墜。

傻子明白，他無法對抗這股邪力，只好鬆開了木桶，回身拚命去掰那人手。但那兩隻手像鋼鉗一樣緊緊箍住，根本掰不動。

他又嗆了兩口水，心臟咚咚打鼓，胸腔似乎都要炸開了。掙扎了片刻，身上漸漸沒了力氣。

他已經盡了人力，卻改變不了現狀了。

他乾脆放棄了，在水下，他睜開眼睛看一眼水面，看到了紅彤彤的夕陽，看到了一個又一個漂浮的屍體，看到了藍天白雲，看到了空蕩蕩的木桶，好吧，也許都是神明的旨意……

忽而，腿上的那股力道竟然莫名一鬆，他心中猛然又生出了求生的本能，抬腳踹了一腳，借著力道拚命浮出水面，大口喘著粗氣，鼻涕眼淚一大把。

眼淚模糊中，看到了旁邊水面上浮出一個狗頭，嘴裡含著血呼啦的半個手掌。唐唐跳下水，生生把對方手掌咬斷了。

唐唐看到他很興奮，吐掉手掌，咬住他肩膀上的衣服，拚命往上拽。

傻子看一眼水桶，還未漂遠，就帶著唐唐拚命游著追上，抱著剛要喘口氣，忽而聽到唐唐「汪汪」地叫，聲音短促焦急，是在示警。

傻子猛然抬頭，發現一排戰艦從下游逆流而上飛速駛過來，那戰艦上飄著的是膏藥旗，甲板上，是一排黑洞洞的機槍槍口。

傻子心道不好，從水桶中拿出塑料氈布包裹的書信和小金魚咬在嘴裡，揮手招呼唐唐拚命往回游。

身後機槍「噠噠」地響了起來，子彈雨點般傾瀉在身邊。情急之下，傻子拽著唐唐再次潛入水底。

他們潛到一人多深，子彈在身邊交織成水網，一人一狗就在水網疏鬆處僥倖逃脫。

日艦駛到遠處後，一人一狗重新冒出水面，拚命爬上了岸。傻子回頭看一眼，江水染紅了，連浪花都是紅的。成片的屍體漂在江面上，像浮萍一樣，密密麻麻把江面鋪滿了。太陽的餘暉鋪在江面上，泛出美麗而妖豔的光芒。

傻子走不動了，把自己扔在岸上，躺在那裡歇息。唐唐也躺在他身邊歇息。日軍的飛機不時飛來轟炸，傻子不想躲了，也無處躲，就那麼靜靜躺著。

他想，把命運交給神明吧，這逃命的生涯，他過夠了，神明讓他死，他就去死；讓他生，他就歇夠了再起來。

有時炸彈就在不遠處爆炸，泥土帶著溫熱的血「噗噗」地落在身上，他也不去擦，後來乾脆閉上了眼睛。

他不知道自己躺了多久，也不知睡著沒有睡著，當再次睜開眼時，月亮已經出來了，星星也出來了，它們嵌在半空，冷冷地，毫無憐憫地，嘲笑似地，看著這人間。

神明終究沒讓他死。

唐唐也哼唧哼唧拿舌頭舔他的臉，他也就乾脆坐起身，挹江門此時卻是開了。

# 第十九章　人間地獄

傻子赤著腳，踩在石子路上硌得難受。他從路邊屍體腳上扒了一雙鞋穿上，臨走給死人口袋裡放了一張法幣，又鞠了一躬，說錢你拿著花，咱兩清了。

他從小就聽說，拿死人的東西，冤魂會一直跟著自己，但自己給了錢，那就是買賣了。

深秋的夜裡已經很冷，到處是斷壁殘垣，傻子牽著唐唐轉了半天，到了一處被炸塌的小洋樓。樓頂沒了，只有四堵牆，正好可以避風，裡面擠著東一撮西一撮像鵪鶉一樣瑟瑟發抖的逃難人群。

傻子多了一項本事，可以一眼辨別出潰兵。這群老百姓裡，混雜著好幾個潰兵，雖然已經換上老百姓衣服，臉埋在胸膛裡，但那股悽惶藏不住。

他找了個角落，帶著唐唐坐下。衣服是溼的，涼風一吹，徹骨生寒。同樣發抖的唐唐乾脆鑽他懷裡，一人一狗抱著互相取暖。

多處火光沖天，槍聲時而激烈，時而零星；人群中，小孩的哭聲，女人的啜泣聲，壯年們的嘆氣聲，老人們的咳嗽聲，病人的呻吟聲，此起彼伏。

後半夜時，一隊鬼子挺著明晃晃地刺刀過來了。唐唐也認出對方，齜著牙嗚嗚作響，傻子忙把牠按住，拍拍牠腦袋，牠也就順從地蹲了下去。

鬼子氣勢洶洶地在人群中搜羅，只要是壯年男子，就讓起身，攤開手查看，傻子知道，這是查找有沒有老繭。

那幾個潰兵被一一查出，押出人群，跪在地上，沒有掙扎，沒有反抗，對著後腦就是一槍，直挺挺趴在地上。有幾個青年，明顯不是潰兵，但也稀里糊塗吃了槍子。

傻子也就知道，這殺人是隨機的，沒有規律的。

他悄悄起身，帶著唐唐往黑影裡走，其餘人卻像定住的鵪鶉一般，戰戰兢兢地擠在一起，一動不敢動。那些聰明人，危急時刻都跟傻子差不多，還不如自己這個傻子。

果然，鬼子先殺掉了強壯的男人，然後殺掉了弱一些的男人，最後只剩老弱婦孺，卻並未就此離開，而是獰笑著走入人群，四處咂摸年輕女子，於是，女人哭喊聲一片。

傻子帶著唐唐東躲西藏，路過金陵大學時，他遠遠看到，在那鬱鬱蔥蔥的校園裡，在他和秀才賞荷花的石頭上，三個日本兵在凌辱一個女學生……

整個城市如同阿鼻地獄：逃命的潰兵，奔逃的女人，猙獰的笑聲……

傻子找了個旮旯蹲了下來，讓唐唐坐在遠處，他看著夜空，第一次嘗試直接跟虛空中看不見的存在對話：神明啊，你睡著了嗎，睜眼看看這人間吧！

回答他的，依舊是遠處無助的哭叫聲。

也許是因為他的不敬，也許神明生氣了，後半夜時，他發起了高燒，行動不便，天亮時被鬼子抓住了。

不知道是不是因為他傻，鬼子並未殺他，而是用槍逼著他去收拾屍體——不是國軍的屍體，也不是日軍的屍體，而是那些女人的屍體。

樹林裡，小河裡，花叢裡，犄角旮旯裡，到處是年輕女人的屍體。她們衣不蔽體，身上有致命傷，是被凌辱後殺害的；還有的沒有明顯外傷，顯然是被凌辱後自殺的。

他強撐著身體，和另外三人一起，在日軍的槍口下，拖著平板車，走街串巷，遇到就抬起扔到車上。

唐唐一聲不吭地跟在他身後。

傻子最不喜歡收攏的，是吊在樹上的女人，她們披頭散髮，眼珠暴突，舌頭吐得老長，煞是嚇人。

收攏的屍體裝在板車上，一個摞一個，就像是農忙一捆捆的麥子，裝滿後還要繩子一圈圈捆住，然後拖到江邊，點上汽油燒掉。

傻子看著一具具屍體化為灰燼，就覺得一種莫名的虛空。

傻子的隊友很賣力，時不時呵斥行動緩慢的他，用來討好身後的鬼子。

傻子覺得可笑，這些聰明人，危急關頭就成了傻子。他雖然傻，但從小就知道，沒人願意讓別人知道自己的短處。他爹給陌生人介紹說自己時，總說有三個兒子，從不提自己的三兒子是個傻子。而鬼子不去收攏戰友的屍體，反而先收攏女人們的屍體，明顯是要毀屍滅跡，不可能留活口的。

他一個傻子都看明白，這幾個聰明人卻看不明白，還以為自己的殷勤能換得生機。

傻子仍然咬牙堅持著，能多活一會當然好了，直接尋死，那就真成了傻子。

# 第二十章　故人重逢

這一天，他再也撐不住了，暈倒在地。

迷迷糊糊中，自己這具軀體被抬起扔到了板車上，跟那些赤裸的女人擠在一起。他隱約聽到遠處唐唐發怒的嘶吼聲，聽到鬼子的謾罵聲和拉槍栓聲，然後又聽到唐唐驚喜的求救聲，似乎還有另一隻狗的回應聲，但他已經睜不開眼了。

他作了一個很長很長的夢，又夢到了那條小河，又夢到了那個誘人的背影，他依舊沒有看到對方的面容。

醒來時，已是兩天後了，除了守在旁邊的唐唐，又看到了一位故人：藤村惠子，也就明白了是誰救了他。

傻子並沒有太多他鄉重逢的喜悅，他和惠子雖然沒有直接仇恨，但畢竟分屬於對立的陣營，此時他終於明白了大哥和二哥這兩個親兄弟為什麼疏遠了。

人只要分了陣營，個人的那點感情似乎就不重要了。

藤村惠子用蹩腳中文悄聲問道：「傻子君……您醒了？」

惠子一直這麼有禮貌，哪怕唐瑩她們叫他傻子，她從來也是叫他傻子君，加了一個字，卻聽起來明顯好聽多了。

傻子含糊地點點頭，硬撐著坐起來。

相比于傻子的拘謹，唐唐成了自來熟，圍著惠子的那隻叫雪奈的狗不停獻殷勤，而雪奈則顯得有些高冷。

藤野惠子說道：「你的……傻狗……聰明了，牠找雪奈……求救，我才發現……救你下來。」

傻子輕聲說聲謝謝。

他這個謝謝說得艱難，但卻不得不說，不管怎麼說，是惠子救了他。而那些事，也不是惠子做的。

惠子察覺到了傻子的疏遠，帶著歉意道：「那些女人……皇軍做的事……很抱歉……父親已經轉告……憲兵隊……保證不會了……」

傻子沒說話，他無法表達個人的憤怒，也無法替悲慘死去的女人們表達寬恕的態度。他只是個傻子。

「傻子君……你大名叫什麼？」

「你還是叫我傻子吧。」

惠子也就點頭，猶豫下，道：「中國話……傻，不好聽，我不覺得……您傻。」

傻子岔開話題，問道：「這是哪兒？」

惠子道：「皇軍的戰地醫院。」

「我不住這兒！」傻子硬撐著就要起身下床，一隻手去撕腦門上的紗布。他覺得，自己受鬼子救助，是對秀才等人的背叛。

藤村惠子慌忙攔住他道：「傻子君……請不要……紗布是我給您包紮的……我學護士……我們是朋友，不是嗎？」

傻子搖搖頭道：「你的幫助可以，別人的，不成。」

「我父親是外交官……跟上海派遣軍不是一夥的，他也反對這場戰爭，南京城裡的事……父親已經呈報給……天皇陛下，陛下大為憤怒，一定嚴懲。」

傻子相信眼前這女孩不會說謊，但是，他依然堅持起身往外走，他不想住鬼子的醫院。但唐唐這次竟然很反常，破天荒地沒有第一時間跟上，而是搖著尾巴朝他汪汪叫兩聲。

傻子聽懂了牠的意思，牠想留下來。

傻子不去理牠，繼續往外走，唐唐最終哼唧一聲，還是跟上了。

傻子謝絕了藤村惠子幫他找的宿舍，自己在附近的寧海路找到一間被炮彈轟塌的民房小院。主人估計舉家逃荒去了，並沒有人把守，房門已經破碎，屋內翻箱倒櫃，遍地凌亂，顯然已被劫掠過。南京城裡，許多無人的房子都被強制徵用了。

傻子並不願貿然進入，他在屋簷下搭起帳篷，圍了個隔風氈布，當作了臨時住所，和唐唐暫時住了下來。

房主的東西，他都沒動，雖然這種情況下，拿了也沒人知道，或者說，房主也許已經葬身江底。但他還是不肯拿，他想，若真有神明，一切都會被看到。

他想添置些衣服和日用品，不知道商店開了沒，翻出二哥給的法幣，帶著唐唐上街去碰運氣。街上已經有了憲兵站崗，秩序果然好了許多。馬路上不見了屍體，不見了血跡，似乎什麼都沒發生過。但那些燒毀的木梁，坍塌的房屋，斑駁的彈痕，提醒著的確發生過什麼。城裡多了些瘋掉的女人，目光呆滯，衣不蔽體，遊蕩在每個角落。

傻子看到鬼子，還是會不自覺地盯著看一眼，看是不是他想找的那個人，可惜總是失望。其實到了這個地步，他也明白了，找到了也沒用了。

商店零星開業，顧客少得可憐。傻子說買衣服和棉被，老闆看傻子似地看了他一眼，搖搖頭，從角落裡拿出一床綢子棉被，一身舊衣服，放在了櫃檯上。

傻子翻一下，上面還殘存著血跡，他低頭看了看自己的鞋，也就想明白了這衣服的來處，也明白了老闆看他眼神的含義：那麼多現成的，竟然還有人花錢買這東西。

傻子還是買下了，在他的思維裡，死人的東西不能拿，活人的東西也不能拿。

穿的用的很便宜，就像是白撿，但吃的卻奇貴，青菜貴得離譜，一塊豆腐竟開價二百。至於肉，供應充足，不貴，但沒人買。傻子看了下那肉，不是熟悉的豬肉，也不是牛肉，更不是羊肉，他也就放棄了。

看著傻子拿著法幣有些猶豫，老闆說道：「小兄弟，能買抓緊買吧，你手裡的法幣，是國民政府的，過兩天就成廢紙了。」

傻子也就知道，原來這紙幣並不保險，一個政府垮台後，他的紙幣也就跟著不值錢了。

傻子看到一種長相奇特的菜挺便宜，圓圓的，像是土豆，但顏色卻是紫紅的。名字也奇怪，叫什麼洋蔥，但長得一點都不像屯子裡的蔥。老闆說，這是從洋人那裡來的，所以叫洋蔥。

他也就買了幾個回去，剝開皮後，裡面不是果肉，還是一層同樣的皮，於是再剝開，下面又是一層皮，一層一層又一層，剝到最後裡面竟然啥也沒有。

傻子心裡恨恨地罵洋人是騙子。

傻子沒吃成蔥，眼睛卻出了問題，似乎進了什麼毒氣，嘩嘩流眼淚，還止不住地打噴嚏，一直跟在他屁股後面的唐唐也出現了同樣症狀。他也就知道這蔥有問題。忙跑到院子裡的水井旁，打來一盆水，用清水不停地清洗眼睛。唐唐難受地滿院子亂跑，因為看不清，到處栽跟頭。傻子清洗完自己，又逮住牠給牠清洗，好半晌才弄好。

傻子再不敢買洋人的青菜了。

這段時間，唐唐似乎有了心事，每天茶飯不思，悶悶不樂，睡覺時還總哼哼，時不時地還朝傻子埋怨似地叫兩聲。

傻子想不明白怎麼回事，問牠時，牠就像受委屈的小媳婦，轉過身去不理他。

直到過了幾天他才明白。那天惠子又來看傻子，鐵房子停在門口，轟隆隆響。惠子邀請他一起出城玩，傻子本想回絕，但唐唐竟是一掃憂鬱，也不等他指令，一溜煙跳上了鐵房子後座，蹲雪奈旁邊，左嗅嗅，右嗅嗅，搖著尾巴獻殷勤。牠看到傻子不肯上車，還朝他不滿地汪汪抗議。

傻子這才發現，唐唐體型已經不小了，算是成年狗了，也就明白了牠憂鬱的原因。

他不想拂了自己這狗兄弟的興致，也就違心地鑽進鐵房子。

# 第二十一章　唐唐的單相思

惠子是個貼心的女孩，車頭並沒有像別的鬼子車一樣插著膏藥旗，這應該是惠子故意為之。就像當年，小夥伴們離去時，也只有惠子回頭朝他擺擺手。

惠子並未穿和服，紮著馬尾，踩著白色膠鞋，一身休閒服，顯得青春洋溢。傻子發現，不穿和服的日本女孩，其實跟中國女孩沒有太大區別，就是臉更圓一些，更寬一些，鼻梁更趴一些。

南京城裡人氣多了一些，馬路上開始來來往往，不再那麼清冷，但傻子總有一種特殊的感覺，冷颼颼的，怎麼說呢，似乎是陰氣，傻子裹緊了衣服。

路上惠子問傻子怎麼會來南京城，傻子並無隱瞞，把前後經過大體一說。

惠子嘴巴張得大大的，說道：「太可惜了，如果當時能找到那人，也許就不會發生這麼多不幸的事。」

傻子道：「也許吧，不過現在找到他，估計也沒用了。」

惠子道：「是的，我記得中國有句話……木已成舟。」

進出城門依舊需要嚴格的盤查，惠子的車有外交部的通行證，順利出了城。

此時是初冬季節了，郊外草木枯黃，一片蕭瑟，大戰後的痕跡依舊明顯，那燒焦的楓樹的樹根仍突兀地杵在那裡。

打開車門後，唐唐和雪奈率先跳下車，一溜煙跑到了楓樹旁的土坡玩耍。唐唐也許憋屈久了，在土坡撒歡般地竄來竄去。雪奈則矜持得多，跑跑停停，在周邊遛達一圈後，乾脆跑到楓樹根下獨自蹲下。

唐唐雖然忽東忽西，但跑得也有章法，都是圍著雪奈轉，似乎在故意吸引雪奈注意，但雪奈卻偏偏把腦袋轉到另一個方向。唐唐肩膀寬闊，腰部渾圓，跑起來給人一種矯健感。雪奈有著漂亮的棕色毛髮，短小的耳朵，紅紅的鼻尖，顯出一種柔美。

唐唐受到了冷落，就跑到樹根邊，朝雪奈汪汪叫兩聲，然後掉頭就跑。跑出一段距離後，回頭發現雪奈並未追來，又跑回去再次朝牠汪汪叫喚，雪奈仍沒有回應，唐唐似乎自尊心受到傷害，跑過去冷不丁把牠撲倒，然後跳起來便逃。

雪奈這次被牠惹毛了，猛追過去。於是兩條狗，一個追，一個逃，滿山野撒歡。有時追上了，撕咬一番，又繼續追逐。

兩個年輕的主人遠遠並排站著，遠沒有牠們親密，相反，還很是疏遠。

惠子用蹩腳的中文沒話找話：「唐唐是……忠心的狗……你暈倒後，牠守在旁邊……要拚命，不讓拉走……後來在醫院，寸步不離……只允許我靠近。」

傻子淡淡道：「這狗本來就聰明，只是服從性差。」

又是沉默，田野裡有麻雀飛起，樹都砍光了，牠無枝可落，就落在草地上，兩隻狗追過去，牠們又驚慌飛走了。

惠子打破沉默道：「傻子君……汪政府就要成立了……天下太平了……等鐵路通車……你就可以回北平老家了。」

傻子默然無語，首都淪陷了，用大哥和二哥當年的話說，他們都是亡國奴了。他不明白這三個字，但感覺似乎一切都變了。

惠子似乎也沒期待他的回答，又自言自語道：「北平時……他們就不太喜歡我，在這裡……我也沒有朋友，傻子……我把你當朋友……唯一的朋友。」

惠子眼圈紅紅的。傻子知道她說的是真心話，心中浮起一絲莫名的情愫，覺得她也有那麼一絲可憐。她沒有做錯什麼，他也沒有做錯什麼，但他們不屬同類人，無法消除那種隔閡。

傻子冷不丁問道：「你們洋人的蔥，是不是有毒？」

惠子聞言愣了一下，傻子解釋後，她哈哈笑起來，笑得直揉肚子。惠子平素很拘謹，從沒有笑得如此失態。笑完，她給傻子解釋了那洋蔥的緣由，說要放在水裡切才不會辣眼睛。

傻子也就有些不好意思，他覺得自己真是個傻子。

之後，惠子也覺得自己失態了，也就不笑了。兩人不約而同把注意力放在了狗身上。惠子拿出兩根磨牙棒，把雪奈喊回來，唐唐沒有得到傻子指令，也跟著屁顛屁顛回來。

惠子分別地朝遠處扔去，雪奈一個箭步衝出去，仰著頭盯著，追逐著，落地後叼在嘴裡，一溜煙跑回來，放在惠子身前。

唐唐也悶頭衝出去，在落地前直接後仰跳起，在空中轉了一圈，恰好把磨牙棒咬在口中，然後一溜煙跑回來，放在傻子面前，還得意洋洋地瞥了雪奈一眼。

惠子奇怪問道：「你怎麼教的？」

傻子終於揚眉吐氣一回：「沒教，自己學的。」

雪奈不服輸，又哼唧哼唧，惠子似乎聽明白了，就拿出了積木，問一加一等於幾？雪奈很聰明，先去袋子裡叼了一根放在惠子面前，然後又回去叼第二根。

唐唐竟趁雪奈轉身時，偷偷用爪子按住一根藏在自己屁股下。雪奈回來後，發現少了一根，疑惑看了看惠子，看了看傻子，又看了看唐唐，回去又叼一根。

唐唐趁機又把先前一根藏起。雪奈回來後，發現又少了，乾脆圍著唐唐轉悠，朝牠汪汪叫著詢問，唐唐乾脆把頭扭向一邊，裝作無辜狀。最後雪奈擠開唐唐，在牠屁股下找到了積木，生氣地撲咬牠。

唐唐一溜煙跑遠了，兩條狗又開始追逐，追到深溝裡時，驚起了一隻兔子，於是兩條狗一起追逐兔子。兔子跑得很快，而且會急轉變向，兩條狗開始配合，最終把兔子撲倒在地。

雪奈叼著兔子跑回來，把牠擺到惠子身前。傻子從腰間掏出匕首，惠子臉色明顯變了變，往後退了一步。

傻子卻是走上前，把兔皮扒了，內臟掏出，又找來樹枝生起篝火，找來一把崩斷的刺刀，把兔子架在火上烤，不一會，肉香就飄出來了。

「剛才……我以為你……」惠子有些不好意思。

「放心，我不會對女人下手。」

傻子掰下兩條兔腿，分別丟給唐唐和雪奈，然後又把脊背上的精肉一點一點削下，和惠子分著吃了。

吃飽了時，兩人就並排躺在草地上看天空的雲朵。傻子鼻子裡聞到惠子身上散發的一種香氣，他想起了那個夢，臉上紅紅的，偷偷瞟惠子一眼，幸好惠子沒有注意。

日頭偏西時，兩人才回城。

惠子帶著雪奈離開後，唐唐又陷入了坐臥不安的憂鬱中。

傻子嘆口氣，說道：「唐唐，雪奈可是條日本狗！」

傻子明白唐唐無法明白的道理，很多事情，個體無法超脫，比如，他和惠子，沒做錯什麼，卻無法像以往那樣成為親密的朋友。唐唐和雪奈，更沒做錯什麼，因為各自主人的關係，牠們也沒法成為伴侶。

當天晚上，傻子又夢遺了，他又夢到了那條小河，又夢到了那個美妙的背影，他走過去觸摸她冰涼的肌膚，身體劇烈顫抖。

醒來後，旁邊唐唐正在沉睡，氈布頂一個破洞，漏進一道亮光，他陷入了糾結之中。跟鬼子來往的，是二鬼子，被人瞧不起，他本來是二傻子，如今成了二鬼子，二鬼子加二傻子，會更讓人瞧不起。

之後，他一直迴避著跟藤村惠子見面，但惠子時常來找他，有時候拗不過唐唐，也就跟著出去一次。

惠子在這兒的確也沒朋友，他也沒朋友，他們都懷念北平時無憂無慮的時光。兩個沒朋友的人，單純地說說說話，懷懷舊。

# 第二十二章　無處可去

日子一天天用度，傻子除了跟惠子遛狗，去商店買日用品，其餘時間很少出門，他刻意隔絕著與外界的聯絡。

後來法幣禁用了，改用軍用票，而且半個月內必須兌換完，傻子這個與世無爭的人也只好前去排隊兌換。

又是爭搶的場景，傻子經歷過多次了，北平破城時搶，上海撤退時搶，挹江門撤退時搶，以他的經驗，搶上了並不一定是好事，搶不上不一定是壞事，神明的意思難以捉摸。

他留了個心眼，只兌換了一半。如此，吉凶各半。他第一次覺得自己聰明。

後來果然發現，除了鬼子自己的商店，其餘商店並不認軍用票。而鬼子的商店，時常缺貨，優先供給本國人。傻子以為自己贏了神明一回，卻發現中國的商店也不認法幣——他手裡的紙幣成廢紙了。

惠子想接濟他，卻被他拒絕了。傻子的世界裡，兩人一起走走，說說話，遛遛狗，可以，但是吃鬼子的食物，不成，哪怕她是惠子。

幸好，傻子還有兩條二哥給的小金魚，這是硬通貨，他拿到黑市兌換了銀元，而所有商店都認銀元，這才沒有餓肚子。

他有個聰明的二哥，是幸運的，城裡很多積蓄是紙幣的人家，一下子就陷入了困頓。

一天晚上，他拎著一小袋米回院子，路過一個幽暗巷道時，一個穿長袍的女人站在暗影裡，朝他招手。傻子嚇了一跳，自從收容女人的屍體後，他就落下了病根，對暗處的女人有陰影。

傻子站著不動，女人又招招手，月光下影子拖在地上，他也就放下心來，傳聞中鬼魂是沒影子的。既然是人，還是女人，他就不怎麼害怕了，況且身後還跟著唐唐。

傻子走上前去，還沒等開口說話，女人一把抓住他的一隻手，揣入了胸前衣襟。傻子手似乎按到了柔軟麵糰上，這麵糰跟火爐般滾燙，他神經質地想抽回手，卻是被死死按住：「小兄弟，我家妞妞兩天沒吃飯了，我陪你睏一覺，你給我點吃的好不好？你行行好！」

傻子腦袋頓時懵了，扭頭求助似地看向唐唐，這不仗義的傻狗竟然調頭搖著尾巴走回了巷子口。

傻子想起了那個春夢，口乾舌燥，身體某處熱血翻滾，他覺得這樣做不對，而且很不對，一刻都不敢多待，把小米往女人胸前一扔，抽出手來落荒而逃。

他跑到巷子口，唐唐正蹲在那裡，他正要踢牠一腳，唐唐彷彿明白自己不仗義，夾著尾巴一溜煙跑回家了。

傻子也是坐吃山空，也就緊著銀元用，不知道這年月要持續多久。金陵大學設有難民營，每天中午會免費放粥，他有時去排隊領一碗，然後和唐唐分著吃了。吃完後，他會帶著唐唐在校園順便遛一圈。

看著一草一木，他就會想起和秀才來的那一個下午，那時花開得正盛，女學生們優雅地走著，男學生們在生龍活虎地打球，如今一切恍如隔世。

這天，傻子帶著唐唐返回時，遇到遊行的人群，人群上空中飄著五色旗，也飄著膏藥旗，這次是慶祝南京解放。傻子想起了北平時的遊行，那時年輕學生們喊著相反的口號，也是這麼群情激動，也是這麼揮舞著拳頭。

這就是亡國奴嗎？似乎也不那麼可怕，傻子心想！

惠子也在人群中，她發現了傻子，看他興致不佳，就拉著他去別處遛達。傻子本想拒絕，但那沒志氣的唐唐早就跟雪奈一起跑遠了，也只好跟惠子一起遠遠跟在後面。

惠子今天有些興奮，白皙的臉蛋因為激動紅撲撲地。

傻子刻意給她拉開一點距離，有了那晚上的經歷，他對女人有了具體的印象，想起來就有些羞赧。

惠子沉浸在自己的思緒中：「傻子君……新政府成立……大東亞共榮，咱們同文同種……好朋友，一起對抗西洋人。」

傻子冷不丁道：「你們慶祝早了。」

惠子愣了愣，道：「不早……汪政府正式成立了……從此天下太平了。」

傻子也不明白自己為何說出這句話，也有些摸不著頭腦，就那麼脫口而出，沒有任何的理由，沒有任何的憑據，也許，這是神明藉他的口說的吧。

以傻子自己的看法，舊政府已經沒了，鬼子強得可怕，已經沒有盼頭了。可傻子明白，自己身上的神明從來不會瞎說的，心裡也就隱隱浮出希望。

那些聰明人，沒有神明指點，按照自己的判斷，紛紛出來繼續當官了，商店都開始收軍用票了，似乎都認為無法翻轉了。

傻子不喜歡惠子這興高采烈的態度，淡淡問道：「你不是反對這場戰爭嗎？」

惠子有些尷尬，解釋道：「我自然是……反對的，但如今形勢變了，新政府成立……你們可以學日語，也不用仇視我們了，世代好朋友……不是很好嗎？」

傻子一時無語，惠子興致很高，繼續道：「到時……遍地……種上櫻花，可漂亮……所有人都能賞花。」

傻子盯著不遠處的殘垣斷壁，他想到在那拐角處，他收容了三個年輕女人的屍體，隨口淡淡道：「我不喜歡櫻花，也不喜歡日語。」

惠子噎了一下，也明白自己的話刺痛了傻子，也就沉默了。

兩個年輕人繼續默默並排前行，良久，惠子又道：「傻子君……你知道嗎？唐瑩的父親……已經加入新政府了。」

傻子愣了愣，唐瑩的父親加入了新政府，那麼唐瑩之後也會加入。他呢？該如何選？傻子腦子有些亂，他不想選了，他說，自己只想回北平老家。

惠子字斟句酌道：「北邊還沒通車……不過我父親說……很快。」

惠子說很快時，特意瞟了一眼他的表情，臉色露出歉意。很快的意思，就是說再沒有反抗了。

傻子沒有作出任何反應。

惠子卻冷不丁又問道：「傻子君……你愛唐瑩？」

傻子像是被窺破心事，有點慌亂，道：「怎麼會，唐瑩將來要嫁大官的。」

不談論時局，兩人都輕鬆了下來，惠子俏皮道：「傻子君……你臉紅了。」

傻子說沒有，但臉卻是更紅了。

惠子笑笑道：「撒謊……北平時……我就看出來了……唐瑩的槐花……是最大的。」

傻子像是做賊被抓住了，心裡更忐忑，惠子都看出來了，那不知唐瑩看出來沒有？

傻子覺得該結束這場談話了，抬頭卻不見了唐唐和雪奈，兩人找了一條街，最後在花壇裡找到。兩條狗玩累了，腦袋挨著腦袋趴在一起，瞇著眼打呼嚕。

# 第二十三章　北歸

這年的冬天，下了一場大雪，遮蓋了天地萬物，遮蓋了一切痕跡。傻子固執地住在院子裡，並未進入內堂分毫。惠子說，終於明白為什麼別人叫他傻子了。

幸好南京的冬天比北平暖和，不過聽惠子說，北平又改名北京了。傻子不在意，不管叫什麼，都是他的家。他有些等不及了。布穀鳥一叫，冰化了、雪融了，春天就回來了，喝飽了人血的大地也緩緩解凍了，黃色的泥土浸染成了紫紅色，催生出一個更蓬勃的春天。

過了三月，草綠了，老樹抽芽了，垂柳隨風飄搖，無人耕種的田地裡雜草噌噌直冒，整個田野變得鬱鬱蔥蔥，晚上都可以聽到拔節的咔吧咔吧聲。田鼠鑽出洞，大白天就四處跑，蛇也大搖大擺地盤在田間地頭。

傻子和惠子雖然隔三岔五見面，但依舊那麼淡漠，雖然說是朋友，也都想把對方當朋友，卻從來沒有像真正的朋友一樣。在傻子看來，惠子身上有一股特殊的氣質，雖然她平易謙和，也從不出言不遜，但總有種掩飾不住的高人一等。這氣質不是言談舉止間的，而是說不清摸不著的，更是她刻意掩蓋的，也正因為如此，他才更有些刺痛。

當城裡的槐花也開了時，惠子帶來一個「好」消息，徐州終於「光復」，北邊通車了。

傻子不知道該是高興，還是難過。高興的是，他可以回家了，難過的是，中原都被占領了。

傻子和唐唐商量，準備返回北平，唐唐卻是反應強烈，汪汪叫著，表示著反對，傻子也只好把歸期一拖再拖。

傻子和惠子的交往沒有引起波瀾，在聰明人眼裡，不論日本人，還是中國人，都當他是個傻子，不過是陪惠子小姐聊天解悶的玩伴而已。而且，還是惠子小姐平易近人的一段佳話。

但兩條狗的交往，引來了一場風波，雪奈開始發情了。惠子說，父親藤村不許兩條狗再來往，說秋田犬血統高貴，不能串種。

傻子苦笑著對惠子說：「你看，你們口上說中日友好，可是卻容不下兩條狗的結合。」

傻子再一次領略到了神明的高深莫測，他找了那名鬼子很久，卻始終找不到，當他已經澈底放下這件事時，卻猝不及防相遇了。傻子認出了他，他也認出了傻子。

這一次，傻子沒有上去揪住他的衝動了，相反，他莫名察覺到了一絲危險的味道，帶著唐唐轉身就往回走。那鬼子這次也沒跑，反而悄悄跟著他走了許久。

第二天天未亮，惠子悄悄趕來，遞給他一張良民證，又給了他一張船票，說事態緊急，有人要抓你，你抓緊帶著唐唐北上吧！

「你們也要難為一個傻子嗎？」傻子淡淡說道。

「好像是你那件事……他們還是怕宣揚出去……終歸不好聽！」

傻子也就明白了，他沒啥行李，把剩餘的銀元和那封詩信貼身收好，喊上唐唐上路。

唐唐也明白了怎麼回事，和雪奈依依惜別。兩條狗鼻翼對著鼻翼，耳鬢廝磨，互相蹭蹭，眼神中泛著淚光，依依不捨。

傻子沒有催促，惠子也沒有催促，靜靜等著牠們告別。

終於，唐唐撇開戀人，回到傻子身邊，蹭蹭他的腿，示意可以走了。

傻子給惠子揮揮手，帶著唐唐轉身離去。他們剛轉過拐角，遠遠地傳來腳步聲，還有鬼子嘰哩呱啦的喊叫聲。

# 第二十四章　洪水滔天

傻子帶著唐唐趕上了渡輪。

船艙裡擠滿了過江的人，有人嘆息說，終於太平了，可以回家了；有人說，家裡的地不知荒蕪了沒有，跑來跑去，不都是亡國奴嘛，也沒啥不好！

傻子聽著有些刺耳，乾脆帶著唐唐出了船艙，去了甲板上。江水滔滔，他想起了去年坐渡輪南下的那個晚上，那一輪船的人，如今大都不在了。

他又想起了那個下午，荒民和潰兵爭相渡江的情景，多少人葬身在了這江中！

江水就這麼一直流啊流，流啊流，彷彿什麼都沒發生過。

他再一次覺得這人間不真實。

下了輪船，又上了火車，一路朝北駛去。唐唐一路都悶悶不樂，趴傻子腿上，也不睡覺，也不吃飯，就蜷在那兒，瞇著眼發呆。

傻子拍拍牠腦袋安慰：「唐唐，等回了北平，再給你找個好的母狗。」

唐唐喉嚨裡嗚咽一聲，生氣地把頭轉向另一個方向。

傻子也不知道該怎麼安慰牠了，來回捋著牠頸後的毛髮，看著窗外發呆，安慰牠：狗的命運就是如此。他忽然靈光一閃，想到，在神明眼裡，人的命運是否也是如此？人的喜怒哀樂，悲歡離合，在神明眼裡，是不是也稀鬆平常？

他是個傻子，想不通這麼高深的道理，也就搖搖頭，不再去想。這一遭出來，就像作了一場夢，如今往回走了，就像夢就要醒來一般。

他看著窗邊，火車像一條巨龍，噴著濃煙，從田野之間、從阡陌之中、從村莊之畔、從江河之上，轟隆隆橫穿而過。阡陌間還殘存炮火的痕跡：坑窪的彈坑、凌亂的車轍，溝渠深處偶爾露出一、兩具屍體……

又是一年夏天，大地鬱鬱蔥蔥，大片青黃未熟的麥子，間或會有幾窪馬鈴薯，還有綠澄澄的西瓜。田地裡有撲騰著翅膀驚飛的鵪鶉，還有一閃而現的白兔。

傻子拍拍唐唐腦袋，示意牠看外面風景，唐唐只梗著脖子瞧了一眼，接著重新趴下，瞇著眼睛傷感。

火車在一個叫曹老集的地方臨時停靠，小販們上來兜售東西。一個小販在賣燒雞，傻子想給唐唐開開葷，詢問如何賣，小販說，一塊銀元一隻。

傻子身上只剩幾塊銀元了，一時捨不得，有些猶豫。唐唐抽出鼻尖嗅嗅雞屁股，似乎很想吃。傻子一狠心，就買下了一隻燒雞。

傻子把燒雞一分兩半，自己吃了一半，另一半給了唐唐。一人一狗很久沒開過葷了，吃得口水直流，很快吃了個精光。

吃過後，一人一狗開始看風景。外面沿著鐵軌有一排向日葵，很是漂亮。傻子正看得出奇，忽而察覺腿上唐唐的異樣：身體緊繃起來，毛也陡然豎起，後腿還有些戰慄，同時朝著另一個方向狂吠。

唐唐示警，有危險！

傻子奇怪，這千里平原能有什麼危險？他扭過頭去看時，卻看到了終生難忘的場景：遠遠天際處，一片渾黃鋪天蓋地滾滾而來，像是風沙，又似乎不是，所過之處，吞噬一切。

「是洪水？」驚呆的人群中有人喃喃問道。

「這裡是平原，沒有河道，洪水哪來的？」一個老年人顫巍巍說道。

「不會是黃河水吧？」

「黃河離這兒遠著呢，也不經過這裡呀！」

不管怎樣，那渾黃的洪水是真真切切的。

車廂裡再沒人說話，深究來源沒有意義了，因為洪水越來越近。

傻子看到，洪水滾過村落，村落瞬間消失；滾過田野，田野消失；滾過樹林，樹林消失。人和牲畜爭先恐後朝這邊奔出，但那洪水的速度更快，咆哮著，跳躍著，嘶吼著，很快就將狂奔的一切生物吞噬進去。

眾人都愣愣地看著，此刻，無處可逃。

火車明顯提速，咔嚓咔嚓的聲音就像敲打在心弦上，可是已經來不及了，洪水已經到了眼前，天地失色，車廂也隨之暗了下來。

傻子心想，遇到這種情況，神明恐怕也是束手無策。他一手緊緊抱住唐唐，另一手緊緊抓住了座椅的扶手，弓下腰身，迎接洪水的衝擊。

伴隨著驚恐的尖叫聲，車廂飛了起來，虛空中似乎有股巨大的力量把傻子拽離了座椅。他伸著手想抓住什麼，卻什麼都抓不到，只能把唐唐抱在胸前，蜷著身子，任由虛空中的力量把他們拋上去，跌下來，拋上去，再跌下來。

準確地說，已經沒有上下左右，這空間是顛倒的、無序的、混沌的，他就在這混沌裡任由虛空的力量擺布。

片刻後，虛空的力量似乎累了，悄悄收了力道，這無序顛簸終於變成了漂流，玻璃已經碎了，洪水汩汩湧進來。

傻子終於抓住了座椅，抱著唐唐勉強穩住，車廂裡迴響著絕望的哭聲，喊聲，呻吟聲……反應過來的乘客爭先恐後地從窗子往外逃，窗外就像是一個巨大的漩渦，跳出去的人瞬間就被捲走。

傻子一隻手扶著窗櫺，一隻手抱著唐唐，踩在窗沿上，剛調整個姿勢，就被吸出去，裹挾進洪水中，身體完全不受控制。洪水中有許多雜物，鍋碗瓢盆、樹木磚頭，不停地和身體撞擊著。

已經沒有時間概念了，過了多久呢，可能許久，也可能只是片刻，水流終於變緩了，他拚命揮動胳膊，浮出水面，吐出一口泥沙。唐唐也從不遠處露出頭來，張著大嘴朝他嗚咽叫一聲。

天空一片昏暗，周邊一片汪洋，太陽沒有了光澤。這水夾雜著渾濁的泥沙，就像是漿糊，每划動一下，就得使出十二分力氣。傻子手腳沉重，不停地撲騰才勉強不沉入水中。

唐唐也只是勉強把腦袋探出水面，露出個嘴巴，大口喘粗氣。

很快，一人一狗都力竭了。

傻子有些絕望，他從沒有像現在這樣，祈禱神明出手幫助。他不怕子彈，也不怕刀刃，卻怕這樣眼睜睜看著自己死去，這個過程太漫長，太折磨。

傻子默默唸叨：神明啊，這裡四處無人，你如果真在天上看著，就幫我一次吧。

回答他的不是神明，而是唐唐驚喜的一聲叫聲。他順著唐唐的目光一看，上游竟漂來一塊門板。

他迸發出求生的衝動，用盡最後一絲力氣游過去，爬上門板，然後又把唐唐拽上去。

一人一狗趴在木板上，精疲力竭。

# 第二十五章　洪水退去

這塊木板救了傻子和唐唐。

身邊不時有屍體掠過：男人的、女人的、老人的、小孩的，都是一身泥水，辨不清面目，也辨不清身上衣服本來顏色。

少許被神明眷顧的人，或抓住個木桶，或抱著漂浮的大樹，或抱著頭水牛，勉強在水面上喘息。

傻子用自己的傻腦袋思索，也許誰活下去，看似隨機，其實冥冥之中都有定數，就像是北平城賭坊裡的骰子，到底是開大還是開小，在賭徒來看，似乎是隨機的，但在高明的莊家來看，卻是定數。他們靠出老千操縱著進程，讓賭徒們深陷其中傾其所有。或許神明也如此，讓凡人看不清未來，又帶著希望，在塵世這盤棋上，一直悶頭蹉跎下去。

沒有一個賭坊老闆承認說自己出老千，同樣沒有一個神明現身說自己存在。

身邊有豬哼哼地漂過，有羊咩咩地漂過，有雞鴨鵝游過。太陽下山了，月亮出來了，星空靜謐異常。月亮，還是那個月亮；星星，還是那個星星；銀河，也還是那個銀河；但人間，已不是原來那個人間。

洪水湍急，門板搖來晃去，傻子從水中撈來一根麻繩，把自己和唐唐綁到門板上。口袋裡僅存的銀元丟了，那封詩信也丟了，渾身空落落的，除了皮囊，只剩遮醜的舊衣裳。

一人一狗就這麼隨波逐流，漂啊漂，漂啊漂。

兩天後，終於到了淺水區，木板在灌木叢中擱淺了，傻子起身，抱起唐唐下到齊膝深的水裡。極目四眺，水面上漂著屍體，東一具，西一具，肚子鼓鼓的，像吹漲了的氣球。

倖存的人稀稀拉拉，都木愣愣地站在原地，沒有劫後餘生的喜悅，都一臉茫然，四面都是水茫茫的，看不到盡頭，誰也不知該如何走出去。

傻子也傻站在那裡等著，那些聰明人不知道怎麼走，他一個傻子自然更不知道該往哪裡走。也就等著，聰明人自會辨別方位。

他鞋丟了一隻，赤腳踩在水底被荊棘扎得生疼，正好不遠處水面漂著一隻無主的鞋，就走過去尋思暫時穿上。

他這一動不要緊，身後的人也跟著他動，其餘人一看，也稀稀拉拉跟著他們的方向走，於是，所有人都朝他走的方向走。

傻子心道壞了，他就是個傻子，並不知道路，只想撿起自己的鞋而已。可人流已經動起來了，他走的方向，似乎成了救命的方向，此時若去解釋，那就是把所有人都當傻子了。

而生死攸關時刻，拿別人當傻子，是非常危險的。

傻子也就悶頭走下去，路過那隻鞋時，猶豫一下，終究沒去撿起來。走著走著，他已經不是領頭了，但人流繼續朝最初的方向行走，他也索性繼續隨著人流走。

中途他故意地問一個中年人：這是去哪兒？

中年人木然道：「誰知道，隨著大溜走吧，總不會出錯。」

傻子心道，錯了，這方向，是自己這個傻子定的呀。

他忽然想起了那個迷路的鬼子，剛開始只是誤會，但等所有人按照你的方向走時，沒人還去在乎最初那個誤會。

他不知道正確方向，只好繼續隨著人流走，心裡惴惴的，走了一天一夜，依然看不到任何陸地的影子，前方依然是水汪汪的一片。逃難的人大都病懨懨地，路途中不時有人一聲不吭地栽倒在水窪裡，再起不來。

倒下的人越來越多，越來越多，傻子終於忍不住了，沿著人流小跑起來，邊跑邊揮著胳膊大聲喊：「方向錯了，方向錯了，我就是撿隻鞋呀，大家別跟著我走啊……」

那些倖存的人聞言紛紛抬起頭，看他一眼，再看他身後的狗一樣，眼中閃過一絲原來如此的意思，扭過頭去繼續走。

傻子明白他們眼神的意思：一個傻子嘛！

這種情況，聰明人的話也沒人信了，何況他還是一個傻子。

他很焦急，繼續揮著胳膊跑著、喊著，唐唐也跟在他後面跳躍著，看起來有些滑稽。

有的老人勸道：小夥子，沒錯，跟著人流走吧！

傻子嗓子啞了，腳底磨破，但沒人聽，他眼淚都急得流出來了。

當他無奈決定放棄時，人群中響起一陣歡呼，他順著歡呼的方向翹首望去，終於看到了久違的陸地。

人群歡呼完，又紛紛意味深長地瞟他一眼。傻子悶頭不說話了，他知道，自己真成一個傻子。

一個頹敗的村落在洪水邊緣蹲著，洪水剛從這裡退去，依稀看到各處殘留的淤泥。牆角處，磚牆上，柴草垛上……只要能歇息的地方，都三三兩兩坐滿了人。傻子找了棵倒地的大樹，坐在上面休息。唐唐在他身邊停下，抖了抖身子，甩了他一臉泥。

腳踩著土地，才算是活命了。大難不死的人大都一聲不吭，偶有人輕輕哭泣，還有人在人群中來回穿梭，一聲長一聲短地唸叨著家裡某一個親人的名字。

唐唐夾著肚皮直哼哼，顯然是餓了，傻子也餓得咕咕叫，就起身準備去討點吃的。

村落不大，也很凋敝，窮村破戶的，雖然是大白天，但都已經闔門閉戶。逃難的人顧不了這些了，三五成群圍在門口，不吵鬧，不哀求，也沒動手明搶，但就那麼圍在門口，眼神直勾勾盯著，讓傻子想起了晚上屯子周圍逡巡的餓狼。

傻子選了門前人少的一家加入進去，他站在邊上，也學著別人用直勾勾的眼神盯著。

傻子雖然是傻子，但知道沒人能長久承受住這種眼神的。

果然，屋裡傳來兩口子吵鬧聲，接著是廝打聲，鍋碗瓢盆摔碎聲，最後男人開了門，臉上帶著傷，端著盆子出來，身後是女人咒罵餓死鬼的聲音。

傻子知道，罵的是他們這些人。

盆子盛著幾塊大饅頭，男人掰碎了，一點一點給大家分發，然後哀求道：「老少爺們，老天無眼，平原發了洪水，這是天要亡我們啊！家裡兩畝薄田，甕裡也沒餘糧了，今年的收成爛在水裡了，就這麼多，大家吃完往北走吧，我也得帶著婆娘孩子逃荒去哩！」

男人把核桃一般大的一點乾糧放到傻子手心時，傻子呢喃道：「身上沒錢。」

男人愣了愣，看了傻子一眼，搖搖頭，說道：「說什麼傻話，不要錢。」

周邊人也瞪了傻子一眼，那分明的意思：真是個傻子！

傻子把饅頭在手心碾碎，自己捏起一半放入口中，另一半托到唐唐面前。唐唐用舌頭一舔，那手心就乾乾淨淨了，唐唐不甘心，又舔了幾舔，指縫間的碎末也舔乾淨了。

荒民吃了後，仍站著沒動，繼續直勾勾看著。男人只好又回屋哆哆嗦嗦拿出了一塊饅頭，邊分邊流淚。

傻子看著男人的悽惶樣子，有些不忍心了，沒等分到，轉身就走了，唐唐汪汪叫一聲，表示抗議。他說道：「糧食在地裡，去地裡找。」

他說時聲音稍微有點大，有人聽到了，猶豫一下，跟在他身後走，開始零星幾個，後來開始成群，再後來就成了人流，他又落在了人流後面了。

十幾戶人家都解圍了，人流中流傳著一句話：地裡有糧食。

傻子分不清，這話是本來就在流傳，恰好被自己蒙對了，還是說自己那句話傳出去，成了人人認為正確的預言。他真不知道前面地裡有沒有糧食。

他暗暗希望，這話不是自己說的，是神明藉自己口說的。

幸運的是，傻子又說對了，地裡真有吃的，而且還不少。這裡洪水退得快，還沒把地裡的東西泡爛。有人翻到了西瓜，有人翻到了地蛋[7]，也有人翻到了洋柿子[8]，更多的是麥田裡的麥穗。

傻子這個代替神明給人指引的人，並沒有占到多少便宜——他來晚了，好東西已經被相信流言的人搶得七七八八了。

他有些懊惱，也許不該說出來，自己就可以找到更多，但終究是說出來了。

水田裡還有許多麥穗，那些踩倒的、不那麼飽滿的、深水裡沒發現的，細細搜羅一下，還是不少，口袋裝不下，他乾脆撿來一個小布袋，裝了滿滿一布袋。

唐唐也沒閑著，傻子到處翻找麥穗時，牠跑水溝裡抓了青蛙吃，這些得了天災便宜的野物滿田地蹦躂，一逮一個準。唐唐吃得滿嘴血呼啦，肚子滾圓滾圓的，回來時還給傻子帶了幾隻，傻子也一一收在袋子裡。

太陽落山了，夜幕降臨，傻子帶著唐唐回到岸上。

---

7　編按：即馬鈴薯。
8　編按：即番茄。

那些喘過一口氣的聰明人，這會恢復了人的本性，搶先占了可以避風的角落。有兩家人甚至為了搶占一處破牛棚打作一團，男的像發情的公牛，牴著頭，你一拳，我一拳；女的像羊，弓著腰身，你拽著我頭髮，我拽著你頭髮，都在死死較勁。沒人去解勸，一離開自己避風的窩就被別人占了。

避風的地方都占滿了人，傻子只好找了一個無人稀罕的地方，撿來半口鐵鍋，在地上挖了一個坑，用幾塊磚頭摞起來，把鐵鍋擱上去，搭建了個臨時灶台。

之後又撿來乾柴放坑裡，用石頭和半截鐮刀摩擦著火星，把乾柴引燃，趴下小心吹著，火苗慢慢就旺了，鐵鍋一會兒就燒得紅彤彤的，把麥穗平鋪在鍋上面，不一會，劈里啪啦響，散發出誘人的香氣。

不遠處的荒民，紛紛圍攏來，有樣學樣，在他附近挖個坑搭建灶台，然後跟他借火。傻子來者不拒，他知道，困苦時，水不能獨享，火不能獨占。

於是，一隊隊篝火就以他為中心燃起來了，他這裡就成最暖和的中心了。

傻子搓好麥粒，分給唐唐些，牠卻只是聞了聞，舔了一口，然後扭過頭去。牠吃血呼啦的活物已經吃飽了，不願意再吃這毫無味道的粗糧。

吃飽後，傻子又去水溝裡撿了一床破棉被，撈出，擰乾，用篝火烤乾了，然後把篝火移開，鋪在地面上，他和唐唐並排躺在上面，熱烘烘的，很舒服。在水面上漂了幾天，心跟身體一樣，總是漂著，這會躺在穩穩當當的大地上，心才放到肚子裡。

一人一狗很快沉沉睡去。

第二天早上醒來，傻子把鍋和半截鐮刀放入被子，卷起來，用繩子捆好，就成了自己的行囊。

逃荒的人越來越多，剛開始是直接遭了水災的，後來沒遭水災的也開始逃。傻子帶著唐唐隨著人流一路走，至於走到哪裡，他就不知道了，不過既然人流都朝一個方向走，他也就跟著走，只有在人流中，他才會覺得安心。

傻子想起老爹曾說過的羊群，羊群需要一個頭羊，頭羊在最前面，牠怎麼走，後面的羊就跟著走，萬一走錯了，走到懸崖跳下去，後面的羊也會跟著跳下去。傻子發現，其實人也一樣，都喜歡跟著大眾走。

傻子一路翻著水田裡的東西吃，開始幾天，還能填飽肚子，但隨著時間推移，越來越難以果腹了。在七倒八歪不知翻過多少遍的莊稼裡，尋摸半天往往只能找到幾顆成色不好的歪瓜裂棗。

但傻子比其他荒民好多了，沒有澈底餓肚子，因為唐唐總能抓來野物，有時是一隻青蛙，有時是一隻田鼠，有時是一條蛇。傻子用鐮刀扒了皮、去了內臟，削根竹竿，串起來，架在火上烤，就成了香氣四溢的烤串。

這一點讓別的逃荒人很羨慕，因為他們徒手很難抓到野物。

傻子很慶幸，也許讓唐唐跟著自己踏上南下的火車，也是神明的旨意。

唯一讓傻子擔心的是，嘗了血腥味的唐唐，越來越不願意吃烤熟的粗糧了。

神明似乎不再庇佑人間，洪水退去後，烈日又出來逞威風，一覽無餘地炙烤在大地上，地面先是板結，然後開裂成一道道觸目驚心的裂痕，田地裡的莊稼也開始枯萎。天地就像是個大蒸籠，地面熱、腳底熱、空氣也熱，籠罩在其中的人無處可逃。

傻子踩著自己的影子，無精打采地走著，頭皮、脖子、手腕等裸露在衣服外面的皮膚已經晒得爆皮，火辣辣地疼。地面燙得腳底生疼，唐唐都燙得弓著腰身踮著腳趾走路。傻子撿了一隻鞋給赤腳穿上，順便找來一塊破布，用鐮刀割成四片，給唐唐綁在爪子上，權當鞋子了。

# 第二十六章　逃荒

田野裡能吃的莊稼已經一掃而空，荒民餓極了，開始吃平常餵豬的南瓜秧子、槐樹葉子、桑葚枝莖……後來，開始啃青樹皮。再之後，樹皮也啃光了，只好向地下搜尋，用鐵鍬、鋤頭之類，在田地裡一寸寸翻找，時常為了半塊土豆、一小塊地瓜，甚至一撮草根大打出手。

再之後，開始抓刺蝟、黃鼠狼，而平時，這兩種動物，特別是黃鼠狼，是被村民奉若神明的，別說是吃，就是打一下都不敢的，但餓到極致的荒民，已經沒有什麼敬畏了。

但這些神物也很快就絕跡了。

荒民們遊蕩在路上、溝渠邊、田野下，他們皮包骨頭，眼窩深陷，兩邊臉頰像坑一樣深深塌下去，胸膛的肋骨一根根觸目驚心地外翻著，卷起的褲腿下，小腿瘦骨伶仃沒一絲贅肉，走起來晃晃的，一陣風就會栽倒，再也爬不起來。

路邊不斷有餓死的人，皮包著骨頭，綠頭蠅嗡嗡地圍著嗡嗡轉。

搶劫成了尋常，男人搶女人的、女人搶老人，傻子親眼看到一個婦女在餵孩子吃蚯蚓時，被一個男人劈手奪了去塞嘴裡，女人抱住男人的褲腿，哭天搶地。

傻子懵然發覺，荒民們看他的目光變了，準確地說，是看唐唐的目光變了，貪婪，兇狠。他反應過來，唐唐不過是條狗，在荒民眼裡，是一頓可以果腹的大餐，還是美味的大餐。

敏感的唐唐也察覺到了危險，齜著牙，對荒民報以同樣兇狠的目光，更令傻子心驚的是，習慣了吃活物的唐唐，眼睛開始冒綠光，跟野狼一樣的綠光。

傻子帶著唐唐悄悄躲避著人群。這天，夜幕降臨後，他在河邊尋了塊大石頭，澆上水，開始磨那半截鐮刀，一下，一下，又一下，鐮刀在月光下變得鋒利。唐唐蹲在他旁邊，靜靜地看著他做這一切。

他有預感，可能要出事了。

果然，月亮到了光禿禿的樹梢時，一個瘦骨嶙峋的黑臉大漢走到他面前，遞給他一枚大洋：「把這狗賣給我吧！」

傻子瞟他一眼，用指肚子試一下刀刃，搖搖頭，冷冷地道：「不賣！」

黑臉大漢以為價錢不夠：「兩塊銀元。」

傻子依然搖搖頭。

「殺了後分你一半。」黑臉大漢討價還價，「反正早晚你也要吃了牠。」

「牠是我兄弟，不吃。」傻子拿著半截鐮刀起身。

「狗不是人，就是畜生，這災年荒月，人都沒活路，哪能顧得上條狗？」黑臉大漢瞟了一眼他手中的鐮刀，退了一步。

這時，周圍的荒民三三兩兩起身，搖搖晃晃圍了上來，都露出餓狼般的眼神。

傻子舉起鐮刀擋在唐唐前面，說道：「別逼我！」

傻子剛說完，後腦勺就重重挨了一下，一個趔趄摔倒在地——有人從後面偷襲了他。

傻子大喝道：「唐唐快跑！」

黑臉大漢攔住唐唐退路，餓虎撲食般撲過去，唐唐不但沒跑，反而張開獠牙迎上去，一口咬住他耳朵，猛地甩了甩頭，伴隨著一聲非人的慘叫，竟然咬下了他耳朵，還連帶著半邊臉皮。

黑臉大漢疼得滿地打滾。

剛剛偷襲傻子的是個頭髮跟雞窩似的男人，他偷襲完傻子，又舉著木棍想從後面偷襲唐唐。

傻子情急之下，抱著他的腿，把他絆倒在地。那個男人比傻子力氣大，翻身把他壓在身後，死死扼住他的脖子，傻子喘不動氣，直翻白眼。

這時，唐唐嗚咽一聲撲過來，一口咬住了對方的肩膀，一擺頭，就撕下了一塊肉。

傻子趁著他鬆手，把他一腳蹬開，起身舉著鋒利的半截鐮刀對圍上來的荒民吼道：「誰敢上來，我攮了他。」

荒民們被他拚命的架勢嚇住了，一時不敢上前，就那麼僵持住了。

傻子正想對策，卻突然發現荒民們面露恐懼，慢慢退了下去。他回頭一瞧，發現唐唐正在吃剛剛咬下來的耳朵和胳膊上的血肉，嘎吱嘎吱，清脆作響，眼神透著從未見過的凶光。

傻子也覺出不對，忙過去拍拍牠腦袋，呵斥道：「住口，吐出來！」

唐唐最近也沒找到食物，餓了幾天了，對打斷牠的進食很不滿，猛然抬頭，齜著牙嗚嗚發狠。

傻子嚇了一跳，唐唐從沒有對他露出這目光過。但唐唐看清是傻子後，還是收起獠牙，卻不肯吐出到嘴的食物。

傻子不管不顧，直接用手扣出半截耳朵，遠遠扔走。

唐唐不甘地用舌頭舔舔血呼啦的嘴唇，不滿地嗚咽兩聲，最終作罷。

剛剛的黑臉大漢搖搖晃晃跑過去，把耳朵搶在手，嘴裡唸叨，這是我的，誰也別搶。他搶到後，拿到火堆旁烤了一下，放進嘴裡吃了，看得傻子胃裡直翻滾。

雞窩頭遠遠道：「小兄弟，你剛剛也看到了，畜生就是畜生，一旦嘗了人血，早晚要吃人，你現在捨不得吃牠，牠就會吃了你。」

傻子沒說話，走到遠處坐了下來，唐唐跟過去，蹲在他旁邊。此時牠的眼神中的兇狠消失了，但沒有往昔的平和，而是帶著一種不甘和淡漠。

雞窩頭的話，讓傻子起了擔心，他拍拍唐唐腦袋，問道：「唐唐，你真的會吃了我嗎？」

唐唐似乎聽懂了，嗚咽一聲，搖搖腦袋，然後轉向遠處。

這一夜，傻子睡得不踏實。他躺下後，蜷著身子，唐唐像往常一樣睡在他背後，四條腿抱著他，大嘴巴在他脖頸處，呼呼吐著熱氣。傻子橫豎睡不著，雞窩頭的話迴蕩在耳邊，唐唐兇狠的眼神不停迴蕩在眼前。他真有些擔心，唐唐會在飢餓的驅使下襲擊他。

他不會吃唐唐，絕不會，哪怕餓死都不會，他有這個信念！但唐唐是條狗，再忠誠，也是條狗，是畜生，而且是已經嘗到人血味的畜生。老爹曾說過，畜生嘗過人血後，就不能留了。

這念頭一旦起了，就摁不住了。傻子總覺得脖頸處被哈得癢癢的，就稍稍抻了一下脖子，刻意拉開了些距離，然後把半截鐮刀從腰間掏出，枕在腦袋下的手心裡。

後來，迷迷糊糊睡著，忽而，脖頸一熱，似是唐唐在舔舐，他心中一驚，睜開眼睛，藉著月光發現唐唐蹲在身邊，盯著他脖子流哈喇子。

傻子嚇了一跳，一個激靈坐起來，順手把鐮刀抽出來，橫在唐唐面前。唐唐似乎也嚇了一跳，也一個激靈跳起來，疑惑地看著他，眼神中滿是詢問。

這時，半截蛐蜒從脖子上掉下來，在地上蹣跚爬行。傻子明白是誤會了，有些尷尬，就把半截蛐蜒打死，給了唐唐，然後拍拍牠腦袋，說沒事，作了個噩夢。

唐唐狐疑地看他一眼，似乎明白了什麼，走到遠處躺下，刻意給他拉開了距離。

傻子有了心事，不敢再熟睡了，瞇了半宿，天就亮了。

傻子為了避開行人，早早起床，背上行囊帶著唐唐上路。黑臉大漢也起身跟上他們，雞窩頭也起身跟上，荒民們也都跟上。在這荒野裡，唐唐也是唯一能找到的野物了。

傻子不時回頭看，荒民們不敢上前，但也保持著不遠不近的距離。

後來，黑臉大漢栽倒了，他臉感染了，再爬不起來。傻子看到雞窩頭幾人圍著他看了半天，然後把他拖到土牆後面，窸窸窣窣不知道幹了什麼。半晌，篝火升起來了，鍋架起來了，肉骨頭在鍋裡翻滾，香氣在曠野裡飄蕩。

唐唐被肉香吸引，眼神泛著綠，站在人群不遠處，來回彷徨了許久。這一夜，荒民咬骨頭的咔吧聲，咂摸嘴聲，喝肉湯的滋溜聲，一直迴蕩在心頭，每一下都讓傻子身子抖一抖。

傻子知道，不能再把唐唐留在身邊了。他把牠喊到近前，給牠解開項圈，拍拍牠腦袋，說道：「唐唐，你走吧，這裡太危險了，對你危險，對我也危險。」

唐唐盯著他，嗚咽一聲，眼神證明牠聽明白了這席話。牠猶豫了半晌，一步三回頭消失在黑夜裡，傻子鬆了口氣。

當天亮後，他重新上路時，選擇了跟別人不一樣的小路，但卻發現，唐唐不知從哪裡冒出來，在田間地頭，遠遠跟著他。他回頭時，牠就消失，但眼角的餘光，總會發現牠出沒的身影。

傻子也不管牠，自顧自地走。

剛開始，他認為唐唐是捨不得他，後來，冷不丁冒出另一個念頭，也許，那狗是在等他倒斃。

不知走了多少天，傻子到了一個集子。集子上依舊荒涼，走不動的荒民們都在那裡歇腳。有傳聞，說新政府正派人來救濟。

傻子對這說法懷疑，多少次了，沒有救援的。把命運交到別人手上，是靠不住的。

但不管有沒有救濟，傻子真走不動了，他從不肯去吃那些肉湯，已經餓了幾天了，身體似乎不是自己的了。他在街上找了塊空地，一屁股坐了，再起不了身。他知道，自己大限快到了，在等著死神到來時，就在那裡百無聊賴地打量周邊。

對面是一個形容枯槁的女子，懷裡抱著一個娃，大人一動不動，懷裡孩子也一動不動，前面跪著個八、九歲的女娃，脖子上插個草標，機械地吆喝：「一塊滿頭領我走……」

旁邊是個半大小子，蹲在那裡，脖子上也插個草標，身前一張涼席，涼席上還盯著不少綠豆蠅，下面露出一雙髒兮兮赤腳，也在唸叨：「大叔大嬸行行好，埋了俺爺，俺賣了自己，給您當牛做馬……」

更多的荒民，或坐或躺，木呆呆的，一點生氣都沒有。

# 第二十七章　生命垂危

傻子不知坐了多久，身體輕了，或者說感受不到了，頭也懵懵的。聽說人死之後可以看到生前看不到的東西，傻子費力睜開眼，他想看一看虛空中是否真有神明。

他沒有看到神明，只看到了一輪朦朧的月亮，以及月色下一步步接近的唐唐。

唐唐到了跟前，拿舌頭舔舔他的臉頰。傻子意識清醒了一些，滿意地咧一咧嘴，心想這樣也好，就翕動嘴唇，用盡最後一絲力氣說道：「唐唐，吃了我吧……不怪你……總得活下去。」

唐唐腦袋蹭蹭他的下巴。傻子心中明瞭，野獸捕捉獵物，都要咬斷喉管的。他心道，來吧，唐唐，吃了我，就可以活下去。傻子沒感到疼痛，也沒看到神明，他完全暈了過去。

再次醒來時，他竟然看到了久違的大哥。

他第一反應，莫不是已經死了，這是在天堂相遇？

費了好一會工夫，他才明白自己還在原地，自己沒死，眼前是真真切切的大哥，而那傻狗，也蹲在旁邊搖頭晃腦看著自己。遠處的粥廠熱氣騰騰，荒民們都在排隊。

大哥蹲下，拍拍他肩膀，說道：「三兒，你怎麼會在這裡？幸虧有你這傻狗，才撿了一條命。」

通過大哥轉述，傻子這才明白自己暈倒後發生了什麼。大哥是來這裡賑災發粥的，唐唐跑去拽著他褲腿不停嗚咽。剛開始他沒認出來，還給了他一腳，甚至拿槍指著牠，牠兀自咬著褲腿不鬆口，眼裡還含著淚水不停嗚咽，這才察覺不對，跟來一看，竟是自己昏迷的弟弟。

傻子這才知道，是唐唐救了他。按大哥說的時間，他昏迷了兩天後大哥才來的，而整整兩天時間，唐唐並沒有對他不利。又從大哥轉述的別的荒民的話，這兩天唐唐蹲在他身邊，寸步不離，誰靠前就咬誰。用荒民的話說，如果不是唐唐，他就成了牆後面那一大堆枯骨的一部分了。

他明白誤會唐唐了，唐唐之所以一直跟著他，是不放心他！

他拍拍牠的腦袋，表示自己的抱歉。唐唐幽怨地哼唧一聲，用腦袋蹭蹭他的下巴，示意自己原諒他了。

傻子也知道了，大哥從延安回來了，如今在這裡領導著附近幾個縣的游擊隊。說話的工夫，一個年輕女子過來，親切地拍拍他肩膀：「這就是三兒？」

那語氣，不是陌生人之間的客氣，而是家人之間打招呼一般。大哥似乎有些不好意思，面色尷尬，硬撐著給傻子介紹說：「這是醫務兵羅同志。」

傻子也就明白了，這就是那個女學生，他別過頭去。羅同學的確比趙家姑娘漂亮，也比趙家姑娘大方，但再漂亮再大方，也是野女人，不是明媒正娶的。

女子並不以為意，笑笑，起身走了。

「我走後……怎麼樣了？」大哥哼哧一下，沒頭沒尾問道。

「娶回家了。」傻子也沒頭沒尾回答。

「誰迎的親？」大哥驚訝道。

「我替你去的。」

「真胡鬧！」

「大哥，你做了件好事，救了很多荒民。」傻子岔開了話題。

大哥看不再說尷尬話題，也恢復如常，冷哼一聲，說道：「鬼子趕走了國軍，打開糧倉想賑濟災民，半路被我們游擊隊給劫走了，特地來設了粥廠。」

傻子有些糊塗了，國軍是保護百姓的，但米存在糧倉裡卻不救濟百姓，鬼子是來占領的，反而打開糧倉想賑災，結果半路被大哥劫走，順路來賑災。

他捋不清這裡的思路，就開口問聰明人大哥：「大哥，我還是不懂，到底誰真心要救百姓？」

「當然是我們了。」

「可救濟糧是鬼子運來的，又是國軍倉庫的。」

大哥拍拍他的腦袋，說道：「這裡面很複雜，有個人心向背的問題，國軍不顧百姓死活，鬼子想收買人心，都不能讓他們如願。你抓緊回北平吧，給爹娘養老送終。」

大哥還是一副給小弟弟，或者給傻子說話的口吻。傻子也就不再追問這些聰明人才會思考的問題。

大哥又問了他的經過，聽完之後，狐疑盯了他半晌，似是不信，最後也只嘆了句：「真是個傻子！」

大哥不再給他廢話，走到粥廠前踩在長凳上揮著拳頭對荒民說道：「鄉親們，有參加游擊隊的，來這裡報名，我們是窮苦百姓的隊伍，頓頓有粥吃，吃完了咱們打鬼子，翻身當家做主。」

當下很多人都紛紛報名，傻子覺得，那些人，可能不是衝大哥的當家作主，當下誰給他們一口飯吃，他們都會跟著走的。

大哥不會同意他參加游擊隊，也就等著安排。二哥送他走時，什麼都替他想好了，船票、法幣，甚至考慮到法幣可能不頂用，小金魚都給準備好了。大哥比二哥年齡大，閱歷多，而且既然是大哥，那麼責任就更大，他相信大哥也明白這個道理，特別是大哥真拿他當傻子。而一個傻子，是不需要自己操心的。

但大哥陳家興始終沒提，在他走之前，傻子終於忍不住了，主動拉拉他袖子。

陳家興一臉疑惑：「怎麼了，三兒？」

傻子見他如此，很是失望，也就搖搖頭，說，沒事。

陳家興走了兩步，忽而反應過來，轉身回來，臉色尷尬說道：「三兒，我和你二哥不同，我們是人民的隊伍，是不發兵餉的。」

說話間，羅同學逕自過來，給了傻子一袋乾糧，又給他兩塊銀元。傻子終於明白了，原來大哥隊伍裡的人不都這樣沒人情，只有大哥才這樣。他不好意思接，剛剛他對人那個態度，這會又要受人恩惠，心裡過不去，但羅同學笑著直接給他塞行囊裡了。

大哥臨走前，又當著羅同學面，叮囑他說，讓趙家姑娘抓緊改嫁，說完猶豫一下，又說，反正是你娶回來的，乾脆給你當婆娘也成！

傻子不認同大哥說的，但心裡還是暖了一下，原來自己這個大哥，偶爾也會為自己弟弟著想。

傻子身體沒有完全恢復，就留在了集子休息兩天。

唐唐開發出了一項捕獵新技能：抓麻雀。在這場洪災中，田野裡的小動物們遭遇了滅頂之災，地上走的、水裡游的，基本被吃了個乾淨，唯有天上飛的，不容易抓，所以倖存不少，麻雀就是其中之一。

唐唐叼著碗走到遠離人群的樹蔭下放下，然後躺在附近，飯碗裡有特意剩下的米粒。田野被荒民吃空了，飢餓的麻雀聞到米粒香都紛紛落到樹上，警惕地看著。唐唐腦袋歪在地上，瞇著眼裝睡。麻雀受不了米粒的誘惑，悄悄地落下，試探著慢慢靠近，唐唐佯作不知。試探幾次沒反應，膽子也就大了，走到碗裡去啄。這時，唐唐迅雷不及掩耳之勢起身，把飛得慢地逮住，叼回來給傻子。

傻子就拔了毛，去了內臟，烤著吃了。

就這樣，他身體慢慢恢復了力氣。

# 第二十八章　回家

傻子背著行囊，帶著唐唐重新上路。

傻子沒有良民證，也沒有軍用票，也就坐不了火車，他決定就這麼走回去。他不清楚方向，不過既然火車是開回北平的，那麼沿著鐵軌走，就能走到家。

一人一狗就這麼腳丈千里。

白天，他們在烈日下行走；晚上，他們在月光下行走；颳風時，他們冒著風走；下雨時，他們淋著雨走。

傻子悶了，就和唐唐說話，唐唐會汪汪回應兩聲。唐唐餓了，就鑽田野裡抓來野物，傻子就烤著和牠分著吃了。

傻子腳底板磨起了幾個大泡，他生起火，將鐮刀烤紅，用刀尖挑破，撿來的棉布割成長條，裹在腳底，繼續行走。

傻子真成了「傻子」，背著髒兮兮的行囊，穿著撿來的露著腳丫子的布鞋，頭髮亂蓬蓬的，臉上黢黑黢黑的，鬍子拉渣，身上衣服勉強能遮體，從上到下散發著濃烈的臭味。

唐唐比起他也好不到哪裡去，背上和腦袋上的黃毛全都髒乎乎地黏在皮膚上，那些好看的斑點早就模糊不清了，肚皮的毛因為沾上泥土，都成了泥條，嘴唇兩邊和下巴上支楞著幾根鬍鬚，彷彿就是剛從泥塘裡撈出來的。

日復一日，月復一月，一人一狗穿過村莊，穿過河流，穿過城郭，就那麼走著。有時候孩子們在後面追，拿石塊扔他們，嘴裡喊著，看呀，一個傻子，一隻傻狗。

唐唐有時惱火了，就齜牙咧嘴嚇唬他們一下，嚇得他們屁滾尿流，一人一狗就哈哈笑。

更多的時候，一人一狗低頭躲避。

北方沒有遭災，田野裡瓜果蔬菜、玉米大豆，應有盡有。傻子和唐唐一路走一路吃，找到什麼吃什麼，累了就在莊稼地裡一躺呼呼睡過去。睡醒了，就繼續沿著鐵軌走。

唐唐又恢復了往昔的頑皮，天氣好時，會東奔西竄，忽而消失在穀子地裡，忽而從那邊的玉米地裡鑽出來。遇到小動物牠就跳躍著追逐，有時是一隻蝴蝶，有時是一隻田鼠，有時是一隻野兔。

遇到河流時，一人一狗會撂下行囊，跳到河裡洗個痛痛快快，洗完再躺在河邊懶洋洋曬個太陽，然後繼續前行。

時常有火車咔嚓咔嚓從身後呼嘯而來，車窗裡會探出無數人頭，有男有女，有老有少，都在嘰嘰喳喳地評論：

「快看，一個傻子！」

「還跟著一條傻狗呢！」

有時車上的人會給他揮手打招呼，還有好心人會把吃不了的餅乾扔下來。

路旁的花敗了，路旁的花又開了；田野裡的野草枯了又綠，綠了又枯，最後只剩光禿禿的樹幹呼呼地在北風中吹著。

當又一場冬雪飄下來時，傻子終於站在了自己家大門前，昂著頭看著門楣上插著的招魂幡發愣。

雪是白的，招魂幡也是白的，天地萬物都是白的，他是白的，跟在身後的唐唐，也是白的。他抬起手，叩響了大門。許久，傴僂著背不停咳嗽的老爹來開門，不到五年，老爹的頭髮已經花白了。

老爹看了他一眼，渾濁的眼眶裡沒有任何反應，只是淡淡道：「孩子，你等等！」

老爹回身去了屋裡，傻子也就跟著走到院子裡，老爹拿著一塊饃出來，並沒有注意到他身後一身雪的唐唐，把饃遞到他身前：「孩子，投別處去吧，家裡有白事，不方便留宿。」

傻子沒接，只是那麼怔怔地看著他老爹，看著這個蒼老的人。

「得了，這年頭叫花子都不好打發了。」老爹以為嫌少，嘆口氣，又從懷裡掏出一張軍用票遞到他面前，「孩子，拿著吧，別嫌少！」

傻子還是不動。

「嗨，你要不嫌晦氣，就在這住一晚吧！」老爹搖搖頭，咳嗽兩聲，嘆口氣，「我家空房子多，大兒子和二兒子都在外頭鬧革命，他娘死前，一個都沒在跟前……這世道，別說比民國了，比大清那會也差遠了，宣統帝退位那一年，我還給我爹守孝呢……我還有個三兒子，是個傻子，瘋沒影了，也不知死活……」

老爹用袖子擦擦眼角的淚，吁口氣，佝僂著腰往偏房裡讓。

傻子嘶啞著聲音喊了聲：「爹！」

老爹顫巍巍回身道，狐疑盯著他，傻子身後的唐唐這時抖落滿身的風雪，也汪汪叫了兩聲。

老爹身子一抖，顫巍巍低頭看了一眼唐唐，然後湊到傻子面前，仔細打量一番，嘴角哆嗦起來：「三兒？」

傻子「哇」地一聲哭了起來。

老爹扶著他的肩膀，把他頭頂的雪撲棱[9]去，左看看，右瞧瞧，也哭了起來：「三兒……真是我的三兒！」

傻子的娘是七天前得病走的。

從老爹口中得知，自從他去北平送信一去不回，二哥傷好後又賭氣留下家書不告而別，他娘就日夜思念，後來聽說二哥在南方犧牲了，大哥又杳無音信，一入冬就病倒了，這一倒下，就再沒爬起來。

---

[9] 編按：指拍打。

傻子看幾個房子都黑著燈，問了一句：「趙家姑娘呢？怎麼沒見？」

老爹露出一絲尷尬，張了張嘴，最後只是嘆了口氣，說道：「前段時間不告而別，估計跟人跑了，」說完，又嘆口氣，「唉，你要早回來就好了。」

傻子心中一塊石頭卻是落了地，跑了好，至少比困在這裡守活寡要強，更比嫁給自己這個傻子強。他想，若是沒跑，他這會就犯難了。

傻子在他娘的牌位前坐了整整一夜。這兩年發生了太多事情，很多事發生得太快、太急，就像置身湍急的水流中，被沖得七顛八倒，根本立不住身，前腳剛爬起，後腳又栽倒。

如今好不容易停下來，細細琢磨，還得追究到那個夢遺的早上，莫非是夢遺會得罪神明？但傻子終究是幸運的，那麼多聰明人都死了，只有他竟然活著回來了。

老爹給他燒好熱水，讓他痛痛快快洗了個熱水澡，然後把舊衣服燒了，換上了新衣服，還用笤帚從頭到腳給掃一遍，邊掃邊唸唸有詞：一掃霉運跑，二掃疾病消，三掃好運轉……

掃除完，又親自給他剪了頭髮，邊剪邊哀嘆：「大清那會，個個留著辮子，多氣派。老話說，身體髮膚受之父母，不能輕易剪的。後來革命了，也就不留辮子了，這世道就亂了，這人間就不受神明庇護了……」

傻子坐在那裡，看著一縷一縷頭髮落在地上，心中的抑鬱之氣似乎也隨之一點點消散，剪完後，整個人似乎都爽快了。

傻子給唐唐洗了澡，也咔嚓咔嚓給牠剪了毛髮，也用笤帚給牠從頭到尾掃了掃，唐唐似乎精神了許多，跳起來轉了兩圈。

這個冬天雪一直下，噗噗地下，沒著沒落地下，白天下，夜裡也下，大雪壓塌了騾馬棚，壓斷了槐樹枝，有的人家屋頂都塌了。

傻子偶爾出去遛達一下，唐唐跟在後面，一人一狗在這白茫茫天地間行走，留下兩行腳印，不一會就被大雪覆蓋，孤獨而寂寞。

傻子站在那無邊無際的田野裡，前看不到去路，回頭看時，也看不見了來路，感覺就像人生，不論走過怎樣的路，很快就消失無蹤。

傻子經常一站就大半天，唐唐一直陪著他。

屯子裡的冬天沒有農活，騾馬都趴著不起身，傻子不外出時，就躺在床上瞪著屋頂發呆，隔壁老爹的咳嗽聲一聲接一聲，似乎隨時可以把肺咳出來。

一天晚上，吃過晚飯，老爹喊住他：「三兒，給你說個事。」

傻子點頭，「嗯」了一聲。

老爹道：「你也老大不小了，該定親了，以前給你說過的，徐家女娃，腿腳不利索，但四鄰八村我合計了，也沒跟你般配的。也怪你命不好，回來晚了。」

傻子沒說話，老爹又是一陣劇烈的咳嗽，道：「按說你娘新喪，不該辦喜事，但爹的身體恐怕不行了，估計熬不過這個冬天了，我要走了，就沒人給你張羅了。」

傻子依舊沒有說話，用沉默表示著抗拒。

老爹嘆口氣：「你還想著那個二鬼子女娃呢？」

傻子扭頭看向屋外的大雪。

老爹嘆口氣道：「你倆不可能了，以前人在北平城時不可能，如今兵荒馬亂的，還在不在世還兩說呢，人呢，不是神，看不到那麼遠，先把眼前的抓到手再說。」

傻子終於開口：「我不娶親！」

老爹拿菸袋鍋一敲桌子，想像以前那樣發火，但開口卻是劇烈地咳嗽，咳嗽完，也就洩了氣，嘆氣道：「仗這樣打下去，不指望你大哥和二哥能回來了，咱老陳家不能絕後啊！」

「再生個傻子嗎？」傻子冷不丁道。

老爹愣在那兒，噎得半天說不出話，又是一陣咳嗽。

從第二天起，老爹就起不了床了，躺在那兒，沒日沒夜地咳，整個人日漸消瘦下去，眼看著就不成了。傻子請了郎中抓了藥，每天煎藥伺候在床前，端屎端尿，毫無怨言。

老話說，醫不自醫，卦不算自家，但傻子還是給老爹算了一卦，大限到了。傻子就心軟了，決定妥協，但老爹卻比他先開口：

「三兒，老爹想明白了，人怎麼活都是一輩子，雖說不孝有三，無後為大，可爹有三個兒子，最終養老送終的，還是你個傻兒子啊。唉，人生到頭一場空，隨你吧，順心就好。」

老爹喘會兒氣，又道：「三兒，你是不是一直怪我，偏心你兩個哥哥？」

傻子內心深處某道神經抽搐了一下。

老爹眼角滾落兩滴渾濁的眼淚，顫抖著手抓住他的胳膊，道：「三兒，我和你娘最放不下的就是你啊，你娘臨終嘴裡唸叨的也是你啊！」

傻子心底某種沉睡的情緒從深淵中甦醒、翻騰。他從小覺得爹娘不怎麼疼他，他們提起大哥和二哥時眼睛放光，提起他時總是唉聲嘆氣，他這一生從來沒有讓爹和娘自豪過，從沒有給他們在外人面前掙過臉，如今他明白了，爹和娘對他的愛一點都不比大哥和二哥少。

老爹喘息一會，敲敲枕頭下的木匣，說：「這裡頭有爹平時積攢的一點銀元，我走後，你就拿著過日子，不要露富，沒人會難為一個傻子，但財招災，你要露了富，容易被人吃絕戶。」

傻子點點頭。

老爹又瞟一眼門外，壓低聲音悄聲道：「院子裡的桂花樹下，埋著三個罈子，裡面是祖上傳下來的黃白之物，你們三兄弟，一人一份，不到萬不得已，輕易不要動……紙幣靠不住，有這些黃白之物傍身，以後世道再怎麼變，至少不會餓死。」

老爹說完，劇烈地咳嗽了幾聲，最後一口氣沒提上來，一命嗚呼。

傻子從此關門閉戶，不再給任何人看事，他對外的說法是，神明走了，不靈了。

偌大的院子從此只剩他和唐唐了，冷冷清清，空落落的。院子裡空落落的，屋裡空落落的，心裡也空落落的，孤獨寂寞。唐唐也習慣了安靜，每天趴在他腳邊，不鬧也不吵，一睡一整天。

傻子沒日沒夜睡覺，彷彿如此才能對抗那種孤獨。白天他很少出門，半夜腦袋清醒，瞪著屋頂發呆。

日子一天天溜走，在一個月光清冷的晚上，稀稀拉拉的鞭炮聲響起時，他才知道，一年又要過去了。

這個冷清的除夕，沒有爹，沒有娘，沒有老婆，沒有兄弟，只有那隻叫唐唐的狗陪在他身邊。

# 第二十九章　皮子漢奸

漫長的冬天終於熬過去了。

屯子裡的變化，只是添了幾座新墳而已。還有一個明顯的變化，屯子裡的人看他的目光不再友善。是啊，他爹死了，也沒有神明的庇護，僅僅是個傻子，而已。

另外還有一個傳言悄悄流傳，開始鬧土匪了。隔壁屯子一大戶人家，女兒被綁走，索要了五百大洋。還有一戶人家，沒有及時繳納贖金，隔天兒子的一隻斷手就掛在門前。

家家戶戶都加固了柵欄，有的還加高了圍牆，他只覺得可笑，野豬都防不住，何況土匪。

傻子什麼都沒做，他想，土匪也是聰明人，不會來為難一個傻子。

有一天，他正躺在床上想心事，院子裡傳來「咣咣」踹門聲，鬆弛日久的唐唐，愣了片刻才爬起來，眼神流露出久違的警惕。傻子拍拍牠的腦袋，慢悠悠起身，摘下牆上的獵槍，猶豫一下，又放了回去，慢慢走出房門。他要看看，那些聰明人是如何對付一個傻子。

院子裡已經湧進來一群黃皮子二鬼子，拿著槍，舞舞扎扎[10]。二鬼子們以前都穿著綠皮子，現在換了一身黃皮子。但不管什麼顏色，穿上那身衣服，似乎突然就耀武揚威了。

傻子注意到，為首的是屯子裡的陳癩子。他和傻子當年是玩伴，傻子替大哥娶親時，他也在娶親隊伍裡。屯子裡曾說，他爛泥扶不上牆，但如今卻出息了，穿上了黃皮子，氣勢完全不一樣了，氣勢洶洶問道：「傻子，為什麼大白天關著門？是不是窩藏了土匪？」

傻子沒有說話，心裡卻閃了一閃：「難道大哥回北平了？可他是游擊隊，現在叫共匪！」

對方看他迷茫的眼神，很是嘚瑟，說道：「你難道還不知道嗎，你婆娘，就是頂著你大哥名頭你去娶回來的那個，現在加入土匪了。你家厲害呀，有國軍、有共匪，如今也出了女土匪了。你是個傻子，我們不難為你，但還是得搜一搜！」

傻子站立沒動，一聲不吭。唐唐這會恢復了野性，齜著牙要發狠，嚇得黃皮子們嘩啦啦拉槍栓，傻子拉住牠，把牠擋到後面，讓開了路。

黃皮子們收起槍，迫不及待四處搜尋了。說是來找人的，但搜得最仔細的，不是騾馬棚、柴火堆和地窖等能藏人的地方，而是在抽屜、房梁、棉被等不可能藏人的地方。被褥也給剪爛了，火炕都給揭開了，書籍、雜物扔得遍地都是，鍋碗瓢盆也碎了。

傻子也就明白了，他們是來圖財的。兩個黃皮子拿著鋤頭，在院子裡四處掘著，眼看就要找

---

[10] 編按：中國北方方言，形容毛毛躁躁的，不穩重。

到桂花樹了。傻子忍不住了，走過去把枕頭撕開，把木匣抽出來，扔在眾人面前：「你們找的是不是這個？」

陳癩子拿起來晃了晃，裡面嘩嘩作響，他心滿意足道：「傻子，我們是來找土匪的，但你家祖上就是一太監，哪來這麼多銀元，很可能是土匪的贓款，新政府就沒收了，但看你是個傻子，咱們又是舊相識，就不追究你窩藏罪了。」

傻子有些不高興，他爹不喜歡別人說他家祖上是太監，他自然也不喜歡，更不喜歡別人當面說，就反駁道：「我家祖上不是太監！」

「哈哈，那是，那是，太監也不會生兒子嘛！」黃皮子們哄堂大笑。

傻子有些生氣，生氣自己是個傻子，如果他不是個傻子，哪怕就在這場合，也沒人敢當面說這話。

陳癩子又道：「傻子，別怪哥們無情，南京來的唐部長剛剛履新，新官上任三把火，嚴令剿匪，不得不如此。」

傻子心頭跳了跳，南京，唐部長，會不會是唐瑩的父親唐專員？也不知唐瑩過江後怎麼樣了。等黃皮子們走後，他收拾了一下，把打碎的東西扔了，把桌椅板凳扶好，然後換了身乾淨衣服，之後對著鏡子刮鬍子。鏡子裡的他，高了，肩膀寬了，面部稜角也分明了，嘴角都有黑黢黢的鬍鬚了。

他是個大人了！

他又喚來唐唐，不顧牠的抗議，把牠的狗臉摁熱水盆裡，給牠洗個乾淨，然後又用梳子把牠全身的黃毛給捋了一遍。之後帶著牠去城裡了。

沒了馬匹，他們只好走著。

又是一個春天，路邊草長鶯飛，綠樹成蔭。北平城似乎沒變，門樓依舊高大巍峨，城牆依舊斑斑駁駁，不過是城頭迎風招展的旗子變了。城裡的生活一切如舊，捏糖人的，還在捏糖人；耍把戲的，還在耍把戲；唱大戲的，還在唱大戲；包子鋪裡蓋子一掀，還是騰騰熱氣。

這北平城看著似乎處處一樣，但他又感覺處處不一樣，他就像一個外人，難以找到融入新生活的關口。他想起了戰場上死去的那些年輕士兵，想起江中泛紅的河水，他感覺他屬於那時的生活。

他去了江米巷附近，在唐瑩府邸所在的胡同口等著，唐唐認識這裡，卻並沒有表現出興奮，而是悶悶不樂。

# 第三十章　再見故人

牆內的那棵老槐樹又開花了，不像當初那麼濃密，而是稀稀拉拉，幾隻蜜蜂在其中嗡嗡出入，空氣中有淡淡的花香。

一人一狗就站在探出城牆的槐花下，靜靜地等著。

夕陽餘暉掛到城牆上時，傻子拍拍唐唐腦袋，準備回屯子。

唐唐眼中卻是突然冒出神采，朝遠處「汪汪」叫兩聲。傻子抬頭時，卻見一輛轎車駛到胡同口，一個身材頎長的女子下車，優雅地走過來。

女子斜戴著一頂寬邊白帽，帽子上罩著朦朧面紗，身著婀娜多姿的旗袍，白色紗巾手套一直到胳膊肘，活脫脫一個西洋貴族小姐。

傻子心中一顫，他認出來了，這正是唐瑩，幾年沒見，唐瑩也成大姑娘了。

唐瑩路過時，瞟了傻子一眼，微微點點頭示意，但眼神表明，她並未認出傻子。

唐唐焦急地汪汪叫兩聲，這才引起了唐瑩的注意，她低頭打量下唐唐，然後抬頭仔細看了眼傻子，眼中方才露出驚訝：「傻子！」

傻子壓抑著心中的激動，微微點點頭。他還是當年那個傻子，但眼前的唐瑩，已經不是當年的唐瑩了。

但唐唐並不懂人之間的彎彎繞繞，有些激動，圍著唐瑩搖頭晃腦，用腦袋蹭她膝蓋上的旗袍。唐瑩卻很是矜持，拿手帕拍拍牠腦袋，刻意保持著距離，似乎並不想跟牠有身體接觸。

傻子看出唐瑩是怕弄髒她的旗袍，及時喝住了唐唐，唐唐有些掃興，還是搖著尾巴乖乖回到傻子腳下。

唐瑩道：「傻子，沒想到還能遇見。」

傻子點點頭，他似乎有很多話，但似乎又都不值得說起，千言萬語，最後只簡練成一句話：「唐唐……用還你嗎？」

「不用，不用，我又養了一隻。」唐瑩擺手道，這時一隻美麗的秋田犬從鐵房子後座窗戶裡探出頭來，朝這邊叫了一聲。

傻子長吁一口氣，放下心來，同時心裡又空落落的。

「我看唐唐很聽你話，早拿你當他真正的主人了。」

「其實我拿牠當……兄弟！」傻子道。

唐瑩笑起來像是「格格」作響的銀鈴，「寵物就是寵物，真是個傻子！」

「你也要加入新政府嗎？」傻子問出了心中的疑問。

「呃……」唐瑩聽到這個話題，臉上掠過一絲尷尬，「是的，如今新政府成立了，以後百姓要過上好日子了。」

傻子默然，感到一陣深深的失落，不止他跟新生活融入不到一起，那些過去的人，也跟他隔絕了。

也許看到他的沉默，唐瑩繼續道：「傻子，以前太單純，我覺得現在也挺好，老百姓繼續安居樂業。」

傻子沉默了一會，問起藤村惠子，唐瑩說南京形勢穩定後，惠子跟隨父親去了關東軍任職，她未婚夫也在那裡。

兩人說話時，唐唐就蹲在那裡，靜靜地聽著，當提起惠子時，牠耳朵支楞了一下，汪汪叫了兩聲。

傻子也就會意了，替牠問道：「雪奈呢？」

「雪奈？」惠子愣了一下才反應過來，「就是惠子那條狗？應該也跟著去了吧！」

唐唐聽懂了，眼皮耷拉了下去。

唐瑩又告訴傻子，自己快結婚了，未婚夫是新政府軍的一名團長。說起這話時，她臉上一片甜蜜。

傻子帶著唐唐往回走，傻子一聲不吭，唐唐也一聲不吭，就那麼從這熱氣騰騰的胡同穿過，從熱熱鬧鬧的城門穿過，從綠意盎然的鄉村小路穿過，直到回了院子，彷彿才回到自己的世界。

# 第三十一章　一個人的全世界

屯子裡的日子過得飛快，一天一天，一月一月，一年一年，流水一般。

傻子把家裡幾十畝天字號地都租給了佃戶，自己做了甩手掌櫃，無事時就和唐唐出去打打兔子，日子也逍遙快活。

他大哥二哥始終沒有口信回來，都傳說死在了外面。隨著這傳言越演越烈，他發現鄉親們看他的眼神也變了，讓他想起了逃荒時那些荒民看唐唐時的眼神。他爹說得對，沒人會為難一個傻子，但當這傻子有一份家業時，也沒人不會打歪主意，這叫吃絕戶。

他們之所以沒動手，是因為傳言還沒落實。他有些懊惱，自己這個傻子，終究還是靠聰明人保護，哪怕這個聰明人不在身邊。

他一直等著，等著他們動手的那一刻。

但等來的不是他們，而是一個意想不到的故人。那天半夜，睡夢中的他，被一支駁殼槍頂住了腦門。他迷迷糊糊坐起，沒有絲毫害怕，只是奇怪，為何一向警惕的唐唐沒有示警。

他以為牠被殺了，低頭去看時，牠卻趴在旁邊，搖著尾巴，一副事不關己的表情。

抬頭仔細看時，這才恍然明白，眼前這一襲黑衣的人，竟是皇協軍口中的土匪——他當年親自娶回來的趙家姑娘。

顯然，唐唐還記得她。而且，牠判斷出了她沒有危險。狗能分出誰是家裡人。

趙家姑眼神不見了往昔的羞澀怯懦，代之的是兇狠：「不要出聲，小心我一槍崩了你。」

傻子面色一如往昔平淡，看她腿部受傷，道：「隔壁房間有藥，我去拿來給你包紮一下！」

「別耍花招，是不是要趁機跑去告密？」

「我是個傻子啊！」傻子說道，「再說，我不出賣家人。」

「誰特麼跟你是一家人！」趙家姑娘給他腦門來了一下。

「動物到了絕路，會往窩裡跑，人走到絕路，也是往家跑的。」傻子沒頭沒腦說道。

趙家姑娘噎了一下，也就不說話了。傻子去隔壁屋，拿來藥箱，用剪刀給她剪開傷口附近的褲子，給傷口噴上白酒，然後塗上刀傷藥，纏上繃帶，之後又去給她下了碗麵條。

趙家姑娘此時才放下槍，也不說謝謝，大馬金刀坐在那兒，端著碗滋溜滋溜吃著麵條。她的動作有點粗魯，還是屯子裡的姑娘，遠沒有那些女學生優雅。

傻子說道：「二鬼子來家找過你！」

「這幫王八蛋，憑什麼來這裡找？真把我當成你家人了？」趙家姑娘生氣的不是找她，而是來這裡找她。

傻子看她生氣，一時不知道說什麼，一時誰也沒說話，過了一會，還是他打破沉默：「你改嫁了嗎？」

趙家姑娘一下子就嗆著了，咳嗽了兩下，想發火，可是麵條從鼻子裡出來了，好不容易把麵條吸進去，做出一副惡狠狠的表情：「要不是知道你是個傻子，我準一槍崩了你。」

看她如此生氣，傻子也就知道自己問了個傻問題！

喝完麵條，趙家姑娘上床自顧自躺下。傻子沒地方睡覺，就抱起被子，打算去隔壁屋，卻被趙家姑娘攔下：「哪裡也別去，別想通風報信，就在這裡睡。」

「我不會出賣你！」

「我信不過你們家。」

傻子只好挨著床沿和衣躺下，唐唐意味深長地看他一眼，似乎明白什麼，竟然一聲不吭跑外面去了，屋裡只剩兩人，傻子更加尷尬，躺在那兒一動不敢動。

月光照進來，影影綽綽。

趙家姑娘把匣子槍放在枕頭上：「晚上別亂動，小心吃槍子。」

「我不動。」傻子說道。

「你們陳家，沒一個好東西。」趙家姑娘有些咬牙切齒。

「我沒對不起你！」傻子實話實說。

「就你還算個好人！」趙家姑娘說完，又問：「聽說你可以召來神明算命，你給我算算吧！」

「算啥？」傻子說道，「我很久不給人算命了，不知道神明還來不來？」

「你看著算吧！」

「神明不是萬能，你有具體的問題，神明才會給出指示。」

「你隨便算！」

傻子也就明白，對方可能是想算一下姻緣。他拿來卦盒，請上香，唸唸叨叨後，身體一哆嗦，然後給請了卦。卦象他還是認得的，他看了一眼，大凶之兆，一生孤苦無依，死後不能入土。

他放回去，把卦盒收好，說道：「都是唬人的玩意。」

「不吉利？」趙家姑娘看他這樣，也明白了三分，「直說就成。」

「五行缺金，婚姻不順，命理不同。」

「我特麼才不信命呢，若不是這亂世，我不就是一村婦？我如今可活得精彩多了。」

傻子承認，趙家姑娘說的在理，天地大變，很多人的命理也就跟著變，他還想說些什麼，趙家姑娘已經打起了呼嚕。

傻子醒來時，天已大亮，旁邊床上已經空了，唐唐趴在地上，幽怨地看著他。

傻子起床，在院子裡轉悠一圈，屯子裡炊煙正裊裊升起，黃牛慢悠悠走過胡同，蹄子踩在地上踢踏踢踏響，一切還是舊的生活。

從知了開始叫時，時局每況愈下，晚上冷不丁會有槍聲，狗吠聲。皇協軍動不動來屯子裡掃蕩，男人會被勒令去修碉堡，似乎又要兵荒馬亂了。

城裡的人又開始拖家帶口往屯子裡跑了，順便帶來了一個又一個聽起來稀奇古怪的消息：西洋人對日本宣戰了，太平洋戰爭爆發了，老毛子也進攻滿洲國了……

整個夏天亂糟糟的，每天都塵土飛揚，軍用票開始不吃香了，大家又開始收銀元。陳癩子也不敢趾高氣揚了，見人就主動遞菸，遠遠見到傻子就給他打招呼，臉上掛著諂媚的笑容。

傻子也就知道，他大哥和二哥，定然有一方還活著。

夏天過去了，知了絕跡，擔心的事一直沒發生，大家也就覺得，一時半會不會變，誰也沒想到，劇變突然之間就發生了。

# 第三十二章　勝利

那天是中元節，傻子起個大早，戴著一頂遮陽帽，領著唐唐去了城裡。他想買幾盞蓮花燈，晚上去小渡河裡給爹娘放兩盞冥燈。不知道人死後到底有沒有靈魂，傻子希望有，那樣他的爹娘可以在那邊安息。

他們去了雍和宮，那裡平時有廟會，有很多擺攤做小生意的。他聽到一則消息，說老毛子打敗了關東軍，攻入了滿洲國，還把宣統帝抓起來了。鬼子的表現也印證了這些傳言，路邊不時有酩酊大醉的鬼子大喊大叫，城裡彌漫著一股末日狂歡的氣氛。

雍和宮前，許多鬼子在擺攤，什麼東西都賣，手錶、照相機、收音機等等，甚至還有賣手槍的，而且價錢都相當便宜。

傻子買了兩盞冥燈，帶著唐唐準備回去，一個日本人喊住他，向他兜售一個收音機。他不喜歡聽收音機，也不喜歡外面的世界，也就擺擺手，那鬼子硬塞他手裡，說道：「便宜，半價。」

正說著，城牆上的喇叭滋啦啦響了一會，傳出了一個略帶嘶啞的聲音，嘰哩呱啦說著什麼，所有的鬼子都放下了手頭的活計惶然站了起來，虔誠地彷彿聽從神靈的指示。

傻子心想，看來鬼子也有自己的神。

那嘶啞的聲音一會兒就播放完了，但男鬼子仍木訥地站著，女鬼子則開始輕輕地啜泣。

傻子拿著收音機正在狐疑，忽而遠處胡同裡傳來喧囂聲，鞭炮聲，接著是另一條胡同，再一條胡同。這鞭炮聲就像洪水，一條條胡同蔓延開去，最後整個城市都是震耳欲聾的聲音。

一個聲音迴蕩在城市上空：「鬼子投降啦，我們贏啦！」

在場的老百姓們經過短暫的沉默後，爆發出了山呼海嘯的歡呼聲。歡呼聲過後，有人開始搶鬼子擺攤的東西，鬼子們愣在原地，沒有絲毫反抗。

傻子本想把收音機遞回去，這時卻改了主意，遞給了對方一張軍用票，對方吃驚了一下，忙不迭地推辭：「輸了，不要錢。」

旁邊一人對傻子道：「給什麼錢？真是個傻子！」

傻子卻執意給對方放口袋裡，然後帶著唐唐往回走。

遊行的隊伍洪水一般湧過街道，嘶吼著、咆哮著、歡呼著。煙花也在街巷上空亂竄。

傻子知道，從今天開始，天又變了。

他突然流淚了，覺得跟現實生活的那層隔著的冰慢慢融化，沉睡的記憶開始復甦，他想起很多過去的人，他大哥、二哥；秀才、王野、泰山……

他掰著指頭捋了捋，從自己第一次夢遺開始，如今差不多應有七、八個年頭了，唐唐嘴角都有一根白鬍鬚了。

傻子帶著唐唐溜牆角避過遊行的人群，恍惚覺得有些不真實，但看著喧鬧的人群，灰溜溜的鬼子，又是那麼真實。幾個男子揪住在馬路中央耍酒瘋的鬼子，痛毆一頓。幾個流里流氣的人正往一個女鬼子頭上扔爛菜葉。

他忽而想起了唐瑩，心中有些擔心。二鬼子比鬼子還招人痛恨。他帶著唐唐朝江米巷走去。但在胡同口等了半天，並沒有等到唐瑩，她的家也大門緊鎖著。

傻子等了半天，最後失望地往回走，路過一個拐角處時，唐唐突然朝著暗影汪汪叫，聲音短促有力，帶著驚喜。傻子循聲望去，拐角處閃過一個人影。

傻子知道唐唐不會無緣無故示警，就悄悄走過拐角，發現一個女人蜷在角落，頭圍著老舊方巾埋在胸前，上身藍色褂子，下身粗製棉褲。

傻子並沒有認出是誰，唐唐卻是興奮上前直搖尾巴。女人被突然出現的大狗嚇一跳，驚慌抬起頭，露出一張髒兮兮的臉。

「惠子？」傻子完全是村姑打扮了，若不是唐唐示意，傻子根本不會認出。

「傻子君？」惠子也認出了傻子，一開口，兩行眼淚卻是滾滾流下來，臉上厚厚的泥灰沖出兩道淚痕。

傻子看不是說話處，也就不讓她多說話，把頭巾給她重新裹好，帶著她一路避開大路，從偏僻的胡同到了城門。門樓子上的膏藥旗已經不見了，取而代之的是青天白日旗。

傻子挎著惠子胳膊，扮作夫妻模樣，順利出了城。他突然想到了在南京城裡，和唐瑩一起往下關逃命的場景，一時間恍若隔世。

到屯子時已經是深夜，村民們沒有睡，在祠堂前的空地上搭起台子，唱起了大戲，整個屯子的人都圍在那裡聽戲。

傻子趁人不注意，帶著她悄悄進了自家院子，然後給她做了一碗雞蛋麵條。

惠子餓極了，狼吞虎嚥吃完，面色不再那麼悽惶。唐唐著急地圍著她轉圈，汪汪地叫著。惠子一時沒反應過來，傻子卻是明白了牠的意思，替牠問道：「雪奈呢？」

惠子哽咽道：「死了。」

唐唐聽懂了這兩個字的意思，身體頓時僵住了，眼神中的期待消失得無影無蹤，取而代之的是一種深深的悲傷，眼眶裡蓄滿了眼淚，不停地低聲嗚咽。

牠的哀傷是那麼地生動，那麼地具體，讓傻子也不知道該如何安慰牠。

# 第三十三章　以德報怨

傻子看惠子一身泥土，就燒了一桶熱水，讓她洗個澡。惠子遲疑一下，也就點點頭，一副早料到如此的神情，當著傻子面就開始脫衣服，露出潔白的皮膚。

傻子嚇了一跳，慌忙退出，到天井中守著，心怦怦跳。屋裡傳來嘩嘩的水聲，他忍不住餘光瞄了一眼窗戶，惠子的影子映在窗櫺上，心中一慌，忙轉頭去看天空，忽而想起了夢中那個背影。

天空瓦藍，圓月高懸，星星一閃一閃，蛐蛐在草叢中鳴唱。桂花開了，滿院子的香氣，唐唐趴在桂花樹下哀傷。遠處戲台上，傳來抑揚頓挫的唱戲聲，還有陣陣叫好聲。

許久，屋裡傳來惠子的聲音：「傻子君……洗完了，進來吧！」

傻子就進了屋，屋裡熱氣騰騰，氤氳著一股胰子[11]的香氣。惠子坐在梳妝鏡前，背對著他，輕輕梳著頭髮。鏡面氤氳了一層薄薄的霧氣，鏡子裡影影綽綽，根本分不清眉眼面容的。惠子就呆坐在那裡，默默盯著模糊的鏡面。

---

[11] 編按：中國古代曾用豬胰臟製作洗滌用的肥皂，近代北方部分地區亦以「胰子」來稱呼香皂。

傻子這才發現，惠子已經換上了寬鬆睡衣，長髮散到腰間，髮梢墜下幾滴溼漉漉的水滴。

傻子麻木的心就像火山口乾涸凝固的岩漿，開始酥軟融化，接著翻騰滾動，想衝破火山口的禁錮。他忙長吁一口氣，強壓住了心中的那股衝動。

傻子低著頭，卷起自己的酸臭被褥扔在一邊，從衣櫃裡翻出大哥成親時做就的大紅新被褥，重新鋪在床上，用手撫平了褶皺。

傻子還沒做完，惠子卻是自顧自橫身躺在新被子上，秀髮正好枕著被子上的鴛鴦，跟他四目相對，眼神憂傷而絕望，淡淡道：「傻子君，你來吧！」

傻子明白惠子誤會了，卷起自己的舊被褥，起身說道：「惠子，你誤會了，舊被褥太髒了，我給你換新的。」

惠子眼神中掠過一絲驚訝，然後是赧然，兩行眼淚湧出，順著耳畔流下，伸出冰涼的手拽住了傻子的胳膊：「傻子君……你陪我睡吧……我怕黑。」

傻子有些猶豫，惠子誠懇道：「我真的怕……很怕……很怕，一閉眼就是死人。」

傻子也就放下舊被褥，挨著床沿和衣躺下。唐唐意味深長看他一眼，再次一聲不吭轉身出去。出了門，竟然還用爪子給關上門，彷彿明白人事一般，弄得傻子倒很是尷尬。

傻子和惠子並排躺著，誰也沒說話，燈影重重，時而搖曳，時而跳動，傻子想去熄滅了，又覺得唐突，只能一動不動。過了許久，燈油沒了，燈火也就熄滅了。

傻子這才覺得沒那麼慌張。

這黑暗似乎喚醒了惠子的記憶，似乎自言自語，也似乎對傻子說，她細說了這一路的歷程。

她先是隨父親去了滿洲國，和未婚夫成親了。這幾年一直安安穩穩，平平淡淡，但一個月前，他們還在睡夢中，竟然被老毛子突襲了。到處是槍聲、喊殺聲，一個老毛子端著槍闖進她們家，要對她動粗，她的丈夫為保護她，被打成了馬蜂窩，雪奈為了保護她，也被打死了。

她趁機逃了出來，路上都是拎著褲子追逐的老毛子，哀號逃命的女人，她趁著夜色偷跑到路上，爬上一輛運貨的卡車跑回了北平。本以為到北平就安全了，沒想到剛進城，就聽到天皇宣布投降了。

惠子說完，黑夜又恢復了長時間的沉默，傻子能感受到惠子身體在輕微顫抖。

惠子看傻子沒說話，主動問道：「傻子君，你知道我的……無助嗎？人間地獄啊……你想不到。」

黑夜中傻子淡淡說道：「想到的，南京城破時就這樣。」

惠子一下子噎住了，愣了一會，才說道：「也許這就叫……一報還一報吧……戰爭把人間變成了地獄……女人是最大的犧牲品。」

傻子說：「惠子，你放心待著，我不乘人之危。」

惠子長吁一口氣，這會不抖了，繼續用那種語調淡淡說道：「傻子君……這不是乘人之危，亡國的女人，就是一片落葉……落到水裡，那就淹死……落到火裡，那就燒成灰燼……落到田地裡，那就腐爛……我的姊妹們，有的被丈夫殺了，有的自殺了，有的被毛子殺了，僥倖活著的，匆忙嫁到了當地屯子裡……我命好，落到了你這個朋友手裡……我不想死，我肚子裡有了孩子……我願意給你當老婆的。」

惠子說著說著就哽咽了。

傻子卻道：「我們是朋友，不會欺負你。」

「朋友救不了我……夫君才能救我。」惠子的話說明她是個真正的聰明人。

「總會有辦法的。」傻子自言自語說，「或者，你可以回你老家北海道。」

「回不去了……塘沽有條船，但我是關東軍醫護，不在赦免的行列……到處崗哨……去不了。」

「總會有辦法的。」傻子淡淡地說。

惠子嘆了口氣，沒有多說，但顯然並不信他的話。傻子從嘆的這一口氣中也明白了她心裡話：一個傻子嘛，能有什麼辦法呢？

這一夜，外面戲曲聲響了一夜，有時唱的是《失空斬》，有時唱的是《玉堂春》。天空偶爾有煙花綻放，照得屋內忽明忽暗，間或有醉漢興奮地吼叫。

早上晨曦照進後，惠子還在呼呼熟睡，傻子怕吵醒她尷尬，躡手躡腳悄悄出門。趴在門口的唐唐起身，端詳他一眼，然後搖搖頭，一副恨鐵不成鋼的眼神。

傻子拍拍牠腦袋，沒有說話。

傻子主動幫惠子占卜，連續三天，卦象都是吉，貴人助。

惠子認為，她認識的人，都已經死了，那個貴人只能是傻子。但傻子不這麼認為，他認為貴人不會是一個傻子，但到底是誰，他也拿不準。

但當陳癩子把原先搶他家的銀元送回來，說他二哥在北平城時，他就明白了，這貴人是他二哥。

傻子越來越相信神明了，特地選了個黃道吉日，起個大早，去了城裡，一路打聽著，找到了「接收司令部」。門前馬路牙子上踞著一溜人，大都穿著綢緞，衣著光鮮，一看就是往日養尊處優的生意人。如今他們面色焦急而悽惶，姿勢半蹲不坐，似乎隨時站起來恭候裡面出來的人。

傻子在人群中看到了幾個熟人，除了豐澤園的萬老闆，還有他的那幾個商行朋友。萬老闆認出了傻子，抬抬屁股，想跟傻子打個招呼，傻子並沒有回應，扭過頭掠過。他想起了當年的卦象，他本以為是神明搞錯了，如今看來，一切都應驗了。

傻子徑直走到門口，崗哨持槍攔下他，但看清他眼神後，就收起槍問他找誰。他說是陳家賢的弟弟，哨兵狐疑看了他一眼，拿起電話撥了個號碼，放下電話後，態度就恭敬多了，說你進去吧，二樓左轉第三間辦公室。

傻子走進院子，幾個人吊在旗杆上，旁邊還跪著幾個五花大綁的人，脖子後面都插著標語。傻子沒進過學堂，但這些年，卻也從卦象和標語上認識了不少字，標語上的「漢奸」和「賣國賊」，正是他熟識的。

傻子看到這一幕，有些明白為何人喜歡預測未來了。這些人，前幾天還是座上賓，高朋滿座，如今，卻都成了階下囚，生死難料。

傻子順著樓梯去了二哥辦公室，二哥正在忙碌，看到他後只是愣了一下，打了個手勢讓他在一邊等著，然後繼續在副官送來的厚厚的簿子上畫著。傻子探頭看看，裡面是長長的名單，二哥拿著鋼筆有的畫圈，有的打叉。

傻子知道，這個簿子傳下去，許多人的命運就定了。恍然間，他覺得，此時二哥才是神明，筆尖的一滴墨，就可以斷人福禍吉凶。

二哥勾完，把簿子交給副官，說道：「打叉的，是鐵桿漢奸，都沾著同志們的血，該槍斃的槍斃。畫圈的，沒有投敵的實證，只是和日本人做過生意，上了法庭，遇到刺頭，比較難辦，但他們都富可敵國，政府正缺資金，這樣，先逮捕，榨乾財產，然後相機處理。」

副官接過簿子，敬個禮，心領神會出去了。

二哥這才起身招呼他：「三兒，沒想到啊，咱們都活著。」

傻子卻是說道：「父母沒了。」

二哥沒想到他說話如此耿直，臉上的喜悅生生變成悲愴，嘆口氣，點點頭：「我早已經知道了，這裡一直有我們的同志。多虧你，還能替我和老大床前盡孝，這筆帳，得算在日本人頭上。」

傻子沒說話，他也不知道這筆帳該算誰頭上，細究起來，也許該算自己頭上，若當時自己不擅自改變神明的意思，說不準當時就找到那鬼子，也就沒有後來的事了。

二哥看他不說話，就問道：「我最近忙著接收，一直沒時間回屯子，你找我有事？」

傻子點點頭，說出了此行的目的：「你能幫我弄一張去塘沽的通行證嗎？」

二哥聽完，本來悲愴的臉又抽搐一下，猛然警惕起來，他可知道此時去塘沽的都是什麼人，打量一下自己的傻弟弟，連珠炮般盤問道：「去塘沽幹什麼？誰請託你來找我？你跟鬼子有瓜葛？」

傻子迎上二哥的目光，坦然道：「一個女人，以前在北平的舊相識，沒地方去，在咱家待幾天。」

二哥聽完如釋重負，想了想，臉上卻浮出意味深長的笑容：「傻子，爹娘走了，老大又生死不明，他是操心天下的，你的事，就得我這個二哥來操心。你也老大不小了，該成家了，你這情況……只有世道翻轉時，才能娶到像樣的媳婦，如今趙家姑娘也跑了，你不能總單著……現在很多日本女人走投無路，為求活命嫁給了屯子裡的老光棍，政府都睜一隻眼閉一隻眼不再追究，這是難得的機會，過了這村就沒這店了。她要不同意，我親自去給她說。」

「她同意，我不同意。」傻子淡然說道

二哥驚訝地盯著他看了看，問道：「為什麼？你腦袋真傻了？」

傻子道：「我不想乘人之危。」

二哥重新打量下自己的傻子弟弟，道：「傻子，如今你娶她也算是救了她。」

「還是送回老家吧，當年南京城裡，我沒跑出去，差點被鬼子活埋了，是她救了我，我算報答她。」

「你可知道，如今去塘沽的通行證，可是有價無市，值上千大洋了。」

「爹給留了三罈銀元，我的不要，給你！」

「說什麼話，我怎麼會要自己傻弟弟的傍身錢？我是怕你將來後悔。」

傻子搖頭：「二哥，我喜歡的是另一個女人，非她不娶。」

「誰？」

「原來唐部長的女兒，唐瑩，他也在新政府任職，你知道她現在在哪嗎？」

陳家賢用異樣的目光看著自己的傻弟弟，沉吟道：「傻子，幸好你是個傻子，看看你的朋友，不是鬼子就是漢奸。唐部長是上了名單的，如今在監獄裡，早晚得槍斃，誰也沒轍，但他那個女兒一直沒找到，如果抓到了，我會留意的。如今還是國府的天下，只要跟漢奸能扯上邊，二哥都有辦法治他。」

傻子點點頭，轉身就要走，二哥喊住他，說院子裡的自行車都是接收的偽軍的，你隨便挑一輛騎回去，以後進城方便。

於是，傻子有了自己的自行車。

傻子發現，這自行車比馬難騎多了，馬騎上就會，緊緊夾住腿別掉下來就成。但這自行車平衡不好掌握，不停摔跟頭，一路不知道摔了多少跟頭，最後好歹學會了，等幾個時辰後進屯子時，已經騎得很溜了。

傻子叮叮噹噹進了院門，唐唐搖著尾巴跑過來迎接他——為了惠子的安全，這次進城特意留下牠守門。

惠子也跟在唐唐後面出來，傻子停下腳蹬，從口袋裡拿出通行證在惠子面前晃一晃，說道：「明天送你去塘沽。」

惠子看一眼通行證，頓時淚如雨下。

吃過晚飯，讓惠子先歇息，傻子藉著夜色又在天井裡檢修自行車，給鏈條上了機油，橫梁上加了個座位，又在後座加了一層棉布。做完這一切，月亮就到了桂花樹的正中了。

傻子洗乾淨手上的機油，擦把汗，然後回屋躺下。這段時間惠子怕黑，一直讓他睡在一起。他剛挨著床，惠子就俯身過來，嘴唇堵住他的嘴巴，那嘴唇軟綿綿的，似乎像是棉花糖，又像是一個漩渦，讓他喘不動氣，整個陷在裡面。

他心臟怦怦跳，身體滾滾發燙，體內似乎有一股岩漿正左衝右突想要迸發。

傻子用手推開一點惠子的肩膀：「喘不動氣。」

惠子卻是笑笑，錯開他的手，臉頰埋在他胸前，說：「傻子君……要了我吧……此生難以相見，就當我報答你了。」

傻子卻沒頭沒腦說：「不要，神明看著。」

惠子抬起身，看看他的眼睛，嘆口氣，又抽身回去了。兩人並排躺著，月光照進來，影影綽綽。

惠子喃喃道：「這裡的月光跟北海道好像！」

傻子沒說話，不一會就打起了呼嚕。他沒睡著，但打著呼嚕，片刻後，惠子重重嘆口氣，也沉沉睡去。

雞叫三遍時，傻子起床，下了三碗麵條，跟惠子和唐唐一起分著吃了，然後載著惠子悄悄出了門。天還黑著，月亮還掛在天際，雲朵也黑魆魆的。

傻子就著清冷的月光，騎著自行車行駛在鄉間小路上。唐唐蹲在前面的橫梁上，惠子則坐在後面，一身地道的北方農婦打扮，乍一看，有點像一家三口。

一路不停遇到關卡，幸好有通行證，總算暢行無阻。

傻子腳下不停，從日初騎到日中，從日中騎到日落，又從日落騎到滿天繁星。後座惠子輕輕抱著他的腰，虛弱地靠在他背上，身體微微顫抖。傻子餓了就吃口乾糧，渴了喝口水，一刻不敢耽誤。

終於，在清晨的陽光再次升起時，他們到了波光粼粼的碼頭，一艘汽輪冒著濃煙正準備開船。

惠子從自行車上跳下，也來不及告別，一路連滾帶爬聲嘶力竭揮著手跑去。

傻子把自行車扔一邊，坐在那裡，遠遠看著惠子最終登上了輪船，也就放下心來，躺在草地上喘息。唐唐趴在他旁邊，舔舐著他的臉頰。清晨的露水涼涼的，朝陽慢慢映紅了天空。

傻子瞇上眼，不知不覺，沉沉睡去。

# 第三十四章　再見唐瑩

惠子走了，不單單帶走了她那個人，還帶走了院子裡那一絲生氣，偌大的院子再次只剩傻子和唐唐，冷冷清清，恢復了以往的孤寂。

傻子一直掛念唐瑩，但見到她本人，已經是兩個月後了。那段時間，城裡不停地搜羅漢奸，公審宣判，然後遊街槍斃，唐瑩的父親就被槍斃了，但她始終沒有落網。

傻子去城裡找了多次，一直沒有她的消息。二哥說，一個女流之輩，沒地方逃，估計是嫁給了哪個屯子裡了。這也不奇怪，每到天下大亂，皇城根附近的屯子裡就會多幾個不知來路的新媳婦，她們面容端莊，舉止優雅，一看就不是尋常女子，但最後還是泯然於鍋前灶下。

傻子仍不肯放棄，時常帶著唐唐滿北平城晃悠。直到這一天中午，他路過司令部門口，正好碰到二哥回來。

二哥喊住他，似乎是對他，似乎又是對著旁邊踞著的那群人說：「三兒，中午頭你沒吃飯吧？我忙，你隨便找個地方吃點。」

傻子覺得這話說得奇怪，他不是來找二哥吃飯的，二哥也沒必要說得這麼大聲。但當那群踞著的人彈起來，紛紛圍攏過來時，就明白二哥的用意。

那群人早已沒有了往昔的矜持，忙不迭邀請傻子。

這個講：「陳……先生，中午能否賞個光去我集賢樓吃個便飯？」

那個也講：「陳先生，我在興隆路訂了座，請挪尊步。」

萬老闆也講：「陳先生，我們是老相識，在豐澤園備了薄酒，務必賞光。」

傻子從沒有被人這麼殷勤簇擁過，一時有些手足無措，連連擺手，說，「不用，不用，我自己隨便吃點。」

已經進院的二哥轉過身來，說道：「傻子，你就給……萬老闆一個面子，去吃頓便飯，又不打緊。」

二哥說完就走了，正眼也不瞧那些老闆。傻子卻還在躊躇，萬老闆像是得了莫大的恩賜，綻開笑臉，恭敬把傻子從人群裡拽出來，一揮手，一輛鐵房子就開過來了停在身前，他努力撥開眾人，殷勤地打開後門，拱手把傻子往汽車上禮讓。

傻子想起過去的事，並不想搭理他，但轉念一想，這人在過去認識的人多，三教九流都有面兒，說不準能有風訊，也就順勢爬進了汽車。唐唐跟在他屁股後面跳了一跳，卻是踩空了，沒能跳上後座。萬老闆慌忙彎腰，伸出手恭恭敬敬把唐唐也扶上去。

萬老闆自己並不進去，而是在前面小跑著引路。

傻子和唐唐端坐在鐵房子裡，司機專心地開著車，車前面萬老闆氣喘吁吁地引路，他不停擦著額頭的汗，後背浸溼了，屁股也溼了，長衫後擺黏在兩片大屁股上，很是滑稽，特像一頭扭著屁股的肥豬了。

傻子不喜歡萬老闆，但更不喜歡現在這情景，也就喊他上來，萬老闆連忙擺手，說：「我是什麼身分，怎麼能跟陳先生同乘。」

傻子明白，他們不是敬自己，自己不過是個傻子，他們敬的是他的哥哥陳家賢，準確地說，是陳處長。

鐵房子停下後，傻子不想萬老闆伺候，搶先想開門下車，萬老闆卻是忙著上前，結果慢了一步，腦門恰好撞在車門上，撞了偌大一個包，他不敢摸，也不敢說疼，就當沒事人似的。

傻子替他疼，摸一下，說道：「疼吧？」

萬老闆給了自己一巴掌，說，「疼了才能長記性，才能認識好賴人，我這人就是腦子不好，被驢踢了，想起當年陳先生的卦象，簡直是神算，當年我做的事，不地道。」

傻子看說不到一個轍子裡，也就不說話了，抬腳往裡走。

豐澤園裝潢考究，大門有點王府的派頭，左右擺著兩個石獅子，張牙舞爪，睥睨行人。傻子心想，老爹若還在，定然喜歡這兒。

進了大堂，裡面雕梁畫棟，古色古香，很有韻味，一個個雅間連排開去，足有幾十個房間，卻一個客人沒有，冷冷清清，趕上自己家的院子了。

傻子帶著唐唐隨著萬老闆選定一間雅間。

萬老闆把傻子讓到主位，自己在客位上正要坐，卻聽唐唐汪汪叫兩聲，嚇了一跳，忙顛著屁股起身，看了眼唐唐，賠著小心問傻子：「這……陳先生，是給這位唐先生……另開一桌，還是跟我們一桌？」

傻子說：「一桌就成，平時在家跟我也一桌。」

於是，萬老闆把唐唐讓在客位，自己陪在了末席坐下。別看店裡空著，但大廚都在，萬老闆拍拍手，一道道香噴噴的菜餚就流水般上席了。萬老闆在旁殷勤介紹著：這道牛肉，是用三個月的小牛犢的脊骨肉做的……這黃花魚，是剛從塘沽海邊送來的……這驢打滾，三不沾都是本店特色……

最後還上了一罈黃酒，傻子擺擺手，示意自己不喝，萬老闆也就把自己面前的酒盅撤了。

每一道菜傻子都先弄出一些給唐唐吃，然後自己才下筷。飯菜味道的確不錯，傻子心裡卻不是滋味，他不喜歡這奢侈的菜餚，也不喜歡萬老闆卑微的態度，特別是對他一個傻子的態度，也就皺起了眉。

他一皺眉，萬老闆背就彎了下去，說，陳先生，無曲不歡，來一首小曲吧。還沒等傻子作出反應，萬老闆就朝外拍拍手，一個婀娜婷婷的女人抱著琵琶進來了，半坐在一邊，撥弄琴弦，吟唱起來，傻子聽出唱的是民國時流行的〈漢宮秋月〉，屯子裡戲台上唱過幾次。

傻子聽著哀婉淒迷的聲音，彷彿又回到了熟悉的舊日世界，這舊日不是鬼子時的舊日，而是鬼子來之前的舊日。傻子喜歡這小曲，沉浸在其中，他好喜歡舊日時光。

正在這時，唐唐汪汪叫了兩聲，他明白了意思，抬頭看那唱小曲的女子時，頓時愣了，菜都忘了夾——那人赫然就是唐瑩。

萬老闆看他如此失態，以為中了下懷，眉角露出意味深長的笑意：「這女子前段時間鬼子投降時，關外逃難來的，城裡亂哄哄的，被拐賣進八大胡同，我看可惜了，就給贖了出來，陳先生要喜歡，就多住兩天，讓她晚上陪陪您。」

唐瑩聽到唐唐叫，也抬起頭，認出了傻子，琴弦一抖，手僵了一下，眼神中閃過一絲驚慌，然後裝作不識，繼續彈唱。

傻子雖然有些傻，但這時也明白了三分，也沒道破，就說道：「萬老闆，這女子，我要了，你開個數吧？」

萬老闆臉頰抽了一抽，似是不捨，咬了咬後槽牙，道：「看陳先生說的，談錢就見外了，既然入您法眼，那是她的造化，就送您了。」

傻子點點頭，想說點場面話，但他終究是個傻子，張了張口，最後只說了句：「你是個聰明人。」

傻子是隨口說的，但萬老闆聽到耳裡，卻像是受到了某種褒獎，豬肝似的臉色活泛起來，轉了話頭，切入正題：「陳先生，您能不能給陳處長說一聲，我只是生意人，就是開個飯莊，日本人來吃飯，我也不能轟出去呀，跟漢奸不搭邊呀，現在一直停業，每天損失不少，能不能先營業？也算是為新政府作貢獻。」

傻子也就點點頭，學著聰明人那樣，說道：「我會給二哥說的。」

萬老闆忙道謝，腰桿隨之也挺了起來。

傻子突然有些贏了神明的感覺，他相信，他二哥會聽他的話，而萬老闆因為他的一句話，就會走上了跟那些商行老闆不一樣的命運。

吃過飯，傻子謝絕了萬老闆派車的好意，騎著自行車載著唐瑩和唐唐回了屯子。唐唐照舊蹲在前面，雙爪搭在車把上，靜靜地看著前方，唐瑩坐在後面，緊緊抱著他的腰，就像溺水的人抓住了救命稻草。

進院子時，月亮已經到了桂花樹梢，唐瑩從後座跳下來，站在桂花樹下，愣怔怔地發呆。唐唐也許進入了暮年，也許心有芥蒂，並不像以往那麼親熱，只是蹭了蹭她褲腿，就遠遠躲開了。

傻子怕她有顧慮，就說：「家裡就我一人。」

唐瑩卻是道：「傻子，你還有家，我是沒家了，父親死了，丈夫也死了，天地之大，沒我一個漢奸的容身之地了。」

傻子道：「你就把這兒當家吧！」

唐瑩點點頭，嘆道：「真是命啊！」

傻子領著唐瑩到了自己和惠子曾住過的臥室，說：「你就住這兒吧。」說完轉身要走，唐瑩卻是喊住他，說，「傻子，你幫我處理下傷口吧。」傻子正在躊躇，唐瑩卻是逕自把外套脫下，又把肚兜也脫下，露出了白皙的背。

傻子喉頭抖動，這背恍然就是夢中那背，白皙、細嫩，不同的是，此時背上有幾道駭人的鞭痕，就跟蜈蚣一般蔓延。

他正在發愣，唐唐一聲不吭出去了，出門前回頭看了他一眼，汪汪叫了一聲。傻子聽明白了，那是示意他不要再錯過機會。

傻子拿來藥箱，先用酒精給她消了毒，然後塗金瘡藥。他順著疤痕一路往下塗，這疤痕所在的皮膚顫抖起來，肩膀也跟著一聳一聳，繼而傳來嗚咽聲。

傻子問：「這是八大胡同弄的，還是萬老闆弄的？」

唐瑩哽咽道：「萬老闆。幾次都不想活了，卻又活了下來，還不如死了，我又下不了手……」

傻子心中嘆口氣，也就知道，自己還是輸給了神明，他不可能給萬老闆求情了，相反，他還會讓二哥好好收拾他，那麼萬老闆的命運，依舊是當年自己算卦時神明指給的命運。

傻子勸說唐瑩：「好死不如賴活著。」

唐瑩卻有些憤懣：「我是在新政府工作，可沒害同胞，就是一份差事，總統跑了，軍隊跑了，我們普通人能怎麼辦呢？」

傻子沒有說話，他就是個傻子，聰明人的世界，他並不懂。他想用惠子的事安慰她，但二哥囑咐過他，送走惠子的事誰也別提，爛在肚子裡，否則會帶來麻煩。

唐瑩越說越氣，勾動自己的傷心事，又哽咽起來：「還有比我還慘的嗎？」

傻子看她哭得傷心，猶豫一下，最終開口說道：「惠子前兩天也住這兒。」

唐瑩聞言一愣，抬起頭來看他一眼，眼中掠過一抹訝色，左右打量一番室內。

傻子也就道：「我把她送到塘沽坐船了。」

唐瑩看著他，就像看傻子一樣。

「也幸好送走了，不然你沒地方躲了，一個人家，不能有兩個女人。」傻子繼續道，「你就安心住在這兒，說不準天地還要變，等過了風頭，你可以重新嫁人。」

唐瑩搖搖頭道：「惠子還能回北海道，我是無路可去了，就住下不走了，當個屯子裡的女人也挺好的。」

傻子正要起身提著藥箱出去，唐瑩卻是拽著他胳膊：「傻子，別走，我害怕！」

傻子腦袋懵懵的，隨著唐瑩木然躺下，由著她鑽入懷中。唐瑩沒有進一步的動作，只是緊緊抱著他。傻子也不敢動，感受著柔軟軀體的溫度，心怦怦亂跳。再後來，唐瑩發出輕微的鼾聲。傻子看著外面的月影，聽著蛐蛐鳴叫，也就沉沉睡去。

第二天，傻子醒來，唐瑩對著他笑，說道：「真是個傻子啊，既然你肯誠心幫我，那我們就假戲假做吧，也別告訴你二哥！」

傻子搬到了隔壁爹娘原來的房間，唐唐也跟著他搬過去。唐唐看他的眼神，就像是看一個廢物，好幾天都不稀罕搭理他。傻子找個機會拍拍牠的腦袋，說：「我不能乘人之危。」

從此，一個傻子、一個女人、一隻狗，就這麼在院子裡住了下來。

傻子依舊是那個傻子，不過現在成了屯子裡人人羨慕的傻子，見面會打趣他：「傻子，你可得感謝好時節，不然去哪裡找這麼俊的媳婦？」

每當此時，傻子就低下頭不說話。

二哥偶爾會坐著吉普車回屯子，有司機、有警衛，派頭不差於大清朝的王爺。每次回來，都會在鄉間小路上騰起一片塵土，而每當塵土飛起時，唐瑩就會趕緊把兩人被褥放在一起，胳膊挽著胳膊坐在炕上，接受陳處長的審視。

二哥對唐瑩不假顏色，讓她不要想三想四，陪著傻子好好過日子，國府不會追究她的過往。唐瑩都是諾諾連聲。

而二哥並不相信唐瑩，有時會故意避過她，悄悄問傻子，兩人到底那個了沒有。傻子明白，唐瑩是不是他老婆，是完全不同的處理。

二哥如此人物，也對這個話題難以啟齒，問得含含糊糊。傻子明白他的意思，但也含含糊糊點點頭，然後岔開話題。二哥也就不好意思追問。

二哥最後又悄悄問道：「老大回來過沒有？」

傻子警惕地抬頭看他二哥一眼，搖搖頭。二哥對他的警惕很不滿意，說咱們終究是兄弟，我還能害他嗎？如今天下太平了，如果老大回來，勸他抓緊自首吧，他們成不了氣候的。

傻子沒有點頭，也沒有說話，如今這個世道，看似塵埃落定了，但以往的經歷說明，沒有什麼事就板上釘釘的，未來除了冥冥中的神明，誰也說不清。

二哥又說，趙家姑娘也喝了迷魂湯，加入共匪了。

# 第三十五章　理想主義者

日子似乎真的像二哥說的，又天下太平了。

傻子偶爾聽聽收音機，他不喜歡這玩意，不喜歡外面的世界，但唐瑩喜歡聽，他也就跟著聽。也就知道，二哥的黨和大哥的黨又幹了起來。先是二哥的黨在西北攆著大哥的黨打，接著又在東北追著大哥的黨打，聽說趕到松花江對面去了。

傻子心裡也就擔心大哥的安危。

有天夜裡，他睡得正沉，旁邊的唐唐一骨碌爬起來，朝外面汪汪叫了一聲，是示警，但一點都不凶。傻子也就知道院子進人了，而且是家裡人。

他爬起來，沒有點燈，悄悄打開門，一個黑影出現在院子裡。

「誰？」

「三兒，是我。」月影裡，果然是大哥陳家興。

大哥腰裡插著匣子槍，鬍子拉渣，風塵僕僕，臉上稜角不復當年分明，有些灰頭土臉，進門就趴灶台找吃的。傻子想給生火做飯，卻是被阻止，只好給端上剩下的涼乾飯。

大哥接過後拿起筷子大口吞嚥著，如同他當年逃荒一般。

傻子說道：「娘走了。」

「我知道！」大哥頭也不抬。

「爹也走了。」

「我也知道！」大哥仍不抬頭。

「你還知道啥？」

「隔壁房子藏著個女漢奸。」

「你怎麼知道的？」傻子也奇怪了。

「這裡也有我們的人。」大哥臉上終於露出一絲得意。

傻子突然覺得，大哥的黨也不簡單，甚至比二哥的黨還不簡單。

傻子想起一事，又道：「聽二哥說趙家姑娘也加入你們了？她不是最恨你嗎？」

大哥抬頭道：「我們黨五湖四海，海納百川。」

傻子想起二哥的囑託，猶豫一下，最終開口：「二哥說讓我給你帶句話……」

「別提老二，我們不是一路人，道不同，不相為謀。」大哥打斷他，「不用說我就知道他勸我投降，你也給他帶句話，乾坤未定，不要一條路走到黑，要給自己準備條退路。」

傻子不再說話了，他只是一個傻子，未來他看不清。「你和那個女學生，成親了嗎？」傻子岔到自己關心的話題。

陳家興抬起頭，瞟了自己傻子弟弟一眼，眼神暗了一下，道：「革命尚未成功。」

「什麼時候成功？」

「……不清楚，三年五年……十年八年……不管那麼多，總會成功的。對了傻子，你不是能召喚神明嗎，不妨幫大哥算一下。」

傻子搖搖頭，說：「你們不是不信這個？」

「權且信一會。」

「神明只能算某一個人的福禍吉凶，算不了國家大事。」傻子老實說道，「而且，醫不自醫，卦不算自家。」

「亂世不講那些彎彎繞繞，你就給大哥算一卦。既然算不了大事，就算我個人的運勢，個人的命運是隨著組織的命運起伏的，你就算我什麼時候轉大運。」

傻子明顯覺得，眼前這個中年人，已經沒有當初翻牆走時的意氣風發了，而是多了些疲憊、悽惶，遠不如他口中說得那麼自信。

傻子有一絲高興，沒想到像大哥和二哥這樣絕頂聰明的人，有一天都會向他來請教命運，哪怕知道他是個傻子。

傻子拿來卦盒，上完香，請完神，然後打了卦。卦象奇特，吉凶各半，福禍相依。

大哥沉吟半晌，問啥意思？傻子解釋說，你很快就會轉運，但轉運後，接著就會凶星當頭。

傻子看著大哥，他猜測大哥這聰明人，定然會像二哥一樣，請完神明後再對神明表示蔑視。

果然，大哥沉默一會，啞然失笑，說道：「我也是糊塗了，竟然問起你個傻子。」

於是傻子就笑，大哥也笑，彷彿剛才的事有多好笑。

大哥笑著笑著，戛然而止，轉而問道：「爹娘留下什麼沒有？」

傻子也就明白了大哥來的真實目的，就說道：「三鐔子銀元，爹說咱們弟兄仨一人一鐔。」

陳家興兩眼冒出神采：「好，挖出來我帶走一鐔，游擊隊正好缺經費。」

傻子拿來掘頭，把桂花樹掘開，掘到三尺深時，三個鐔子露了出來。傻子想了想，說道：「大哥，二哥的那一鐔不要了，給我了，我一個傻子，用不著，你既然要用，都拿去吧！」

傻子說完，大哥眼睛更是放光，說道：「那感情好，算游擊隊借的，等革命勝利了，給你算利息。」

陳家興把三個鐔子砸碎，倒出嘩啦啦的銀元，用包袱裝了，背在背上，又翻上牆頭，回過頭來，囑咐道：「傻子，萬一哪天我們打回來了，你提前把家裡的地都賣了，一畝別留，一定要聽話，別犯軸！」

說完，他就撲通一聲跳下去，伴隨著銀元的嘩嘩聲，消失在黑夜中。

傻子重新填好土，回屋時，看到唐瑩房間的窗欞上映著一個影子，他沒有說話，帶著唐唐回屋重新睡覺去了。

大哥這次走後，再也沒有回來，傻子也沒給二哥提起過。

屯子裡的日子繼續流水般往前淌著。

傻子沒按大哥說的，等他們打回來再賣，而是提前把自家的地都賣了，不論是天字號，還是地字號，一畝沒留。屯子裡人很驚訝，在屯子裡，除非荒年快餓死人了，否則是絕不會賣祖上傳下來的良田的。

唐瑩也開口勸他，說大哥不靠譜，是不是與二哥商量一下？他還是固執地拒絕了。

屯子搶著出價買他的地，買完後由衷地嘆息：傻子終究是傻子。

二哥後來知道後，竟然沒生氣，只是嘆口氣說：看來老大來過了。

之後，日子一月一月，一天一天過著，直到某一天，屯子裡又開始慌亂了，城裡的人又紛紛往屯子裡跑，據說是解放軍進關了，正準備攻打北平城。還說，他們帶來一種紅衣大炮，一炮能炸飛一個屯子，關外的國軍，就是被這種紅衣大炮炸得找不著北。

那段時間，屯子裡的人走路總縮著脖子，有人腦袋還頂著鐵鍋，就怕那炸彈落在自己屯子上面。

屯子裡又往傻子家跑，讓他看事，傻子照舊拒絕了。他打心底裡排斥，亂世的命，不算也罷。

人心更加惶惶，都在囤糧，物價也就跟著飛漲，一天一個價，紙幣又一次成為廢紙，大家又開始只收銀元了。傻子在地窖裡屯了些蘿蔔、地瓜、大白菜，然後又囤了些柴米油鹽。

忽然有一天，屯子邊的馬路上出現了解放軍的車隊，一輛接著一輛，車上的人戴著狐皮帽子，穿著黃軍裝，車後果然有那種大炮，在鄉間小路上壓出深深的車轍。

所有人都知道，又要打仗了。

大炮一出現，屯子裡就安靜了，人們拖家帶口躲在菜窖裡，縮著腦袋等著大炮齊鳴。

唐瑩讓傻子也去地窖裡躲一躲，傻子不肯，說他不想躲，如果大炮註定要落在頭上，那就落在頭上。唐瑩說服不了他，就自己去地窖裡了。傻子讓唐唐去地窖一起躲著，唐唐也不肯，也執拗地跟他在一起，也就由牠。

整個屯子安靜得可怕，都在等著某一個時刻。

傻子等啊等，等啊等，一直沒等到大炮聲。在某個深夜，突然響起了零星的槍聲，這槍聲挺密集，響了一陣後，就銷聲匿跡了。傻子有經驗了，這槍聲雖然密集，但遠不到攻城的聲音。

天亮後，屯子裡喇叭響起了陌生的聲音，說是北平和平解放了，現在是新社會了。

屯子裡人從地窖裡爬出來，都有些悵然，甚至失望，彼此求證著：

「不打了？」

「不打了！」

「好事！」

「好事！」

傻子心中隱隱也有些失望，他覺察出，唐瑩也有些失望，甚至唐唐，似乎都有些失望，不過誰都沒說出口，畢竟不打仗總歸是好的。

傻子想起了那陣零星的槍聲，有些擔心二哥安危。二哥是聰明人，但也是硬氣的人，他絕境時沒有投靠鬼子，到了這一步，更不會投靠大哥。

等了幾天，沒有進一步的消息，就帶著唐唐想進城看看。但城外還在戒嚴，好幾道關口，禁止出入，他幾次被盤查，但看他是個傻子，也都沒難為他。他也只好帶著唐唐回了屯子。

過了半個月，戒嚴令終於解除了，他去了城內。城樓上又換了旗幟，守在城門的，不再是國軍的綠色軍裝，而是清一色的黃色軍服。

老胡同裡，照舊是鑼鼓喧天，照舊是拿著標語歡呼的人群，照舊是喜氣洋洋。這一次，陣仗比二哥的黨進城時還要熱鬧。

傻子去了接收司令部，唐唐跟在他後邊。在司令部裡辦公的不是二哥，而是換成了大哥。大哥不再灰頭土臉，而是紅光滿面，一邊忙著接收，一邊拿著簿子勾畫，吩咐手下抓捕反革命分子。

他站在一邊靜靜等著，大哥早看見他，等忙完後，才過來給他打招呼，興奮地說：「三兒，我說得準吧？最終的勝利屬我們，人民當家作主的時代來了。」

傻子點點頭。

大哥看看左右沒人，又壓低聲音問道：「地都賣了嗎？」

「嗯，」傻子點點頭，說：「賣了。」

「看來你也一直相信我們能贏。」

傻子問道：「二哥呢？」

大哥聞言，噎了一下，臉上的興奮褪去，嘆口氣說：「老二太傻了，總司令都輸誠起義了，他竟然還負隅頑抗，拉著一部分部隊要南逃，被擊斃了，不但起義的待遇沒有了，還戴上一頂頑固反革命的帽子……」

「人呢？」傻子打斷他大哥的惋惜。

「什麼人？」聰明人陳家興一時似乎沒明白。

「二哥的屍首。」傻子看大哥疑惑地盯著他，解釋道：「活著時他是反革命軍人陳處長，死了後，那就是我二哥陳家賢了。古代砍頭都讓家屬收屍，你們新政府讓不讓？」

大哥張著嘴巴，半天沒閉上，臉上浮現出一絲慚愧，說道：「讓，當然讓，在西郊，萬人坑裡，打死的國民黨反動軍人都在裡面……但沒人去收屍。」

傻子沒有說話，轉身出了門，帶著唐唐去了西郊，找到了那片亂葬崗。空氣中瀰漫著血腥氣，裡面堆積的屍首就像麥垛，一個摞一個，橫七豎八，你中有我，我中有你，一群野狗在爭相啃噬屍體。

傻子跳上「麥垛」，一個一個翻找著。那些屍首，已經死了多日，臉白淒淒的，滲出了屍斑；嘴角張著，有蛆蟲爬出；眼睛睜著，瞳仁早已渾濁；身體軟塌塌的，就像是抽掉了脊骨的泥鰍，很難拽起。有的臉上帶傷，森然可怖，很難辨出本來面目。

傻子翻了半天，直到月上中天，方才找到二哥的屍首。

他剛開始沒認出是二哥，或者說，沒有從臉上認出二哥，只是憑感覺那具屍體就是。他拽著肩膀翻過身來，湊上前去，端詳半天，方才確認了。

人死之後的五官，跟原來的五官已經不一樣了，鼻子依然是鼻子，眼睛依然是眼睛，但都沒有了生前的特性。單從五官看上去，完全就是一個陌生人。但傻子知道，那就是他二哥，人雖死了，但那種感覺不會錯的。

有一點跟大哥說得不一樣，二哥不是被擊斃的，他的傷口在太陽穴，而且傷口崩裂，顯然是自殺的。

二哥屍首太沉了，他背不動，附近找了輛平板車，拖著往回走。他走在回屯子的小路上，月色淒迷，烏鴉鳴叫，那條叫唐唐的老狗，默默地跟著。

他想起年少時，爹送二哥進城讀書的光影，他跟在兩人屁股後面，記得爹說過，一輩子在屯子裡沒出息，進了城，讀了書，才能做人上人，還說，老二，你們一母同胞，一根藤上結的瓜，等你出息了，別忘了看顧你傻弟弟。

如今，他這個聰明的二哥，卻需要他這個傻弟弟收屍。

他把二哥葬在了父母的墳旁，他坐在墳前許久，他從小喜歡二哥，如今疼他的二哥走了，他覺得心中被挖掉了一塊肉。

他給二哥立了碑，但沒刻碑文，因為定性了，他二哥是「騎在人民頭上作威作福的反動軍人」，他不想刻這幾個字。

# 第三十六章　風起雲湧

傻子很快就明白了大哥的人民當家作主是什麼意思了，土改工作隊很快進了屯子，劃定成分，地多的人家成了地主，地少的成了中農，佃戶成了貧農。貧農們無償分得了田地，分得了騾馬，澈底翻身了，屯子裡僅剩的幾個光棍也娶上了媳婦。

傻子家地早就賣了，騾馬也賣了，就剩幾個空房子，成分劃下來，算是貧農，原來賣出的地，竟然又有幾畝回到了手中。

傻子不想要，人民政府卻必須給他，說人民當家作主的年代，不許有人沒有自己的土地，弄得傻子有些哭笑不得。

不但要分地，還要鬥地主。陳家三伯，當年買傻子家地最多，成了屯子裡最大的地主，被拉上了戲台，鬥了三天三夜。

傻子作為貧農的代表，被強拉去，讓他上台批鬥。傻子站在台上，愣了半天，一句話不會說。

眾人都簇擁著他說兩句，他憋了半天，對彎腰站在台上的陳三伯說了一句：「三伯，是我害了你！」

他一句話就讓整個會場譁然，接著他就被轟下了台，之後再批鬥，就沒人喊他了。但在屯子裡人眼裡，他不再是那個傻子了，而是聰明絕頂的人，不，是可以看透未來的神明。他提前兩年就賣了田地，那時他大哥的黨還被追著到處跑，聰明人看不了那麼遠，只有神明才會。

更多的人是讚他父親有遠見，說他父親太聰明了，幾頭押注，一個兒子傍著一邊，世道怎麼變，不管誰上台，他們家上邊永遠有人。

傻子一直悶悶不樂，因為，他二哥沒了，這讓他長時間處於哀傷之中。

不過相對於二哥的黨，傻子如今開始喜歡大哥的黨了，如今屯子裡人人有田種，人人有衣穿了，人人有老婆，路上的乞丐都沒有了，據說八大胡同裡的，出賣皮肉的女人都趕回家嫁人了。晚上不用關門了，沒有小偷，沒有土匪，傻子喜歡這樣的世道。

他時常想，也許大哥是對的。

生活安定了，但他卻更加懷舊了，他時常回想夢遺之前的光景。夜晚沒人時，他喜歡帶著唐唐去野外遛達。拱極城塌了一半，橋墩上彈痕累累，月光下滿目蕭瑟。

傻子和唐唐坐在河灘上，一坐就是半晚上。月光灑在河面，河水永不停歇地嘩嘩淌過，彷彿舊日時光淌過。

有一天晚上，傻子帶著唐唐往回走時，路過他發現那鬼子的那片荊棘，就瞄了一眼，這是他的習慣了。這一次，他似乎看到了一個人影，剛開始，他愣了一愣，以為看花眼了，直到唐唐朝著那個方向汪汪叫一聲，他才明白，那裡的的確確有東西。

他時常聽聞野狼勾人的傳聞，但他還是大著膽子走過去，走近後，終於看清了，的的確確是一個人，而且是跪在那裡，手裡的軍刀閃著寒光，對準自己肚皮。

月影下，人影聽到動靜回過頭來，左臉上有道模糊的疤痕，赫然就是那走失的鬼子。

那鬼子盯著他看了一會，眼神中掠過一絲驚訝，顯然也認出他了。

鬼子慘然一笑，竟然用蹩腳的漢語對他說道：「天意啊……當年若不是我走丟了……就不會有戰爭，也不會亡國……若我站出來，說句誤會，也許都能避免。」

傻子心頭湧出千頭萬緒，卻不知該說什麼，他走了許多的路，經過許多的事，死了許多親人，死了許多的朋友，一切都回到了原點，回到了最開始的地方。

鬼子把刀一寸寸切入肚子，然後從左往右一寸寸劃著，血汩汩往外湧著，手顫抖著，身子顫抖著，每割一寸，嘴裡就嘶吼一聲給自己打氣，額頭上的汗珠一滴滴匯聚到下巴，然後滴在這黑色泥土裡。

傻子知道，這是鬼子擁抱死亡的一種獨特方式，他第一次親眼見到，以前曾想像過，但現場見時，卻沒有很多波瀾。

鬼子切到一半，就切不動了，倒在荊棘叢裡，嘴裡呼呼吐氣，哀求地看著他：幫我……

傻子看了一眼，轉身帶著唐唐走了。

傻子以為，一切都結束了，生活轉了一個圈，從此天下太平。哪怕神明在世，也掀不起風浪了。

但忽而有一天，世道莫名又亂了，準確地說，世道「運動」起來了。

這「運動」挺奇怪，從上到下揪內鬼，開始是政府裡那些高高在上的大官，後來是中層的官，再後來是小官，再再後來蔓延到城裡普通老百姓，但屯子裡一直沒有被運動起風浪。

屯子裡，一代代人，鄉里鄉親，雖然有矛盾，也曾打得頭破血流，但都有約定俗成的規矩，沒人把對方往死裡整，咋呼兩句，走個過場，也就過去了。

直到屯子裡來了一個工作隊，一切都變了。工作隊領頭的赫然是趙家姑娘，別人都畢恭畢敬地喊她趙專員。她揮舞著拳頭，說是收到舉報信，屯子裡有鬼子餘孽，有漢奸餘孽，還有反革命，號召大家互相檢舉揭發，若是知情不報，被查出來，那就是階級敵人。

這幾頂帽子，哪一頂都很沉，沉得足以壓彎每一個人的腰。

於是，屯子裡的戲台上，不時有人被揪出來批鬥，先是當過偽軍的陳癩子，接著是嫁到屯子裡的日本女人，後來是曾經參加過國軍的反革命，再然後是八大胡同出來的娼妓，再後來是地主老財，還有教書先生、風水先生……

幾乎一夜之間，屯子裡氣氛全變了，人與人不再是笑臉，而是互相戒備，見面打招呼時嘴裡像含著烙鐵，含含糊糊，一句實在話也不敢講。就像暗夜裡齜著獠牙的餓狼，瞪著綠油油的眼睛，時刻防止被人撕碎，也時刻準備把別人撕碎。

傻子對這目光似曾相識，似乎在那裡見過，不是某一個人的眼神，而是一群人的眼神，想啊，想啊，終於想起來了，當年逃荒時，那群飢餓到極點的荒民就是這種眼神。

唐瑩的來路沒人知道，也就暫時沒有被揭發出來。但她就如驚弓之鳥，窩在家裡不敢出門，冷不丁有人敲門，都會嚇得哆嗦。

她神經質地一遍遍問傻子：「你確定沒給別人提過我過去吧？」

傻子搖頭：「放心，沒有，除了我，只有大哥和我二哥，我二哥已經死了。」

「你大哥會不會大義滅親？」

傻子想了想，說：「應該不會吧？這麼久了，要舉報你的話早就把你揪出來了。」

「噢，那就好，那就好！」

這樣的對話，有時一天都能重複幾次。

傻子安慰她，說：「你放心吧，神明不會看著人間這麼亂的，一陣風就好了。」

這次傻子說錯了，荒唐事不但沒有消停，反而愈演愈烈。剛開始，只是東家舉報西家，西家再舉報東家，後來，竟然到了家裡內部互相舉報的地步，而且翻得帳越來越久。

用趙專員的話說，要刮骨療毒，挖出隱藏在人民內部的一切牛鬼蛇神，把清除反動餘孽這場運動推動到最深處。

於是，先是一個漢子，舉報自己老婆是八大胡同的暗娼，然後一個媳婦舉報自己漢子救過一個國軍，再之後，一個半大小子舉報自己爹娘在家惡毒詛咒新社會……

暗娼脖子上掛上破鞋，到處遊街；救過國軍的，成了現行反革命，被下了大獄；惡毒詛咒新社會的，直接在戲台上被鍘刀砍了腦袋。

那對夫妻被鍘刀軋成兩段的晚上，唐瑩半夜敲開傻子門，鑽入他被窩，滾燙的身體哆嗦著，顫抖著，手在他身上亂摸：「傻子，你要了我吧，咱們做真夫妻，千萬不要出賣我！」

傻子的身體急速膨脹，但他知道，對方不是真心嫁給他，而是迫於無奈，他不想如此，安慰說，不要擔心，我不會出賣你的。但唐瑩似乎不信，坐在了他身上，撕扯他衣服。

傻子想拒絕，但看她抖得厲害，他怕拒絕，對方就真要被嚇崩潰了，就由著她動。開始是她顫抖，後來他也開始顫抖，最後一起顫抖，顫抖過後，兩人彷彿被抽空了，相擁在一起，那恐懼也就暫時被驅走了。

整個屯子繼續籠罩在一片陰影之中，基本人人都被舉報，人人檢討，但唯有一家沒被舉報，那就是傻子家。

正常人誰會跟一個傻子過不去呢？那真是一個傻子了！

何況，這個傻子，還有個身在高位的大哥，還有個名義上的前老婆。

但傻子覺察出了什麼，他隱隱覺得這工作隊，似乎是衝著自己來的，或者說，是對著自己家來的。他有預感，暴風雨就要來了。

在一個傍晚，他坐在桂花樹下，看著桂花一片片飄零，唐唐趴在他腳邊，瞇著眼睛打盹。外面傳來腳步聲，唐唐忽閃了下耳朵，然後又趴下了，傻子就知道，來的是位故人。

果然，趙專員雄赳赳氣昂昂走進了院子，她沒有馬上跟傻子說話，而是站在院中，也打量著這桂花樹，似乎故地重遊一般。

傻子沒有說話，繼續看著桂花飄落。趙專員腰間武裝帶束得很緊，肩膀上戴著紅袖章，把這院落打量完，冷哼一聲，嘴角撇一撇，說道：「陳家旺，你家夠頑固啊，屁股下這麼多屎，運動了這麼久，竟然沒人反映你家的問題。」

「咱家。」傻子也不知道為什麼，沒頭沒腦說了這麼一句。

「嘩啦」，趙家姑娘抬腳把邊上的窩棚踹倒了，眼睛通紅，「誰他媽跟你們反動家族是一家?你們包辦婚姻，誘騙我、強迫我，新政府早就不認了，我這次主動要求來陳家屯領導四清工作，就是要清繳隱藏在內部的反動餘孽。」

趙家姑娘的五官有些猙獰，傻子認真看了看她，已經完全找不到當年那女孩的影子了，他淡淡說道：「我們家對不起你，但屯子裡人沒有對不起你。」

「哼，狗屁屯子，沒一個好東西。」

趙專員也許意識到失態了，長吁一口氣，用一貫冷冽的語氣說道：「老三，你把陳家興那些背著組織投靠日偽，還有和國軍勾勾搭搭的事交代一下，你是個傻子，人民政府不會為難一個傻子的。你交代完，陳家屯的運動就可以收尾了。」

傻子明白了，自己不是那個目標，大哥陳家興才是。

他淡淡道：「一切都怪我！」

「你不交代，還有別人交代，到時你就沒機會了。」

趙專員氣勢上壓迫太過，唐唐察覺出來了，抬頭朝她不滿地汪汪叫了一聲。唐唐從不咬家人，那天晚上，她偷偷回院子時，牠可是一聲未吭的。

趙專員朝唐唐冷哼一聲，拿出一封信在傻子面前晃晃，然後轉身徑直進唐瑩臥室去了。兩人關起門來，嘀嘀咕咕說了很久。

傻子不知道兩個女人說什麼，他坐在那裡，繼續看桂花飄落，一片、一片、又一片，樹葉熟透了，只要微風一搖，就會零落，沒有力量可以逆轉這趨勢。

晚上時，他躺在床上，旁邊唐瑩背對著他，沉默著。他一動不動，也沒問她和趙專員說了什麼，他想，她要願意說，肯定會主動說的，但她終究沒說。

後半夜時，唐瑩又爬到了他身上，坐在他肚皮上，肆意扭動，用指甲在自己身上劃著，弄得鮮血淋漓。他靜靜地看著，直到對方意識到自己壓根沒有反應，才意興闌珊重新躺下。

傻子長長嘆口氣，他知道，一切要變了。

第二天，屯子裡的戲台上又開了批鬥大會，令屯子裡人吃驚的是，屯子裡出的大官陳家興被五花大綁回來了，跪在戲台上，戴著大高帽，脖頸後面插個標語：反革命特務。

傻子這次主動來了，他站在台下，看著大哥脖子上的標語，他認識這幾個字，只覺得可笑，革命了一輩子的大哥，最後竟然成了反革命。

趙專員揮著拳頭說道：「我們接到群眾舉報，挖出了隱藏在革命隊伍中的野心家——陳家興，這是個大投機分子，歷史上有問題，他家祖上在皇宮當過太監，是封建家庭；他爹當年跟洋人打交道，是二鬼子，賣國賊；他本人當年北平城遊行時，遇到軍警，他竟然拋下眾人獨自逃了；他還有個弟弟，是國民黨的軍官，在接收北平時大肆敲詐商人，藉機漁利，後來和平解放中負隅頑抗，被我軍擊斃了，蛇鼠一窩，都不是好東西。」

傻子聽到最後，很是失望，他本以為，趙專員列舉完他大哥和二哥的罪行，就該輪到他了，沒想到趙專員卻是瞟了他一眼，絲毫沒提。

戲台下的人，先是沉默，接著就跟著振臂高呼：打倒反革命陳家興。有人湧上台，上去拳打腳踢，大哥很快就吐血了。

傻子不忍再看，拽了拽旁邊唐瑩的袖子，想帶她擠出人群，但唐瑩卻甩開他胳膊，突然站出來喊道：「我要揭發，我要揭發，我要跟反動家庭劃清界限。」

不同於別人驚訝的目光，傻子立住身，沒有絲毫吃驚，靜靜地等著，只見唐瑩指著他哭訴道：「我苦大仇深，我被逼無奈，我是勞苦大眾……當初是他二哥——國民黨反動軍官陳家賢逼著我嫁給他的……這個人，不是一個純傻子，是個二傻子……他在上海參加過國民黨，在南京還投降過日本人……一個叫藤村惠子的戰犯就是他親自送到塘沽口送上船的……他每天晚上折磨我，強暴我，我苦大仇深啊，我是勞苦大眾啊，你們看我身上……」

唐瑩眾目睽睽下脫下上衣，露出身上的一道道血痕，在場的人看向傻子的目光都變了。

一時沒人說話，死一般的沉寂後，人群中重新爆發出一陣山呼海嘯：批鬥他、批鬥他……

一群人擰著傻子胳膊壓著他腦袋把他押上台，唐唐這時發怒了，嘶吼著衝上前，牠雖然老邁，但發起瘋來依然讓人害怕，人群「轟」地散開。

傻子喝住了唐唐，勒令他不許動，自己坦然上台跪下，唐唐見狀，也不反抗，乖乖在他旁邊學著他的樣子跪下。

於是，有人拿來大牌子，寫上「狗漢奸」給他掛在脖子上；又有人拿來一個牌子，寫上「漢奸狗」，給唐唐掛脖子上。後來，村裡的獸醫也被推上台，他是被自己婆娘舉報的，這次掛他脖子上的是「奸狗漢」[12]。

三人一溜跪在那裡，頗有些滑稽，但他們是陪鬥的，鬥爭的主角依舊是他大哥陳家興，所以拳腳大都落在陳家興身上，他後來趴在台子上，一口一口吐著鮮血。

傻子勉強扭過一點頭，看到大哥撅著屁股跪在那裡，也正出神地看著他。他恍然有種錯覺，大哥的臉上掛著一抹嘲弄的笑容，眼神中似乎有種聖潔的光芒，那光芒讓他想起了神明。

傻子突然想起，許多年前的北五老胡同口，想起了那個學生遊行的下午，大哥舉著旗子喊著口號像洪水一樣滾過，口號震天響：救亡，圖存，革命……

天黑後，大哥陳家興照舊被五花大綁押走了，傻子帶著唐唐慢慢走回家。他左腿受傷了，一瘸一拐，唐唐一隻前爪也受傷了，也一瘸一拐。

---

12 編按：此處應為「姦」，但為保留三字變化的趣味，不作更動。

一個傻子，一條狗，就這麼一瘸一拐走回了家。

家門關著，推不開，傻子也就帶著唐唐，找了個草垛住下了。

他忽然有種無力感，想起惠子說的「人間無生路」，就是這般田地吧。當年在上海，戰友們悉數戰死時，他沒有這感覺；在長江渡口，上天無路入地無門時，也沒有這感覺。此時，卻真覺得，這人間沒有他容身之地了。

他沒有在草垛裡住多久，唐瑩就被人揭發了，她當過漢奸，在八大胡同當過娼妓。於是，她也被批鬥了。

傻子又得以回到自己的院子，據說是趙專員發了話，說難為一個傻子，會讓人說新政府閒話。

傻子回到自己院子那天，趙專員又來了一次，公事公辦口吻說道：「陳家旺，你雖然問題不小，但畢竟是個傻子，跟其餘牛鬼蛇神不一樣，人民政府不會為難你，你要深刻認識自己的錯誤，不要學陳家興，自絕於人民。」

傻子腦袋「轟」的一下，他明白自絕於人民是什麼意思，這些日子，太多人自絕於人民了。

他問道：「人在哪裡？」

「死了。」

「死了也該有屍首。」

「原來的亂葬崗，自絕於人民的人都在那裡。」

趙專員走時，傻子喊住她，猶豫下，說道：「我婆娘……你放她一馬吧！」唐瑩不止被批鬥，還下了大獄，她畢竟當過漢奸。

「你不恨她？」趙專員有些意外。

「世道這樣，恨不恨的，別難為女人。」

趙專員一聲不吭走了。傻子去城裡背回了自己大哥的屍首，埋在了爹娘另一側，他碑文上也是空的，自絕於人民的反革命分子，不配有碑文。

那天下午，他在大哥墓前坐了很久，比當時埋葬二哥時還久。他其實跟二哥更親，但覺得二哥死得其所，二哥的一生，是透亮的一生，他為自己的理想獻了身，他走的路，是他自己選的，他為了自己的理想殉葬。

而大哥的一生，他有些吃不準，他死在自己人之手。他很難揣摩大哥那天下午嘴角撇起的笑容是什麼意思。大哥和他那群人，不能用常理度之，他們要打造人人安居樂業的新世界，卻為此獻祭了自己。據說大哥臨死前寫了絕命書，把所有的積蓄都留給了他奉獻一生的組織。

後來，天色陰沉下來，下雨了，越下越大，嘩啦啦兜頭澆下來，就像天捅破了一個窟窿。他坐在雨中，淋了許久，他想讓雨水讓他清醒，他看不懂這人間，可惜雨水依舊沒讓他看懂。

傻子從此閉門不出了。

他的家人都死了，沒了依仗，只是個無依無靠的傻子，可是沒人來吃他的絕戶。

也許，這是大哥創造的世界留給他的餘蔭吧。

不久後的一個晚上，他坐在天井中，坐在那棵桂花樹下，和唐唐一起賞月。

院門「吱呀」一下，輕輕裂開一道縫，有人在試探性地推門，看到門沒關後，反而沒有進來。唐唐忽閃一下耳朵，眼神掠過一絲不屑，轉而又趴下。

傻子也就知道是誰了。

「門沒關，進來吧。」他看對方長久沒有進門，主動開口道。

門慢慢開了，進來的是唐瑩。她顫巍巍地走到桂花樹下，搖晃一下，直接摔倒在了地上。

傻子忙過去，把她攬在懷裡，說道：「回來就好。」

唐瑩道：「傻子，你怪我不？」

如今的唐瑩，就像風中的落葉，瘦得只剩一片骨架，沒有多少生氣了。傻子說道：「都過去了，總得活下去。」

唐瑩眼角卻是流下了兩行渾濁的淚水，道：「傻子，我活到頭了，這輩子不欠別人，唯獨欠你的，這次回來，就是為給你說聲對不起。我死之後，你找個地把我埋了吧，要嫌麻煩，扔溝渠裡讓野狗吃了也成。」

傻子說道：「活下去，往前看。」

唐瑩眼神直直的，越過他腦袋，看向了遙遠的夜空，喃喃道：「傻子啊，你若是神明，往生時幫我給閻王爺說句話，下輩子，當條狗，當頭豬也成，或者當個螻蟻，就是不來人間當人了，當人太苦了。」

傻子在她如深淵的眸子中，看到了那一輪新月，慢慢模糊，最終化為一片混沌，懷裡的身體一輕，雙手無力地垂下。

傻子緊緊抱住那冰涼的身體，淚水再次湧下。他想起了當年那些純情的時光，想起了下關逃難時的場景，想起了兩人水乳交融時的溫存，如今都化為一具冰冷的屍體。

淚水像決堤的河水汩汩湧下，許久都止不住。

唐唐走過來，用大舌頭舔舔他的眼淚，眼神也充滿了哀傷。

傻子家的祖墳裡，又多了一座孤墳，墓碑也是空的。一個當過破鞋的女人，不配有墓碑的。

# 第三十七章 輓歌

一晃又是兩年，傻子在屯子裡繼續消磨日子。聽聞趙家姑娘官越做越大，最後做了地委書記，但沒人引以為豪，因為她把屯子裡人得罪光了。

再後來，她也被打倒了，據說當土匪的往事被人揭發了。

傻子去監牢裡去看她，趙家姑娘頭髮竟然白了，看到傻子很意外，說道：「我沒有家人，以革命為家，革到頭，成了孤家寡人，唯一來看我的，竟然是個傻子。」

傻子不知該說什麼，只是沒頭沒腦說道：「我們家對不住你！」

一向冷如鐵石的趙家姑娘愣了愣，眼睛竟然溼潤了，她側過腦袋，說道：「傻子，咱扯平了，你家害了我，但也間接讓我走上不一樣的人生，最後我也逼死了你大哥，咱一報還一報……」

「……我本來是個屯子裡的婆娘，放在舊時代，一輩子都進不了城兩回，只能逆來順受，一輩子老死灶台。你們逼著我走出了屯子，當了土匪，後來投靠了黨，讓我翻身有了不一樣的人生，我不後悔，這輩子，值了。」

「也許我早回來就好了。」傻子道。

「這樣挺好。」

「挺好！」

傻子回了屯子，繼續跟唐唐過著寡淡無味的日子。過了兩年，聽說趙家姑娘重病去世了。他想去給她收屍，卻提供不了家屬證明，也找不到屍首，也就作罷。

屯子裡的日子又上了舊的軌道，草青了又枯了，槐花開了又敗了，雪下了又融化，日子一天天過，傻子一天天老去，唐唐也日漸老邁。

傻子已經不喜不悲了，生活對他來說，就是時間從軀體裡流逝，他等待著神明召見的那一天。有一天夜晚，他作了一個夢，夢裡爹娘、大哥和二哥圍在一起吃餃子，他爹抬起頭來看到他，朝他招手，說：傻子，來吧，天國比人間好多了，一點都不苦。

傻子伸過手去，近在咫尺，卻始終摸不到。

他哭醒了，唐唐正在舔他眼角的淚。

唐唐更顯老邁，每天一半時間在昏睡，傻子拍拍牠腦袋，說，咱倆都該走了。

傻子收拾了家裡的一切，然後扛著鐵鍬帶著唐唐出門了。他來到祖墳旁，在二哥墳墓旁邊找了個位置，揮著沉重的鐵鍬哼哧哼哧挖著，先給自己挖了個墓坑，然後又在旁邊給唐唐挖了個小墓坑，他早已把牠當成自己的親人了。

之後，傻子扔了鐵鍬，喘息一會，躺進了墓坑。墓坑隔絕了周邊，就像母親的懷抱，讓他異常地安心。他都有些後悔，不該這麼晚才死。

頭頂的那一樹槐花開得正盛，隨風飄搖，香氣到處遊走。他腦海中浮起了往事：想起了江米巷的老胡同口的一樹槐花，想到了有兩個酒窩的唐瑩，想到了那個永遠矜持的惠子，也想到了他自己的老爹、大哥、二哥，也想起了王野、秀才、泰山，想起了水中漂浮的屍體……

他想再看一眼空中的神明，卻只看到一個模糊的人影。忽而覺得自己在慢慢上浮，再仔細看時，卻發現自己正在半空。低頭看去，一個蒼老的軀殼躺在墳墓裡，一動不動，額前的一縷白髮在風中擺來擺去。

那條垂垂老去的老狗，步履蹣跚地爬到墓坑裡，躺下，也一動不動了。

釀小說142　PG3181

# 神明、傻子和狗

作　　者　倉　土
責任編輯　尹懷君
圖文排版　陳彥妏
封面設計　王嵩賀

出版策劃　釀出版
製作發行　秀威資訊科技股份有限公司
114 台北市內湖區瑞光路76巷65號1樓
電話：+886-2-2796-3638　傳真：+886-2-2796-1377
服務信箱：service@showwe.com.tw
http://www.showwe.com.tw
郵政劃撥　19563868　戶名：秀威資訊科技股份有限公司
展售門市　國家書店【松江門市】
104 台北市中山區松江路209號1樓
電話：+886-2-2518-0207　傳真：+886-2-2518-0778
網路訂購　秀威網路書店：https://store.showwe.tw
國家網路書店：https://www.govbooks.com.tw
法律顧問　毛國樑　律師
經　　銷　聯合發行股份有限公司
231新北市新店區寶橋路235巷6弄6號4F
電話：+886-2-2917-8022　傳真：+886-2-2915-6275

出版日期　2025年7月　BOD一版
定　　價　380元



讀者回函卡

**Printed in Taiwan**

國家圖書館出版品預行編目

神明、傻子和狗 / 倉土著. -- 一版. -- 臺北市 :
釀出版, 2025.07
面 ;　公分. -- (釀小說 ; 142)
BOD版
ISBN 978-626-412-105-7(平裝)

857.7　　　　114007620